陈 越 解志熙 编校

卞之琳集外诗文辑存（上卷）

北京大学出版社
PEKING UNIVERSITY PRESS

图书在版编目（CIP）数据

卞之琳集外诗文辑存 / 陈越，解志熙编校 . —— 北京 : 北京大学出版社，
2024.11. —— ISBN 978-7-301-35362-2

Ⅰ. I216.2

中国国家版本馆 CIP 数据核字第 2024TL0286 号

书　　　名	卞之琳集外诗文辑存	
	BIANZHILIN JIWAI SHIWEN JICUN	
著作责任者	陈　越　解志熙 编校	
责 任 编 辑	张文礼	
标 准 书 号	ISBN 978-7-301-35362-2	
出 版 发 行	北京大学出版社	
地　　　址	北京市海淀区成府路 205 号　100871	
网　　　址	http://www.pup.cn　　新浪微博 @ 北京大学出版社	
电 子 邮 箱	编辑部 wsz@pup.cn　　总编室 zpup@pup.cn	
电　　　话	邮购部 010-62752015　发行部 010-62750672	
	编辑部 010-62767315	
印 刷 者	涿州市星河印刷有限公司	
经 销 者	新华书店	
	650 毫米 × 980 毫米　16 开本　59 印张　1173 千字	
	2024 年 11 月第 1 版　2024 年 11 月第 1 次印刷	
定　　　价	288.00 元	

目　录

二　译诗补遗

三 《游击奇观》及其他

四 散文杂文拾遗

编校说明

一、卞之琳先生是中国现代著名诗人、翻译家和外国文学研究专家。他写作态度严谨，一生惜墨如金，不轻易下笔，结集出版时也严格拣选，不随意收入。安徽教育出版社 2002 年出版的《卞之琳文集》是卞先生生前亲自编订的，因为他严格淘洗，有不少曾经收入别集的作品，却刊落在《卞之琳文集》集外；加上那时旧书报刊也不易寻找，还有不少诗文散佚在旧书报刊上，未能收入《卞之琳文集》中。

二、这些刊落或散落的文字，仍是值得重视的卞之琳的文学遗产，它们构成了这部《卞之琳集外诗文辑存》的主要内容。考虑到卞之琳所译西方诗歌对研究其诗艺的重要意义，所以本书也兼收了《卞之琳译文集》未收集的散篇译诗。有少量成组的作品，《卞之琳文集》和《卞之琳译文集》有所选录，但不完整，本书不避重复，尽可能完整地收录有关作品。个别在政治运动中受命而写的表态性批评文章，也照录原文，相信读者和研究者能够理解。

三、本书包括"刊落诗辑"、"译诗补遗"、"《游击奇观》及其他"(小说)、"散文杂文拾遗"、"序跋文论辑录"和"书简辑存"六辑。每辑前有提要简介该辑内容；每篇（首）下有题注，扼要说明其初刊来源、所依据的版本及其写作背景和作者署名等情况。有些短文和书信是依据手稿复制件校录，也尽可能在题注里交代原稿来源、考订出写作时间。

四、本书对所收诗文以及书信，力求以初刊本或初版本及手稿为底本，参考其他刊发本或别集、选集本，进行仔细的文字校勘；对校、本校不能解决的文字问题，则勉力予以理校，而不论对校、本校和理校，所据底本原文一律不改，以存其真。对所收诗文及书信的写作背景和比较隐含的典故及史实，则略作注释，供读者和研究者参考。

一　刊落诗辑

据统计，卞之琳一生共创作了173首新诗（含个别旧体诗），其生前先后出版有诗集《三秋草》（自印诗集，1933年5月5日印成）、《鱼目集》（文化生活出版社，1935年12月初版）、《汉园集》（卞之琳与何其芳、李广田的诗合集，收入何其芳的《燕泥集》、李广田的《行云集》和卞之琳的《数行集》，商务印书馆，1936年3月出版）、《慰劳信集》（明日社，1940年出版）、《十年诗草1930—1939》（明日社，1942年5月出版，其中的《音尘集》曾于1936年夏试印）、《翻一个浪头》（平明出版社，1951年2月出版）、《雕虫纪历1930—1958》（人民文学出版社，1979年9月初版；香港三联书店，1982年增订版；人民文学出版社，1984年6月增订版——此版比香港三联书店增订版多了《血说了话》一首诗，以下只记人民文学出版社的增订本，香港三联书店的增订版则不复记录）。晚年的卞之琳对其诗作反复淘洗、严格拣选，最终收入《卞之琳文集》（安徽教育出版社，2002年10月出版）的是诗集《十年诗草（1930—1939）》增订本和

《半世纪诗钞（1951—1996）》，两集收诗共计101首。此外，仍散落在各报刊上的、未收入《卞之琳文集》的卞之琳诗作还有70余首，可称为"刊落诗"。现将这些刊落的诗作一并编为此辑，统名之曰"刊落诗辑"。其中写作时间可考的，均按写作时间先后排列；写作时间不详或暂不可考的，均按报刊发表时间编排。收入的所有诗作均于篇首加题注说明发表或揭载的书报刊及其刊布时间。另有个别已收入《卞之琳文集》的诗作如《无题》组诗，此处亦收入其初刊本《若有其事四章》，以便读者和研究者参考。

小诗（四首）①

一

最可爱的那时：

明月下，

澄清的湖边，

独自倚着临水的阑干

一我两影——

二

日历声的"霍索"，

钟声的"滴搭"，

是爱听的声响么？

三

黄莺儿在窗外骂我糊涂；

我在床上反恨黄莺儿惊醒我的好梦。

四

桃花片呀！

你是送春的小船；

你载满了春光，

在水面荡漾不定的，

想送他到那里去呢？

---

① 这组小诗原载《学生文艺丛刊》第 3 卷第 5 集，大东书局，1926 年 7 月出刊，见该刊"诗〔乙〕"栏第 14—15 页，原题"小诗"，署名"海门启秀中学卞之琳"。这组诗从未入集，此据《学生文艺丛刊》本录存。

夜心里的街心①

他一个人彷徨在
夜心里的街心，
街心对他轻轻地讲：

"我最恨，
恨那些轻狂的汽车，
一抽
便给了我两条伤痕；

"我顶忧②，
爱那些耐苦的骆驼，
一抚
便留下几大朵花儿来。

"可是您，
您在夜心里
乱迈什么步儿，
不痛不快地
没来由

① 此诗原载《华北日报副刊》1931 年 1 月 10 日第 357 号，署名"林子"，卞之琳的笔名，据发表时间可推知此诗当写于 1930 年的 10 月 27 日。此诗从未入集。此据《华北日报副刊》本录存。

② 此节诗与上节诗是同样句式，上节作"我最恨，/ 恨那些轻狂的汽车"，第二个"恨"以重复表示强调，则此节里"我顶忧，/ 爱那些耐苦的骆驼"的"忧"和"爱"也当是同一个字。据此推测，"忧"似应作"爱"，原报或因原诗手稿里"忧"的繁体"憂"与"爱"的繁体"愛"写得近似而误认误排。

踏碎了我的梦?"
他:半句话也没。

一片白沙
轻轻地扬起——
它倒代替他
叹了一口长气。

(一口长气啊
吹掉了他的梦。)

十月二十七日,早上

家　信①

昨天晚上我写不成家信，
　　父亲呵，夜里却梦见了你。
当时说的话可没有记清——
　　不，我们一句也不曾说起。

当时爆竹声在门外欢笑，
　　我又是远道回来过的节，
我们应是多么快乐，至少
　　也得放开了恼人的种切②，

但是呵，我们连话也没有，
　　虽然我们是挨坐在一起……
啊，一城爆竹声闹个不休，
　　我是一个人躺在屋子里！

今天，我依旧写不成家信，
唉！我怕更梦见你呵，母亲。

---

① 此诗原载《华北日报副刊》1931 年 2 月 26 日第 404 号，署名"人也"。按，在《华北日报副刊》第 457 号（1931 年 4 月 27 日出刊）上有署名"人也"的《诗两首》——《静夜》和《长的是——》，其中《长的是——》曾收入何其芳、李广田和卞之琳的诗合集《汉园集》（商务印书馆，1936 年 3 月出版）里卞之琳的《数行集》之中，则"人也"当是卞之琳的笔名。此诗从未入集，《卞之琳文集》也未收录此诗。此据《华北日报副刊》本录存。
② "种切"意同"种种"。

黄　昏①

闷人的房间
渐渐，又渐渐
　　小了，又小，
缩得像一所
半空的坟墓——
　　啊，怎么好！

幸亏有寒鸦
拍落几个"哇"
　　跟随了风
敲颤了窗纸，
我劲儿一使，
　　推开了梦。

炉火饿死了，
昏暗把持了
　　一屋冷气，
我四顾苍茫，
像在荒野上
　　不辨东西，

---

① 此诗原发刊物待查，初收《鱼目集》，文化生活出版社，1935 年 12 月初版，第 31—33 页，
但被此后的《十年诗草》和《卞之琳文集》刊落。此据《鱼目集》本录存。

乃头儿低着，
酸腿儿提着，
　　踱去踱来，
不知为什么
呕出了一个
　　乳白色的"唉。"

群　鸦①

啊，冷北风里的群鸦，
　　哪儿去，哪儿去，
哪儿是你们底老家？

啊，冷北风里的群鸦
　　落叶似地②盘旋，
像要降下，又不降下。③

啊，冷北风里的群鸦，
　　活该！你们领着
惨淡的寒天来干吗？

啊，冷北风里的群鸦，
　　假如我是死尸，
我请客，没有半句话。④

---

① 此诗原载《诗刊》第 2 期，1931 年 4 月 20 出刊，署名"卞之琳"，第 27—28 页。按，卞之琳早年曾经自编一本诗集，沈从文命名为《群鸦集》，此诗当在其中，但《群鸦集》未能出版；此诗后来收入《鱼目集》，文化生活出版社，1935 年 12 月初版，第 27—28 页；但被此后的《十年诗草》和《卞之琳文集》刊落。此据《诗刊》本录存，并与《鱼目集》本对校。

② 此处"地"，《鱼目集》本改为"的"。

③ 《鱼目集》本此句作"要降下了又不降下。"

④ 《鱼目集》本删去了以上这一小节。

啊，冷北风里的群鸦，
　　好，给我衔去罢，[①]
衔去我扔掉的残花！

啊，冷北风里的群鸦，[②]
　　飘远了，一点点
消失在苍茫的天涯。

[①] 《鱼目集》本此句作"也罢，给我衔去"。
[②] 此处"，"，《鱼目集》本无。

噩　梦①

我仿佛出来看一位朋友。

我推开了一所小屋底门。

啊，真叫人难受，这阵霉臭！

桌上有一盏将灭的油灯，

灯前我这位②朋友，一双手

撑着头，见了我也不作声。

奇怪！我为甚一阵阵地③抖？

啊，你瞧，地是这样地④湿润，

好像出的汗，在砖缝里流！

啊，你瞧，这边那边的墙根，⑤

贴着一层深绿，一层深绿，

不是纸呵，是霉痕，是霉痕，⑥

啊，深绿围绕在我底四周……

（呵，我底四周有被底微温！）

---

① 此诗原载《诗刊》第 2 期，1931 年 4 月 20 日出刊，第 72—73 页，署名"卞之琳"；后收入《鱼目集》，文化生活出版社，1935 年 12 月初版，第 29—30 页；但被此后的《十年诗草》和《卞之琳文集》刊落。此据《诗刊》本录存，并与《鱼目集》本对校。

② 《鱼目集》本改"这位"为"那位"。

③ 此处"地"，《鱼目集》本改为"的"。

④ 此处"地"，《鱼目集》本改为"的"。

⑤ 《鱼目集》本删去了句末的"，"。

⑥ 此处"，"，《鱼目集》本改为"！"。

魔鬼底 SERENADE ①

夜里一个魔鬼

对着一座孤坟

(孤坟里的少女

在世时真多恨!

为的是他 ② 很美,

很美又很多情)

提起了沙喉咙,

弹起了 Mandoline③,

唱:——

起来罢,我底爱!

我给你一面明镜——

这是我觅来的宝,

死水上面的黑冰——

照照看,你现在是

刚在开花的时候:

我爱你蜡样的脸,

---

① 此诗原载《诗刊》第 2 期,1931 年 4 月 20 日出刊,第 74—77 页,署名"卞之琳",
SERENADE,小夜曲。陈梦家编选的《新月诗选》(新月书店,1931 年 9 月出版)选入了包括此诗
在内的卞之琳的四首诗(另三首为《望》《黄昏》《寒夜》),并将此诗改题为《魔鬼的夜謌》,字词
也略有修订——这有可能是卞之琳自己做出的修改。此诗未曾入别集,《卞之琳文集》也未收录此
诗。此据《诗刊》本录存,并与《新月诗选》本对校。

② 《新月诗选》本改"他"为"她"。

③ Mandoline,《新月诗选》本改为"小手琴"。按,Mandoline 是起源于意大利的一种弹拨乐
器,意大利文为"mandolino",中文音译为"曼陀铃",形状大小与小提琴相近。

我爱你铅样的口!

我 [①] 要抹粉也可以,
用这一瓶白的雪;
你要涂脂也方便,
用这一杯红的血!

害羞吗? 我有 [②] 面幙——
一方软的蜘蛛网;
那儿有软的坐垫——
一只发肿的死狼:

我们去坐看月亮
在西天边上病倒,
她死了也不要紧,
我们有燐火照耀。

你可爱紧凑的抱,
你可爱服贴的吻?
我有蛇一般的臂,
我有蚕一般的唇。

快起来罢,我底爱!
我们叫鸱鸮唱歌,
还叫破钟敲拍子,
我们一块儿跳舞 [③] !

---

① 《新月诗选》本改"我"为"你"。
② 《新月诗选》本改"有"为"的"。
③ 《新月诗选》本改"跳舞"为"舞跳"。

静　夜①

我还活着哩，我还活着哩！

从乱梦里醒回，我很惊异。

啊！怎么今夜这样地静悄？

你听，全没有一点儿声息：

也没有人在隔壁说梦话；

也没有人在胡同里叫卖；

也没有汽笛，像在昏睡后，

毫无气力地呵欠了起来；

也没有微风，像数缕游魂，

瑟瑟地穿过枯树的枝间；

也没有残叶，像逃避鬼怪，

惊惶失措地滚上了阶沿；

也没有窗纸在檐下发抖；

也没有蟋蟀在墙下悲鸣；

也没有耗子在墙头打架：

全没有一点儿声息，你听，

除了我的耳朵尽是闹我，

汪汪汪地哼着，不肯停止，

以及不能休歇的夜明表

尽是骂我该死，咒我快死……

① 此诗原载《华北日报副刊》第 457 号，1931 年 4 月 27 日出刊，署名"人也"，卞之琳的笔名。《华北日报副刊》该期发布卞之琳的《诗两首》，另一首是《长的是——》。此诗从未入集，《卞之琳文集》也未收录此诗。此据《华北日报副刊》本录存。

长的是——①

长的是斜斜的淡淡的影子，

枯树底②，树下走着的老人底

和老人撑着的手杖底③影子，

都在墙上，晚照里的红墙上，

红墙也很长，红④墙外的蓝天，

北方的蓝天，⑤也很长，很长。

啊！老人，这道儿，我相信，⑥

你一定觉得是很长，很长的，⑦

这冬天的日子你也觉得长罢？⑧

看，我也走近来了，我们不妨⑨

---

① 此诗原载《华北日报副刊》第457号，1931年4月27日出刊，在该刊此期目录上题为《诗两首》，一首即此诗，另一首是《静夜》。此诗曾收入《汉园集》里的《数行集》中，列在该集"第一辑（一九三〇、十月——一九三一、一月）"，商务印书馆，1936年3月出版，文字与初刊本略有差异；后来又改题为《长》，收入《十年诗草》的"音尘集外"（桂林，明日社，1942年5月出版）。另，《汉园集》里有《西长安街》一首，作者自注是（一九三二年）"九月十一日续二年前旧作"，那旧作就是《长的是——》。《卞之琳文集》收录了《西长安街》，并自注云："第一段作于二年前（1930）初冬，本独立为一首，留此续作前，作为回忆。"但《卞之琳文集》并未收录《长的是——》。此据《华北日报副刊》本录存，并与《汉园集》本和《十年诗草》本对校，后两本诗题改作《长的是》。

② 此处及此句末的两个"底"字，《汉园集》本均改为"的"，《十年诗草》本同改。

③《汉园集》本改"底"为"的"，《十年诗草》本同改。

④《汉园集》本删掉了"红"，《十年诗草》本同改。

⑤《汉园集》本删掉了此处的"，"，《十年诗草》本同改。

⑥ 此行《汉园集》本改为"啊！老人，这道儿你一定"，《十年诗草》本同改。

⑦ 此行《汉园集》本改为"觉得是长的，这冬天的日子"，《十年诗草》本同改。

⑧ 此行《汉园集》本改为"也觉得长吧？是的，我相信。"，《十年诗草》本同改。

⑨ 此处"我们不妨"，《汉园集》本改为"真不妨"，《十年诗草》本同改。

一路谈谈话儿，长的话儿啊①。

可是我们一声不响，一声不响地②

跟着各人底影子走着，走着……③

一个和尚①

一天的钟儿撞过了又一天，
　一个②和尚做着苍白的深梦：
　过去多少年留下来的影踪
在记忆里看来③就只是一片
在④破殿里到处迷漫的香烟，
　悲哀的残骸依旧在香炉中
　伴着一些⑤善男信女的苦衷，
厌倦也永远在佛经中蜿蜒。

昏沉沉的，梦话⑥沸涌出了嘴，
他的头儿又和木鱼儿应对，
　头儿木鱼儿一样空⑦一样重；
一声一声的，催眠了山和水，
山水在暮霭里懒洋洋的睡，
　他又算撞过了白天的丧钟。

---

① 此诗原发刊物待查，初收《汉园集》里的《数行集》，列在该集"第一辑（一九三〇、十月——一九三一、一月）"之中，商务印书馆，1936 年 3 月出版，第 124—125 页；后曾收入《雕虫纪历》（人民文学出版社，1979 年 9 月初版，1984 年 6 月增订版），但《卞之琳文集》未收此诗。此据《汉园集》本录存，并与《雕虫纪历》本对校。

② 《雕虫纪历》本删掉了"一个"。

③ "在记忆里看来"，《雕虫纪历》本改为"在他的记忆里"。

④ 《雕虫纪历》本删掉了"在"。

⑤ 《雕虫纪历》本删掉了"一些"。

⑥ 《雕虫纪历》本此处增加了"又"。

⑦ 《雕虫纪历》本此处增加了"，"。

无　聊[1]

太阳偏在西南天[2]的时候，

一个手叉在背后的闲人，[3]

在街路上[4]，深一脚，浅一脚，

一步步，[5]踏着柔软的沙尘。[6]

沙尘上[7]足印[8]也不算少，

长的，短的，方的，尖的都有。[9]

一个人赶过去了又一个，

他不管，只是[10]低着头，低着头。

---

①　此诗原刊《创作月刊》第 1 卷第 2 期，1931 年 6 月 1 日出刊，第 155—156 页，初收《汉园集》（商务印书馆，1936 年 3 月出版）里的《数行集》时改题为《一个闲人》，列在该集"第一辑（一九三〇、十月—— 一九三一、一月）"之中，第 126—127 页，文字略有改动，后收入《雕虫纪历》（人民文学出版社，1979 年 9 月初版，1984 年 6 月增订版），但《卞之琳文集》未收此诗。此据《创作月刊》本录存，并与《汉园集》本及《雕虫纪历》本对校。

②　《雕虫纪历》本删掉了"天"。

③　《雕虫纪历》本删掉了句末的"，"。

④　"在街路上"，《汉园集》本改为"在街路边"，《雕虫纪历》本改为"在街路旁边"。

⑤　《汉园集》本删掉此处"，"，《雕虫纪历》本同改。

⑥　《汉园集》本改"，"为"。"，《雕虫纪历》本同改。

⑦　"沙尘上"，《汉园集》本改作"沙尘上的"。

⑧　《雕虫纪历》本改"足印"为"脚印"。

⑨　此句《汉园集》本改作"长的短的方的尖的都有，"；《雕虫纪历》本改为"长的短的方的尖的都有。"。

⑩　此处"只是"，《汉园集》本改为"尽"，《雕虫纪历》本改为"尽是"。

哈哈！^① 你看，你看他底^② 手里
这两颗小核桃，多么滑亮，^③
轧轧地，轧轧地^④ 磨着，磨着……
唉，^⑤ 不知^⑥ 磨过了多少时光？

---

① 《汉园集》本改"！"为"，"。《雕虫纪历》本改"哈哈，"为"啊哈，"。
② 《汉园集》本改"底"为"的"，《雕虫纪历》本同改。
③ 《汉园集》本改句末的"，"为"！"。
④ "轧轧地，轧轧地"，《汉园集》本改为"轧轧的，轧轧的"，《雕虫纪历》本同改。
⑤ 此处"，"，《汉园集》本改为"！"，《雕虫纪历》本同改。
⑥ 《雕虫纪历》本删掉了"不知"。

垂　死①

我设想我是一个正要死去的人，
一个人僵卧在一间小屋里的墙根：

我朦胧地看见床前那白泥小炉里，
几块最后烧红的圆球也在穿着灰衣，

枕边这燻黄了的灯罩子里的灯心上，
一团畸形的青焰抱着几颗灯花在跳荡。

我不能，也就不想自己起来或是唤谁，
唤谁来给我添一点儿油，添一点儿煤。

我正等一声梆敲落这摇摇欲垂的黑暗，
啊，有人敲门呢，这一口气倒想慢点儿断！

---

① 此诗原载《文艺月刊》（南京）第 2 卷第 4 号，1931 年 4 月 30 日出刊，第 12 页，在该期
目录页和正文中均署名"卡之琳"，"卡"当是"卞"之误（该刊同期还刊有卞之琳的另一首诗《傍
晚》，收入《鱼目集》和《卞之琳文集》，可为旁证）。此诗从未入集，《卞之琳文集》也未收录此
诗。此据《文艺月刊》本录存。

一城雨①

一城雨正在抚慰着你：

　　你如今皱着眉，望天宇，

一个人枯坐在屋子里，

　　或是在冷清清的街衢。

撑着伞，走向东，走向西，

　　你总会觉得罢，一城雨

正在轻柔地抚慰着你；

　　要不然你为甚不言语，

不管你再想起不想起

　　"我要上哪儿去，哪儿去？"

你看，你真的像着了迷，

　　出了神，呆听着一城雨。

---

① 此诗原载《文艺月刊》（南京）第 2 卷第 7 号，1931 年 7 月 25 日出刊，是该期上题为《诗五首》的一组诗中之一首，其余四首是《长途》《雨珠》《夜雨》《叹》，见该期第 121—123 页，署名"卞之琳"，最后一首诗《叹》末尾注明"六月至七月，北平"，则这组诗当作于 1931 年 6—7 月。除《长途》曾经收入《汉园集》、《十年诗草》、《雕虫纪历》初版和增订版、《卞之琳文集》外，其余四首均未入集。此据《文艺月刊》本录存。

雨　珠①

你听，老天向古城
撒下来一大把珍珠！
　你看，你难道还不信？
水潭上就有好几颗，
顶大，大得像鸽卵，
　浮在一轮轮涟漪上，
像在中元节一朵朵
　莲灯在夜波上漂荡；
树叶尖上也挂几颗，
倒也有黄豆那么粗，
　像泪点吊在眼角里，
虽不及耳坠般稳固，
　也不会一吹就落地；
还有电线上带几颗
一长串的；还有许多，
　许多，你再也认不真，
只见黑瓦上飘白雾，
　因为都碎了，成了粉。
快来随地检几颗，
都是珍珠啊，别错过！
　一会儿就无影无踪，
检来真有点用处——
　做项圈，献给你底梦。

---

① 此诗原载《文艺月刊》（南京）第 2 卷第 7 号，1931 年 7 月 25 日出刊，是该期上题为《诗五首》的一组诗中之一首。此诗从未入集，《卞之琳文集》也未收录此诗。此据《文艺月刊》本录存。

夜　雨①

我底灵魂踯躅在街头，
雨阿，你淋得他好重！
他如今仍然在走呢，
快要一步也走下②动了，
可怜！他全身在抖呢。

他还驮着梦这娇娃，
走一步掉下来一点泪，
还不曾找着老家呢，
雨阿，他已经太累了，
但怎好在路上歇下呢？

---

① 此诗原载《文艺月刊》（南京）第 2 卷第 7 号，1931 年 7 月 25 日出刊，是该期上题为《诗五首》的一组诗中之一首。此诗从未入集，《卞之琳文集》也未收录此诗。此据《文艺月刊》本录存。

② 从上下文看，"下"字疑有误，似应作"不"字，或因原诗稿里"不""下"手写近似而致误认误排。

叹①

你啊一天天
总期待明朝，
同时你又要
　对昨日留恋。

　今天你坐看
白昼让开路，
黄昏来迈步，
　你偏又长叹。

---

① 此诗原载《文艺月刊》（南京）第 2 卷第 7 号，1931 年 7 月 25 日出刊，是该期上题为《诗五首》的一组诗中之一首；此诗稍后又改题为《小诗》，复刊于《诗刊》第 3 期，1931 年 10 月出刊，第 53 页，署名"卞之琳"。除了诗题有别，《诗刊》本与《文艺月刊》本正文完全相同。此诗从未入集，《卞之琳文集》也未收录此诗。此据《文艺月刊》本录存。

青　草①

假如有一片青草
　　让我躺着
　　过今朝啊，
今朝不再去路上
　　彷徨了。

假如有一片青草
　　让我盖着
　　等明朝啊，
明朝不会有人来
　　徘徊了。

---

① 此诗原载《华北日报副刊》第 582 号，1931 年 9 月 3 日，署名"季陵"，卞之琳的笔名。此
诗从未入集，《卞之琳文集》也未收录此诗。此据《华北日报副刊》本录存。

彗　星①

昨夜，我看见了一朵彗星，

　　我仿佛还在童年。

母亲说，"怕又有什么劫运

　　将要降下到人间。"②

我望望蓝天，又望望彗星，

　　投到母亲底③怀里，

含泪说，"哪一天末日来临，

　　我们总要在一起！"④

好在是梦，哪有什么彗星！⑤——

　　我告诉一位朋友。

他笑了，"假如有，我真高兴，

　　假如撞破了地球！"

---

① 此诗原载《创化》第 1 卷第 3 号，上海，1932 年 7 月 1 日出刊，是该期上题名《彗星及其它》的组诗之一，这组诗包括《彗星》《夜风》《月夜》《投》《午睡》《落》六首诗，见该刊总第 424—426 页，署名"卞之琳"，最后一首诗末尾注明"一九三一年六月至八月"，则这组诗当作于 1931 年 6—8 月。其中《夜风》《投》《落》收入《卞之琳文集》。此诗初收《汉园集》里的《数行集》，列在"第一辑（一九三〇、十月—— 一九三一、一月）"之中，商务印书馆，1936 年 3 月出版；如此则作者两次记述此诗的创作时间略有差别。《卞之琳文集》未收此诗。此据《创化》本录存，并与《汉园集》本对校。

② 以上一节诗的开头和结尾，《汉园集》本增加了""。

③ 《汉园集》本改"底"为"的"。

④ 以上一节诗的开头和结尾，《汉园集》本增加了""。

⑤ 《汉园集》本此行首尾增加了""。

月　夜①

月亮已经高了，
　　回去吧，朋友，
时候真不早了，②
　　摸摸看，石头
简直有点潮了——③
　　哈哈，你这手！④

山是那么淡的，
　　灯又不大亮，
看是值得看的，
　　小心着了凉，
那可不是玩的——⑤
　　怎么，你尽唱！

---

①　此诗原载《创化》第 1 卷第 3 号，上海，1932 年 7 月 1 日出刊，是该期上题名《彗星及其它》的组诗六首之一，署名"卞之琳"；此诗又刊《新时代》第 3 卷第 1 期，1932 年 9 月 1 日出刊，署名"卞之琳"。此诗曾收入《雕虫纪历》增订版（人民文学出版社，1984 年 6 月出版），但《卞之琳文集》未收此诗。此据《创化》本录存，并与《新时代》本、《雕虫纪历》增订版对校。

②　以上两行，《新时代》本改为"回去罢，朋友，／时候可不早了。"，《雕虫经历》增订版改为"回去吧，时候／真的是不早了。"。

③　《新时代》本改此句中的"点"为"些"，并删去了"——"，《雕虫纪历》增订版改"——"为"，"。

④　此行《雕虫纪历》增订版改为"你看，我这手。"。

⑤　《新时代》本删去了句末的"——"，并整行右移二字；《雕虫纪历》增订版恢复了"——"。

午　睡①

三个钟头一长觉
　　还睡不掉一身睏。
斜阳光在窗上照，
　　一缕懒软的蝉声
像炉烟在风里袅。
　　如果蝉声是人生，
我要等秋风来到，
　　吹得我不留踪影！
再睡吧，时候还早，
　　糊涂的真是福人。

<hr>

① 此诗原载《创化》第 1 卷第 3 号，上海，1932 年 7 月 1 日出刊，是该期上题名《彗星及其它》的组诗六首之一，署名"卞之琳"。此诗从未入集，《卞之琳文集》也未收录此诗。此据《创化》本录存。

三　天①

是前天吧，秋，②

灰淡的白云下

你曾打着哨，③

摸摸墙头草

又拉拉牵牛花，

一见我便溜，

你那么害羞！④

是昨天了，秋，⑤

一夜雨刚停住，

我还在床上，

你不曾唱唱⑥

又摇摇那小树，

等我走出来，

一笑又走开？⑦

---

①　此诗原载《新月》第 4 卷第 5 期，1932 年 11 月 1 日出刊，"诗"栏第 10—11 页，目录页署"卞之琳"，正文署"之琳"；收入《鱼目集》时改题为《新秋》，字句略有改动；《卞之琳文集》未收此诗。此据《新月》本录存，并与《鱼目集》本对校。

②　此行《鱼目集》本改为"我道是谁呀，"。

③　此句《鱼目集》本改为"轻轻打着哨，"。

④　此句《鱼目集》本改为"那么样害羞！"。

⑤　此行《鱼目集》本改为"原来是你呵，"。

⑥　此句《鱼目集》本改为"你早来唱唱"。

⑦　《鱼目集》本改句末的"？"为"。"。

到了今天，秋①

你②跟我这样熟，

倚在我身边

看我学抽烟，

你倒像很寂寞，

陪你玩也好，

你可不要老。

一九三一年八月

① 此行《鱼目集》本改为"还只三天呢，"。
② 《鱼目集》本改"你"为"就"。

酸梅汤^①

可不是? 这几杯酸梅汤^②

怕没有人要喝了,^③我想,

你得带回家去, 到明天

下午再来吧; 不过一年

到底过了半了, 快又是

在这儿街边上,^④摆些柿^⑤

摆些花生的时候了。……^⑥哦,

今年这儿的柿^⑦, 一颗颗

总还是那么红,^⑧那么肿,

花生和去年的总也同,^⑨

一样黄,^⑩一样瘦。我问你,

(老头儿, 倒像生谁的气,

怎么你老不作声?) 你说,

有什么不同吗? 哈, 不错,

只有你头上倒是在变,

　　① 此诗原载《新月》第 4 卷第 3 期, 1932 年 10 月 1 日出刊, "诗"栏第 1—2 页, 曾收入《鱼目集》(文化生活出版社, 1935 年 12 月初版)、《汉园集》(商务印书馆, 1936 年 3 月出版)、《雕虫纪历》(人民文学出版社, 1979 年 9 月初版, 1984 年 6 月增订版);《卞之琳文集》未收此诗。此据《新月》本录存, 并与《鱼目集》本、《汉园集》本、《雕虫纪历》本对校。

　　② 此句《雕虫纪历》本改为"你这几杯酸梅汤"。

　　③ 此句《雕虫纪历》本改为"只怕没有人要喝了,"。

　　④ 此句《雕虫纪历》本改为"就在这儿街边上,"。

　　⑤ 《雕虫纪历》本于此处加","。

　　⑥ 《雕虫纪历》本删去了"……"。

　　⑦ 《雕虫纪历》本改"柿"为"柿子"。

　　⑧ 此句《雕虫纪历》本改为"想必还是那么红,"。

　　⑨ 此句《雕虫纪历》本改为"花生就和去年的总是同"。

　　⑩ "一样黄,"《雕虫纪历》本改为"一样黄瘦,"。

一年白似一年了。^①……你看，

树叶掉在杯里了。^②——^③哈哈，

老李，你也醒了，^④树荫^⑤下

睡睡觉真^⑥有趣；你再睡

半天，保你有树叶作被。^⑦

——哪儿去，先生，要车不要？^⑧

——^⑨不理我，谁也不理我。^⑩好，

走吧。……这儿倒有一大枚^⑪，

喝掉它！——^⑫老头儿，来一杯。

——^⑬今年再喝一杯酸梅汤，

最后一杯了。…啊哟，好凉！

一九三一年九月初

---

① 此句《鱼目集》本改为"一年比一年白了。"，《汉园集》本、《雕虫纪历》本同改。

② 此句《雕虫纪历》本改为"树叶掉在你杯里了。"。

③ 《鱼目集》本删去了"——"。

④ 《雕虫纪历》本改"，"为"。"。

⑤ 《汉园集》本改"树荫"为"树底"。

⑥ 《雕虫纪历》本改"真"为"可真"。

⑦ 《汉园集》本删去了"。"。

⑧ 《鱼目集》本删去了"——"，改此句为"哪儿去了？先生，要车不要？"，《汉园集》本也删去了"——"，改此句为"（哪儿去？先生，要车不要？）"，《雕虫纪历》本将"——"置于上行之末，改此句为"哪儿去？先生，要车不要？"

⑨ 《鱼目集》本删去了"——"，《汉园集》本、《雕虫纪历》本同删。

⑩ 《汉园集》本、《雕虫纪历》本改"。"为"！"。

⑪ 此处"枚"，《汉园集》本误作"杯"，《鱼目集》本也作"枚"。《雕虫纪历》本于此加注云："当时北平单铜板（十分钱）已少见，通用双铜板，叫'大枚'。"

⑫ 《鱼目集》本删去了"——"，改全行为"喝掉它！老头儿，来一杯。"，《汉园集》本也删掉"——"，改全行为"喝掉它！（老头儿，来一杯。）"，《雕虫纪历》本改"——"为"得"，改全行为"喝掉它！得，老头儿，来一杯。"。

⑬ 《鱼目集》删去了"——"，《汉园集》本、《雕虫纪历》本同删。

胡　琴①

秋风里
冷静的街头
咿咿呀呀的一阵
胡琴底哀愁
低诉与②
脚踏落叶的行人。

不说话，
一个青年在
带些胡琴拉小调，
想叫哪个来
买一把，
有空好唱"笼中鸟。"

我尽走，
不想买胡琴，
痴看衰草在墙上，
寒鸦在树顶，
想寻求
算命小锣的当当。

---

① 此诗原发刊物待查，初收《鱼目集》，文化生活出版社，1935 年 12 月初版，第 46—48 页。《卞之琳文集》未收此诗。此据《鱼目集》本录存。
② 此处"与"当为"于"之误。

八月的清晨①

秋天摸到了洋车夫底脸上了，
他还不知道，
你看，他露天伴着空洋车
躺在井屋旁的石阶上，
鼻管里送出鼾声来，
招呼耳朵底下的蟋蟀，
脸上带着露水
像隔夜的汗水呢。

他倒知道的，
秋天摸到了老人底胸上了，
小铺子虽没有张开嘴，
闭不紧的门缝可关不住咳嗽，
一声又一声，
你听，像就在你身边
又像隔一个世界——
是他醒来了
裹着薄被，裹得紧些，更紧些，
一边想：天凉了。

---

① 此诗原载《牧野》第 5 期，1933 年 2 月 11 日出刊，第 2—3 页，署名"季陵"，卞之琳的笔名。据发表时间推算，附注的写作时间"八月九，立秋后一日"当是 1932 年 8 月 9 日。此诗从未入集，《卞之琳文集》也未收此诗。此据《牧野》本录存。

可不是？
天真是凉了，
秋天摸到了槐树底顶上了，
它一阵抖，抖下了残叶，
像你家里的小狗
从外面回来，抖下了一身雪。

小狗呢，不懂得季节，
这两只傻傻的在沙尘里打滚！
可是年轻人，怎么让
秋天摸到了你底心上了？
你在街心上，一步步
越走越慢了，
寻什么梦影啊？

八月九，立秋后一日。

小　别（赠璆）①

在古老的异乡，

年纪青青的，

把你送去

更古老的他方，

算来是秋天又②到了，

树叶又飘了，

朋友啊，③

你是春天的南风，

也不妨到各处去荡荡。

送你——

送你④一路看

衰草渐远渐黄，

送你沿黄河远上

白云间几千年的雄关⑤，

---

①　此诗原载《新月》第 4 卷第 3 期，1932 年 10 月 1 日出刊，"诗"栏第 3—5 页，署名"卞之琳"。"璆"指吴廷璆（1910—2003），浙江绍兴人，1929 年 7 月考入北大史学系兼修日本文学，成为卞之琳的同学好友，吴廷璆的诗《别》即同刊于此期《新月》。按，吴廷璆在"九一八"后曾积极参加学生爱国运动，是北京大学赴南京请愿示威活动的骨干分子，回校后一度处境危险，1932 年 9—12 月他在朋友的帮助下赴西安躲避。卞之琳此诗后曾改题为《小别——赠吴廷璆》，收入《三秋草》（自印，1933 年 5 月 5 日印出）、《汉园集》里的《数行集》之"第三辑（一九三二、八——十月）"（商务印书馆，1936 年 3 月出版），《新月》本和《三秋草》本、《汉园集》本都在此诗后附注写作时间为"八月二十四日"——从写作时间和诗作内容看，卞之琳此诗当是为吴廷璆将赴西安避难而作，则此诗的写作时间当在 1932 年 8 月 24 日。《国民杂志》1941 年创刊号曾摘录此诗七行，从所摘文字看，很可能是摘自《汉园集》。《卞之琳文集》未收此诗，此据《新月》本录存，并与《三秋草》本、《汉园集》本对校。

②　《三秋草》本、《汉园集》本删去了"又"字。

③　《三秋草》本、《汉园集》本删去了"树叶又飘了，/ 朋友啊，"这两句。

④　《汉园集》本此处增加了"，"。

⑤　《三秋草》本、《汉园集》本改"雄关"为"重关"。

送你送夕阳……

可是送残年
要仍然跟我们在一起，①
别忘记②
最好黄昏里回来
轻轻地③推开了房门，
走到炉边
谈尽了天的
两三个朋友底④身边
冷不防⑤在哪个底肩⑥
一敲
敲散了我们底⑦迷惘，
让我们抬起倦眼
见到你冷风里
带回来酡颜
在含笑。

含笑地⑧去吧，
从此我更喜欢
西南风。

　　　　　　　　八月廿四日在北平送廷璆上西安⑨

---

① 《三秋草》本、《汉园集》本改句末的"，"为"："，但《三秋草》本下空一行，自成一节。
② 此句《三秋草》本、《汉园集》本改为"你不要忘记，"。
③ 《汉园集》本改"地"为"的"。
④ 《汉园集》本改"底"为"的"。
⑤ 《汉园集》本改"防"为"妨"。
⑥ "哪个底肩"，《三秋草》本改为"哪个底肩上"，《汉园集》本改为"哪个的肩上"。
⑦ 《汉园集》本改"底"为"的"。
⑧ 《汉园集》本改"地"为"的"。
⑨ 《三秋草》本、《汉园集》本此处仅署"八月二十四日"。

别[①]

吴廷璆

不用悲伤吧，也不用悔恨，
这时候一切都不由你沉吟，
去便去吧，不要再留恋了，
你听，那不是教堂底钟声？

朋友啊，怎么都围在我身边？
不要用泪球来滴破笑颜，
你看，天色渐渐地发白了，
我要走了啊，像一缕轻烟。

你握我底臂，你托我底头，
我知道你们底手在颤抖，
窗外的残花想已落尽了——
什么，你们是惊讶我底瘦？

微风柔和地抚摸我底脸，
看我安详地阖上我底眼，
朋友啊，现在我们分手了，
让我悄悄地飘出这人间。

五月五日

---

① 此诗原载《新月》第 4 卷第 3 期，1932 年 10 月 1 日出刊，"诗"栏第 5—6 页，署名"吴廷璆"，此诗作于卞之琳诗《小别（赠璆）》之前。

中南海①

听市声远了，像江潮
环抱在孤山底脚下，
隐隐的，隐隐的，
比不上
满地的虫声像雨声，
更是比不上
满湖荷叶上的雨声像风声，
——啊，轻轻的，轻轻的，
芦叶上涌来了秋风了！

我不学沉入回想的痴儿女
坐在长椅上
惋惜身旁空了的位置，②

可是总觉得丢了什么了，
——到底是丢了什么呢，
丢了什么呢？
我要问你钟声啊，
你仿佛微云，沉一沉，
荡过天边去。

八月二十八日雨中即景作

---

① 此诗原发刊物待查，初收《三秋草》，自印，1933 年 5 月 5 日印出，第 7—8 页，该集"目录"末页注明所收诗写于"一九三二年八月至十月"之间，此诗末尾附注"八月二十八日雨中即景作"，则此诗当写于 1932 年 8 月 28 日。《卞之琳文集》未收此诗，此据《三秋草》本录存。
② 《三秋草》本此下空一行，估计是误排，此处照录。

朋友和伞①

可记得夏天完了的那天，
我避雨避到你底屋子里，
呆看玻璃窗变成了泪眼。

我像看见了家乡底烟景，
这时父亲在翻阅旧历书，
母亲在愁对满天的暗云。

如果我觉得难受，不吃饭，
想出门，姐姐一定要怪我：
哪儿去，怎么不带一把伞！

当时你问我为什么落泪，
我只说身上有些不舒服，
虽然真有些，原只是推诿。

你便沉默了，虽然不全信；
我知道你那时还只想到：
傻孩子，秋天一到又伤心！

---

① 此诗原发刊物待查，初收《三秋草》，自印，1933 年 5 月 5 日印出，第 15—18 页，诗末附注"八月末日"，则此诗当写于 1932 年 8 月 31 日。《卞之琳文集》未收此诗，此据《三秋草》本录存。又按，诗中的"朋友"可能是吴廷璆——吴幼年丧父、少年丧母，寄居在姑母或叔父家，此时远赴西安，这与诗中朋友"又没了爸妈"且"现在你远了"的境况很近似。

你想我怎么好对你细说？
你也在异乡，又没了爸妈，
剩一个妹妹也已经凋落。

怕大家难受，只好不言语，
古城像为了我们也沉默，
去吧，我暗想独自去冒雨。

一把伞！你却撑了一把伞，
送我走到了清冷的长街，
哪儿去，哪儿去也不曾管！

现在你远了。雨又在幽咽。
想起那天，我不再怕西风，
愁我们像浮萍，伞像荷叶。

八月末日

九月的遥夜①

夜凉滤过了纱窗
又滤过了纱帐，
浸到你每一个毛孔里
你忽然发觉你自己
皱缩在床上
一个病痛的身体。

睡吧，多拥些被子，
别留意天空里的一声哀鸣
以为飞过了一只雁儿
便计算它底行程
今夜能飞到哪儿的芦塘，
别留意门外的秋虫
替它们担忧
能消受几点白露几粒霜。

更不要留意隔壁是谁
在梦里叹气，想起他
也许是为了少几张烂钞票
一时难指望赎回
关在当铺里吃了半年灰尘的寒衣；
也许是为了自己的爱人

① 此诗原载《牧野》第3期，1933年1月21日出刊，第10—12页，署名"季陵"，卞之琳的笔名，诗末附注"九月三日"，则此诗当写于1932年9月3日。此诗从未入集，《卞之琳文集》也未收此诗。此据《牧野》本录存。

爱坐自己没有的汽车，呜呜，嘘——
掠过沙河似的街道，像一条黑鱼
搅起了一流浅水底污泥；
也许是为了硬着头皮，红着脸皮，
昨天第一次拜访
一位新任什么局长的老乡，
看他一见面便皱眉，
听他一开口便埋怨这个年头儿……

管他呢，你管得这许多！
他也许比你反胖了一倍，
你此刻何苦不好好儿伸直两腿
享受这一片清凉，这一片清静，
一间屋，一张床，还不够舒服？
病痛吧还不曾痛得呻吟哩，
要知道说不定明天一早
也许当空已经有飞机包围这所城，
一大群，一大群，嗡嗡嗡嗡，
像苍蝇包围一大块臭肉，
也许干脆不等到你醒来
已经有真正的苍蝇包围你底空壳。

睡吧，一会儿你也许又听到鸡叫，
也许又听到马号，你一定
又要徒然地想像
朝阳里一长队精壮的骑兵，
带了长影子开出长城到旷野上，
前进又前进又前进……

够了，别辜负了静夜，
睡得足才走得动路，
要不然保你明天
捧着饭碗发一声"唉!"

九月三日

朋友和烟卷①

你抽吧，
再来一支。
我还想得起
你从前
说是
"白金龙"
淡
而有味，
我问是
上口像不像回忆。
真惭愧，
刚才你说我
不见了三年
至少老了六年，
可是我
还没有学会抽烟，
正如我
还没有学会吹箫，
虽然总是爱听
它在隔院
午夜里呜咽，
近
又迢遥，
叫旅人怅念山高。

---

① 此诗原发刊物待查，初收《三秋草》，自印，1933 年 5 月 5 日印出，第 19—23 页，诗末附注
"九月七日"，则此诗当写于 1932 年 9 月 7 日。《卞之琳文集》未收此诗，此据《三秋草》本录存。

像箫声

是我们底面前

这一卷

又一卷的

轻轻

又懒懒的青烟。

你抽吧，

再来一支。

我不爱咖啡，

清茶

我再要一杯。

夕阳

在窗口

照到烟上了，

染上了梦底色彩；

想不想

仍然做两个孩子

坐在谁家

门槛上

看一只白鹭

没入隔水的淡霞？

你抽吧，

再来一支。

谢你

为我从南天

带来了

一缕故乡底炊烟。

九月七日

工作底笑①

朋友穿了新大褂，②
同我出去吃晚饭；③
裁缝坐在铺门前，④
闲了向街上观看，

他底⑤目光（我懂得）
是从他自己手上
笑到朋友身上去——
"他笑什么呢你想？"

朋友比我更顽皮：⑥
"你新修好了皮鞋，
别笑我，那边墙根
皮鞋匠还坐着在！"

我们便不再说话，
一路怅望着晚霞。

　　　　　　　　九月九日忆昨日事，半纪实，半说谎。⑦

---

① 此诗原载《新月》第 4 卷第 5 期，"诗"栏第 8—10 页，1932 年 11 月 1 日出刊，目录署"卞之琳"，正文署"之琳"，诗末附注"九月九日忆昨日事，半纪实，半说谎"，则此诗当写于 1932 年 9 月 9 日；后收入《三秋草》（自印，1933 年 5 月 5 日印出）；又改题为《工作的笑》，收入《汉园集》（商务印书馆，1936 年 8 月出版）和《十年诗草》（明日社，1942 年 5 月出版）。《卞之琳文集》未收此诗。此据《新月》本录存，并与其他各本对校。

② 《三秋草》本删去行末的"，"，《汉园集》本、《十年诗草》本同改。

③ 《三秋草》本改"；"为"，"，《汉园集》本、《十年诗草》本同改。

④ 《三秋草》本删去行末的"，"，《汉园集》本、《十年诗草》本同改。

⑤ 《汉园集》本、《十年诗草》本改"底"为"的"。

⑥ 此行《十年诗草》本改为"朋友像早有准备："。

⑦ 《三秋草》本、《鱼目集》本和《十年诗草》本将诗末附记删剩为"九月九日"。

海　愁①

记得我告别大海，
　她把我摇摇：
"去吧，一睡就远了，
　游大陆也好。

"不见我也不用怕，
　如果你生病，
朋友也不在身边，
　告我，托白云。

"记好，我总关心你，
　一定向蓝天
放出一小叶银帆
　航到你窗前。"

如今我真想老家，
　我埋怨白云；
他告我："秋天到了，
　大海也生病。"

九月十二日

---

　　① 此诗原发刊物待查，初收《三秋草》，自印，1933 年 5 月 5 日印出，第 9—10 页。诗末附注"九月十二日"，则此诗当写于 1932 年 9 月 12 日。《卞之琳文集》未收此诗。此据《三秋草》本录存。

过　节①

叫我哪儿还得了这许多，
你来要账，他也来要账！
门上一阵响，又一阵响。
账条吗，别在桌子上笑我，
反正也经不起一把烈火。
管他！到后院去看月亮。②

九月十三日

---

① 此诗原发刊物待查，初收《三秋草》，自印，1933 年 5 月 5 日印出，第 13 页。诗末附注"九月十三日"，则此诗当写于 1932 年 9 月 13 日。此诗也曾收入《鱼目集》(文化生活出版社，1935 年 12 月初版)、《雕虫纪历》(人民文学出版社，1979 年 9 月初版，1984 年 6 月增订版)。《卞之琳文集》未收此诗。此据《三秋草》本录存，并与《鱼目集》本、《雕虫纪历》本对校。

② 《雕虫纪历》于此加注云："旧俗中秋是赏月佳节，也是店铺结账、讨账时节。"

苦　雨①

茶馆老王懒得不②开门；

小周躲在屋檐下等候，

隔了空洋车一排檐溜。

一把伞拖来了一个老人——③

"早啊，今天还想卖烧饼？"

"卖不了什么也不④得走走。"

九月十三日

---

① 此诗原发刊物待查，初收《三秋草》，自印，1933 年 5 月 5 日印出，第 14 页，诗末附注"九月十三日"，则此诗当写于 1932 年 9 月 13 日。此诗曾收入《鱼目集》（文化生活出版社，1935 年 12月初版）和《雕虫纪历》（人民文学出版社，1979 年 9 月初版，1984 年 6 月增订版）。《卞之琳文集》未收此诗。此据《三秋草》本录存，并与《鱼目集》本、《雕虫纪历》本对校。

② 《鱼目集》本、《雕虫纪历》本改"不"为"没"。

③ 此处"——"，《雕虫纪历》本改为"："。

④ 从上下文看，此处"不"当是衍文，《鱼目集》本、《雕虫纪历》本删去了"不"。

路过居①

路过居在什么地方
你们问也不容易问到，
路过的很多，
却不大有人留心到
门上
一块满面云雾的木匾，
虽然它一定看过
几代人走过了。

大家只知道②
一条并不大
也并不荒凉的街上
有一家小茶馆：

一所小屋四个洞，
长的一个像③嘴，
常常吸进拭汗水的，
吐出伸懒腰的；
方的三个像④眼睛，

---

① 此诗原载《清华周刊》第 39 卷第 5—6 期合刊，1933 年 4 月 19 日出刊，第 473—475 页，封面署名"卞之琳"，正文署名"卡之琳"，当系误排。此诗曾收入《鱼目集》（文化生活出版社，1935年 12 月初版）、《雕虫纪历》（人民文学出版社，1979 年 9 月初版，1984 年 6 月增订版）。此据《清华周刊》本录存，并与《鱼目集》本、《雕虫纪历》本对校。

② 《鱼目集》本于此句末加了"，"，《雕虫纪历》本同加。

③ 《雕虫纪历》本改"像"为"象"。

④ 《雕虫纪历》本改"像"为"象"。

常常露出几个半身。

店主是谁
也不容易看出来①
里头的汉子
打扮
差不多全是一样，
衣服
也差不多全是一样
穿的蓝粗布，
到夏天
谁也赤膊；
而且有时候要水
这个去
那个也去
自动拿开壶。

他们平常是喝茶，
一边谈话；
有时候谈得
伸出大拳头锤②桌子；
有时候大笑
直笑得坐也坐③不稳了，
叫板凳也跳了，
一碗茶泼倒了，

① 《鱼目集》本于此句末加了"，"，《雕虫纪历》本同加。
② 《雕虫纪历》本改"锤"为"捶"。
③ 此处"坐"字《鱼目集》本排为"喷"字，而下一节里"喷一口烟"之"烟"字《鱼目集》本排为"坐"字——校读两处文字，可以推知《鱼目集》本把"喷"和"坐"排错了位置。《雕虫纪历》本改正为"坐"。

泼到了谁底①脚上了，

那末②骂，那末打，

打过了又哈哈地③笑了；

有时候有人拉胡琴，

几个人围着他，要他唱④

他要唱又不唱了。

有时候也冷清清，

也许有一个年老的

抽旱烟，

喷⑤出一口烟

又哼出一声长叹，

窗前

有一张，白话实事报⑥

被一阵怪风赶去了

追一片黄叶。

到黄昏⑦

这儿也用电灯，

但只有一盏

而且很暗，

初看总以为

是仍然用油灯，

---

① 《鱼目集》本改"底"为"的"，《雕虫纪历》本同改。

② 此句及下一句里的"末"，《雕虫纪历》本均改为"么"。

③ 《鱼目集》本改"地"为"的"，《雕虫纪历》本同改。

④ 《鱼目集》本于此句末加了"，"，《雕虫纪历》本同加。

⑤ 此处"喷"字，《鱼目集》本作"坐"字，当是误排，《雕虫纪历》本改正为"喷"。

⑥ 此行《鱼目集》本作"有一张《白话实事报》"，《雕虫纪历》本同改。

⑦ 《鱼目集》本于此句末加了"，"，《雕虫纪历》本无"，"。

不过比别家小铺子

点得久。

在晚上

十一点光景

有时候还可以听到

有人在这儿

唱京调——

独自从市场回来的，

来得正好，你听：

"一马离了

西凉界…"

九月十三日，一九三二。①

九月底孩子①

我是一只倦飞的小鸟，
如今只依恋你底怀抱，
摇我睡吧，你不要落泪，
想起白露便想起明朝。

九月十七日

---

① 此诗原发刊物待查，初收《三秋草》，自印，1933 年 5 月 5 日印出，第 11 页，诗末附注"九月十七日"，则此诗当写于 1932 年 9 月 17 日。《卞之琳文集》未收此诗。此据《三秋草》本录存。

叫　卖[①]

可怜门里那小孩

妈妈不准他出来，[②]

让我来再喊两声：[③]

　小玩意儿，

　好玩意儿…

唉！又叫人哭一阵。

九月十七日[④]

---

① 此诗原发刊物待查，初收《三秋草》，自印，1933 年 5 月 5 日印出，第 12 页，诗末附注"九月十七日"，则此诗当写于 1932 年 9 月 17 日；此诗又曾收入《鱼目集》（文化生活出版社，1935 年 12 月初版）、《雕虫纪历》（人民文学出版社，1979 年 9 月初版，1984 年 6 月增订版）。《卞之琳文集》未收此诗。此据《三秋草》本录存，并与《鱼目集》本、《雕虫纪历》本对校。

② 《雕虫纪历》本改句末的"，"为"。"。

③ 《鱼目集》本改句末的"："为"，"。

④ 《鱼目集》本和《雕虫纪历》本删去了诗末的附注。

风沙夜^①

听满城的古木
徒然地大呼：
呼啊，呼啊，呼啊…

留心你底帽子，
孤独的夜行人，
别让它发痴了跳出去
叫你竖起了一头的乱发去
追——你怨谁？

可不是？入寇的西北风
搅弄大香炉，
扬起一炉千年的陈灰，
飞，飞，飞，飞…

闭紧你底眼皮，
孤独的夜行人，
让沙流擦过你底脸庞
像怒潮擦过独立的礁石。

---

① 此诗原载《北平晨报》"诗与批评（北晨学园附刊）"第16号，1934年3月2日出刊，署名"卡之琳"，"卡"当为"卞"之误。孙玉石在《〈北平晨报·学园〉附刊〈诗与批评〉读札（下）》（《新文学史料》1997年第4期）中已提及此诗"系至今尚未发现的集外佚作"并抄录了全诗，但所抄该诗第15行"让沙流搅过你底脸庞"中"搅"当作"擦"，第22行"剩下一个两个的警察"当作"剩一个两个的警察"。此诗从未入集，《卞之琳文集》也未收录此诗。此据《北平晨报》"诗与批评（北晨学园附刊）"本录存。

好大风呀
横扫过街道，
扫空了洋车，
扫空了大车，
扫空了汽车。

剩一个两个的警察，
瑟缩地，瑟缩地，
贴在墙角里，
像扫帚缝底下
漏下来的一片两片的垃圾。

在扫帚前面的
孤独的夜行人，
不用问大风
把你扫，
扫，扫，扫，扫，
要扫到什么地方去，
是不是
要扫到一个死叶堆上去。

可是这座城
是一只古老的大香炉，
一炉千年的陈灰
飞，飞，飞，飞…

　　　　　　十一月三日，一九三二。

黄昏念志摩先生^①

悲哀付与暮天的群鸦，
也罢。可是为什么
抽着烟卷儿看烟丝的
总又要怅望到窗外的云天去？
问你飞去了的人。

飞去了一团火，一股青春，
可不是！你知道，在你挥
一挥衣袖后边的朋友
二年来该谁也加重了二十岁，
不然为什么在这种黄昏天
就蜷缩到屋角里的炉边去
瞌睡，像一只懒猫……
这是我，从前被你笑过的，
他这一向可真有了成就：
如今不再害羞了，他会说
"先生看，我总算学会了抽烟了。"

二十二年十一月二十二日，

志摩先生逝世二周年后五日。

---

① 此诗原载《华北日报》"每周文艺"第 9 期，1934 年 2 月 6 日出刊，署名"卞之琳"。此诗
从未入集，《卞之琳文集》也未收录此诗。此据《华北日报》本录存。

烟蒂头①

曾忆月前广田自北平来信云："愈热闹时却又最容易想起有一个阔别的人，于是在热闹中又常感到寂寞。"饭后烟余，孤坐有所思，草此寄海外人大刚与廷璆。

一九三三年十二月七日于保定。②

谈笑中扔掉一枚烟蒂头，
一低头便望见一缕烟
在辽远的水平线上——
不见了——天外的人怎样了？

这样想得胡涂的人
却正在谈笑的圈子外，
独守着砖地上的烟蒂头，
也懒得哼"大漠孤烟直"。

---

① 此诗原载《文学季刊》第 2 期，立达书局，1934 年 4 月 1 日出刊，第 152—153 页；诗前小序中"广田"指李广田（1906—1968），时在北京大学外语系学习；"廷璆"指吴廷璆（1910—2003），他 1933 年春入日本京都帝国大学史学科留学；"大刚"指罗大冈（1909—1998），他 1933 年 10 月下旬赴法国里昂中法大学学习。此诗曾收入《汉园集》里的《数行集》之"第四辑（一九三三、七月——十二月）"之中（商务印书馆，1936 年 3 月出版）。《卞之琳文集》未收此诗。此据《文学季刊》本录存，并与《汉园集》本对校。

② 这个诗前小序在《汉园集》本中改为诗后附识，其附注的写作时地改为"十二月七日，保定。"

发烧夜 Rhapsody[①]

真想说“我的心和表竞赛呢”。

伤了风，黄昏中又从东去
回东来[②]凭两条热腿
空兜了一圈春晚的半寒风，
为什么眼红了？鼻酸吧！
可是电灯，电灯，电灯你恼人！

也总是寂寞，你不会对人说[③]
（当你要朦胧睡去了）[④]
“亲爱的，我到底，唉，到底
不能够陪你听我的鼾声，唉”？[⑤]

再设想有人暗地里半问你
不知谁给我[⑥]寄来了几朵鲜花，
你听了，拍拍衣袖上的灰土说
“花开了？我还以为太早呢。”

① 此诗原载《大公报》（天津）1934 年 4 月 18 日第 12 版“文艺副刊”第 59 期，署名“卞之琳”。Rhapsody，狂想曲。此诗曾改题为“发烧夜”，收入《鱼目集》，文化生活出版社，1935 年 12 月初版，第 55—57 页。《卞之琳文集》未收此诗，此据《大公报》本录存，并与《鱼目集》本对校。

② 《鱼目集》本在此处增加了“，”。

③ 《鱼目集》本改“说”为“说吗？”。

④ 《鱼目集》本此行末有“——”。

⑤ 《鱼目集》本此行作“不能够陪你听我的鼾声，唉。’”。

⑥ 《鱼目集》本删去了“给我”二字。

两难真是 ① 的：心情跑过了年龄

又落到后面来，差了这么远 ② ：

明白人吟味着人病则思父母，

怎么？又仿佛小孩子喊了哥，

竟 ③ 想说"我的心和表竞赛呢"。

得，得，得，都该歇息了，

"睡吧，一切的希望，

睡吧，一切的酸辛！" *④ ——

不管是谁吧给谁唱了摇篮歌，

枕上表上有一声"硬面饽饽"。

＊原文见魏尔伦《智慧》集：

Dormez, tout espoir, Dormez, toute envie！

四月九，夜半。⑤

---

① 《鱼目集》本改"真是"为"是真"。

② "差了这么远"，《鱼目集》本改作"差这么多"。

③ 《鱼目集》本将"竟"排作"意"，当是误排。

④ 此处"＊"及下面的"＊"，当是表示注释的"＊"（星号），但《大公报》排作"×"，这可能是缺铅字而临时以"×"来凑合，此处直接改正为"＊"，特此说明。《鱼目集》本删去了这条注释。

⑤ 《鱼目集》本没有附注写作时间。

在异国的警署①

一对对神经过敏的眼睛
像无数紧张的探海灯
照给我一身神秘的鳞光，
我如今是一个出海的妖精。

重叠的近视眼镜藏了不测的奥妙？
一枚怪贝壳是兴风作浪的法宝？
手册里的洋书名是信息的暗码？
亲友的通讯录是徒党的名单？⋯

我倒想当一名港口的检查员，
专翻异邦旅客的行李，
看多少不相识手底下传递的细软，
不相识知好的信札，像片，
驰骋我海阔天空的遐思。

但此刻我居然是什么大妖孽
其力量足与富士比——
一转身震动全岛？

---

① 此诗原载《水星》第 2 卷第 2 期，1935 年 5 月 10 日出刊，第 194—195 页，署名"阮竿"，卞之琳的笔名。文化生活出版社 1937 年 2 月和 1940 年 9 月推出《鱼目集》第 3 版及第 4 版，在集末补入了"另外一首"诗——《在异国的警署》。《卞之琳文集》未收此诗。此据《水星》本录存，并与《鱼目集》第 3 版对校。按，"异国的警署"可能指日本的警署——卞之琳 1935 年在日本旅行写作 5 个月，其间受到日本便衣警察的监视，此诗当与他的这段经历有关。

敌对，威吓，惊讶，哄骗的潮浪
在我的周围起伏，环绕…①

可怜可笑我本是倦途的驯羊。

四月三日

---

① 《鱼目集》第 3 版将此句末的"…"改为"："。

休息（童话）①

厌倦了自己的顽皮——
给正在午睡的妈妈
拨慢她表上的时间；
厌倦了自己的高兴——
看舅舅在白墙壁上
用窗子画一幅远山，
随哥哥出外捡贝壳

盛回大海的古音籁；
厌倦了自己的野心——
用一天疏疏的暖雨
灌溉一城的油纸伞：
多谢蜡烛火给指点，
像一双拖鞋在盼望，
两张并排的小白床。

---

① 此诗原载《大公报》（天津）1936 年 4 月 19 日第 11 版"文艺"副刊第 130 期"星期特刊"，署名"薛邻"，卞之琳的笔名。此诗从未入集，《卞之琳文集》也未收此诗。此据《大公报》本录存。

小诗两首①

朋友和伞

现在你远了。雨又在幽咽。
想起那天，我不再怕西风，
愁我们像浮萍，伞像荷叶。

朋友和烟卷

谢你
为我从南天
带来了
一缕故乡的炊烟。

注：这两首是二十一年两首旧作的尾巴。

---

① 这两首小诗原载《大公报》（天津）1936 年 5 月 1 日第 12 版"文艺"第 137 期"诗特刊"，署名"卞之琳"。诗后有附注说："这两首是二十一年两首旧作的尾巴。"按，《朋友和伞》《朋友和烟卷》的确是卞之琳 1932 年写作的两首诗，收入其自印诗集《三秋草》(1933 年 5 月 5 日印出)，但均未收入《卞之琳文集》，所以算是刊落的诗篇，已录存于本书。这里的两首同题小诗也的确是从同题原诗的末尾截取的"断章"，因此成为独立的诗作。此据《大公报》本录存。

足 迹①

十年前卖梨的还叫在你门前；

悲哀是谁的？他的还是你的，

你经过了千山万水的？

想想看，哪一所城市里哪一条长街上

哪一面陈列窗抢过你一个面影。

哪一面陈列窗里俏丽的新皮鞋

（多少对眼睛同赞巴黎品？）谁穿了

点过了哪一条清脆的人行道，

哪一条石桥？该有巴黎皮鞋匠在想吧。

想吧，你穿了那双皮鞋的，

你经过了千山万水又回来的。

蜜蜂的细腿已经拨起了多少只果子，

你的足迹呢，沙上一排，雪上一排，

全如水蜘蛛踏在水上的花纹？

---

① 此诗原载《文学杂志》创刊号，1937 年 5 月 1 日出刊，第 38—39 页，为《近作四首》之一，署名"卞之琳"。此诗从未入集，《卞之琳文集》则收入了作者依据此诗末尾三行修订而成的四行小诗："蜜蜂的细腿已经拨起了 / 多少只果子，而你的足迹呢， / 沙上一排，雪上一排， / 全如水蜘蛛织过的水纹？"孙玉石发现并于 2010 年在"纪念卞之琳百年诞辰清华座谈会"上介绍了此诗，详见孙晓娅、徐玥整理的《慧心灵工说不尽——纪念卞之琳百年诞辰清华座谈会录音整理》（原载《中国诗歌研究动态·第八辑·新诗卷》，学苑出版社，2011 年 6 月出版）。另，陈丙莹所著《卞之琳评传》中也注意到此诗的最初版本，并在注释中附上了全文，见该书第 144 页，重庆出版社，1998 年 11 月出版。此据《文学杂志》本录存。

若有其事四章①

Douceur d'être et de n'être pas.——Paul Valéry②

一③

三日前山中的一道小水，
掠过你一丝笑影而去的，
今朝你重见了，揉揉眼睛看
屋前屋后好一片春潮。

百转千回都不跟你讲，
水有愁，水自哀，水愿意载你。
你的船呢？船呢？下楼去。
南村外一夜里开齐了杏花。④

---

① 这组诗原载《文丛》第 1 卷第 3 号，1937 年 5 月 15 日出刊，第 471—472 页，署名"薛大惜"，卞之琳的笔名。这组诗后经修改并增加第五首（首句"我在散步中感谢"），以《无题一》《无题二》《无题三》《无题四》《无题五》为题，收入《十年诗草》（明日社，1942 年 5 月出版）、《雕虫纪历》（人民文学出版社，1979 年 9 月初版，1984 年 6 月增订版）。《卞之琳文集》（安徽教育出版社，2002 年 10 月出版）也收入了这组《无题》诗，其中前四首就是《若无其事四章》。鉴于《若有其事四章》是这组无题诗的原初形态，其最初题名"若有其事"及题词"Douceur d'être et de n'être pas"，也暗示了这组诗所表达的爱情关系之微妙，为便读者和研究参考，乃据《文丛》本录存于此，并与《十年诗草》本、《雕虫纪历》本、《卞之琳文集》本对校。

② Douceur d'être et de n'être pas，大意是"无论有它或没它我都感到甜蜜"，出自 Paul Valéry（保尔·瓦雷里，1871—1945，法国现代诗人）的诗 Les Pas（《脚步》）。《十年诗草》本删去了这段题词。

③ 《十年诗草》本、《雕虫纪历》本改题为《无题一》。

④ 《十年诗草》本、《雕虫纪历》本于诗后附注写作时间"三月"，《卞之琳文集》本于诗后附注"3 月（1937 年）"。

二 [①]

窗口专等待 [②] 嵌你的凭倚。

穿衣镜怅望，将何以慰籍？ [③]

一室的沉默正念点金指。 [④]

门上一声响你来得合适！ [⑤]

杨柳枝招人，春水面笑人。

鸢飞，鱼跃；青山青，白云白。

衣襟上不断少 [⑥] 半条皱纹，

这里还差你右脚——唵，一拍。 [⑦]

三 [⑧]

我在门荐上不忘记细心的踩踩 [⑨]

不带路上尘的土 [⑩] 来糟塌你 [⑪] 房间

---

① 《十年诗草》本、《雕虫纪历》本、《卞之琳文集》本改题为《无题二》。

② "窗口专等待"，《十年诗草》本、《雕虫纪历》本、《卞之琳文集》本改为"窗子在等待"。

③ "慰籍"之"籍"当作"藉"，原刊误排。《十年诗草》本、《雕虫纪历》本、《卞之琳文集》本改此句为"穿衣镜也怅望，何以安慰？"

④ 《十年诗草》本、《雕虫纪历》本、《卞之琳文集》本改此句为"一室的沉默痴念着点金指，"。

⑤ 《十年诗草》本改此句为"门上一声响你来得正对！"，《雕虫纪历》本、《卞之琳文集》本则改为"门上一声响，你来得正对！"。

⑥ "断少"疑是误排或原稿笔误，似应作"短少"，《十年诗草》本、《雕虫纪历》本、《卞之琳文集》本改正为"短少"。

⑦ 《十年诗草》本、《雕虫纪历》本、《卞之琳文集》本改此句为"这里就差你右脚——这一拍！"。《卞之琳文集》本并于诗末附记写作时间"4月（1937年）"。

⑧ 《十年诗草》本、《雕虫纪历》本、《卞之琳文集》本改题为《无题三》。

⑨ 《十年诗草》本、《雕虫纪历》本、《卞之琳文集》本此句末增加了"，"。《雕虫纪历》本并于此行末加注云："'门荐'或称'门垫'或'门毡'，国内早有此物，迄今尚无通用名称。"

⑩ "路上尘的土"，原刊有误排，《十年诗草》本、《雕虫纪历》本、《卞之琳文集》本改正为"路上的尘土"。

⑪ 《文丛》本和《十年诗草》本均作"塌"，《雕虫纪历》本、《卞之琳文集》本改为"蹋"；《十年诗草》本改"你"为"你的"，其余各本均作"你"。

感谢你①必用渗墨纸轻轻的掩一下
叫字泪不沾污你写给我的信面。

门荐有悲哀的印痕，渗黑纸②也有，
我明白海水洗得尽人间的烟火。
白手帕③至少可以包一些珊瑚吧，
你却更爱它月台上绿旗后的挥舞。④

四⑤

隔江泥衔到你梁上，
隔院泉挑到你杯里，
海外的奢侈品舶来你胸前，…⑥
我想要研究交通史。

昨夜付一片轻喟，
今朝收两朵微笑，
付一枝镜花，收一轮水月：⑦
我为你记下流水账。⑧

---

　　①《十年诗草》本、《雕虫纪历》本、《卞之琳文集》本改"感谢你"为"以感谢你"。

　　②"渗黑纸"，原刊排印有误，此诗第三行"渗墨纸"可证；《十年诗草》本、《雕虫纪历》本、《卞之琳文集》本改正为"渗墨纸"。

　　③此处"白手帕"，《十年诗草》本、《雕虫纪历》本、《卞之琳文集》本改为"白手绢"。

　　④《卞之琳文集》于此诗末附注写作时间"4月（1937年）"。

　　⑤《十年诗草》本、《雕虫纪历》本、《卞之琳文集》本改题为《无题四》。

　　⑥《十年诗草》本改此句为"海外的奢侈品舶来你的胸前："，《雕虫纪历》本、《卞之琳文集》本复改为"海外的奢侈品舶来你胸前："。

　　⑦《雕虫纪历》（1979年初版）改此行末的"："为"…"，《雕虫纪历》（1984年增订版）、《卞之琳文集》本改此行末的"："为"……"。

　　⑧《十年诗草》本、《雕虫纪历》本于此诗末附注写作时间"四月"，《卞之琳文集》本于此诗末附注"4月（1937年）"。

给一位参谋长^①

十年前爱人的像片，
经过了雪山，草地，^②
弹雨，^③锋镝的森林，
依然在你的怀里。

为大家的忧患而辛劳，
忽得于日人^④的身上
一副夹像片的软玻璃，
你让它有了新用场。

新披了光荣的保障，
被日人^⑤闯入了家园
丢了心爱的像片的
更爱了你那张像片。^⑥

---

① 此诗原载《大公报》（香港）1940 年 2 月 16 日第 8 版"文艺"第 785 期，署名"卞之琳"，后曾收入《慰劳信集》（第十八首，明日社，1940 年出版）、《十年诗草》（明日社，1942 年 5 月出版）。《卞之琳文集》未收此诗。此据《大公报》本录存，并与《慰劳信集》本、《十年诗草》本对校。

② 《慰劳信集》本、《十年诗草》本将此行的两个","改为"、"。

③ 《慰劳信集》本、《十年诗草》本改此处","为"、"。

④ 《慰劳信集》本、《十年诗草》本改"日人"为"敌人"。按，在太平洋战争爆发前，香港当局不允许报刊上称日人为"敌人"。

⑤ 《慰劳信集》本、《十年诗草》本改"日人"为"敌人"。

⑥ 《慰劳信集》本、《十年诗草》本改行末的"。"为","。

更信了奋斗下去
总会有这样的日子：
世界上所有的像片
都得到最适当的位置。

十一月二十六日

给献金的卖笑者①

你们为金钱赎救了罪孽：
当众，羞退了荒淫者，堂堂
将手做②地狱的转世投胎
而为奋斗者尽它的力量。

为了民族求新生而奋起，
你们就怀孕了自己的新生；
宣告了忠忱，你们就宣告了
人间还有待解放的爱情。

十一月二十五日

---

① 此诗原载《大公报》（香港）1940 年 2 月 5 日第 8 版"文艺"第 781 期，署名"卞之琳"，后曾收入《慰劳信集》（第十五首，明日社，1940 年出版）、《十年诗草》（明日社，1942 年 5 月出版）。《卞之琳文集》未收此诗。此据《大公报》本录存，并与《慰劳信集》本、《十年诗草》本对校。
② 《慰劳信集》本、《十年诗草》本改"做"为"造"。

血说了话

（悼死难同学）①

为了争取说话的自由，

血说了话，②

专帮凶，

专堵人嘴，

专掩人耳目的报纸③

也终于露出了血渍。

死难者的血渍④

也正是流氓政治的伤痕。

1945

---

① 此诗原是一则短文，初刊《独立周报》1945 年 12 月 16 日第 2 版"献给一二·一惨案烈士"，后收入昆明学生联合会编《"一二·一"惨案死难四烈士荣哀录》第 30 页，又刊于《燕京新闻》第 14 卷第 7 期 "一二一纪念特刊"之"教授们的话"栏，1947 年 12 月 1 日出刊，均署名"卞之琳"。这则短文后来改为诗体收入《雕虫纪历》增订版（人民文学出版社，1984 年 6 月出版），作者在 1983 年 4 月 13 日所写《雕虫纪历·自序》"附记四"中提到这则短文，特意交代说："去年屠岸在'一二·一'文献展览中发现我当时在昆明发表的一则文字，分行录下给我看，我觉得果然象一首还过得去的短诗。这应算是我在四十年代仅只写过的一首诗，现在就收入'另外一辑'，按写作日期，排在最后。"《卞之琳文集》未收此诗。为保持诗形，此据《雕虫纪历》增订版录存，文字则与《"一二·一"惨案死难四烈士荣哀录》本对校。

② 《"一二·一"惨案死难四烈士荣哀录》本此处作"。"。

③ 《"一二·一"惨案死难四烈士荣哀录》本此行与下行连为一句。

④ 《"一二·一"惨案死难四烈士荣哀录》本此行与下行连为一句。

战争与和平①

尽管叫国外的奴隶们出头打人民，
傀儡军队本身也就是人民，
他们不甘愿替主子打人民
而自己挨打。

尽管叫国内的奴隶们出来打人民，
本国军队本身也就是人民，
他们不甘愿替主子打人民
而自己挨打。

要打，战贩们自己出来打，
要打，麦克阿瑟自己出来打，
要打，杜鲁门自己出来打！

人民从外边堵住战争机器，
人民从里边堵住战争机器。

像他们今天硬要把军队送出来，
明天战贩们自己会给送出来，
麦克阿瑟自己会给送出来，
杜鲁门自己会给送出来！

① 此诗原载《人民文学》第 2 卷第 4 期"反对美国侵略台湾朝鲜"专栏（专栏中的台湾指中国台湾地区），1950 年 8 月 1 日出刊，第 13 页，署名"卞之琳"。此诗从未入集，《卞之琳文集》也未收此诗。此据《人民文学》本录存。

谁把他们送出来？
他们本国的人民。
干什么把他们送出来？
交给全世界的人民，
当战犯审判来奠定持久和平。

亚洲的人民争取这一天，
全世界的人民争取这一天！

七月十四日

向朝鲜人民致敬①

就为了便于收拾法西斯遗毒，
三八线不得已把你们拦腰一束。
上半身干净了，空前的血气和匀；
下半身却被裹上了法西斯的围裙。

魔手不但继续害你们半身不遂，
而且翻上围裙来掩你们眼眉。
你们很警醒，挡住他们的乱来，
就索性趁势解围裙，挣断围裙带。

围裙一撕裂，底下露出了魔爪，
你们不怕，定要切断它，消灭它。
全世界人民感谢你们的英勇，
分头割魔掌，我们也一刻不放松。

---

① 此诗原载《人民日报》1950 年 7 月 23 日第 5 版"向英勇的朝鲜人民军致敬！"专栏，署名"卞之琳"。此诗从未入集，《卞之琳文集》也未收录此诗。此据《人民日报》本录存。

台湾和朝鲜①

——亚洲人民对帝国主义说

我的左手里有苹果，
我的右手里有糖，
可以分给大家吃，
可以分给大家尝。

恶狗，你压了人民，
你家里有我的弟兄，
你把我扑倒了多少年，
我如今翻起来挺了胸。

狗急跳墙，你发疯，
不要糖也不要苹果
你是咬我的双手——
就给你铁拳两大个！

---

① 此诗原载《大众诗歌》第 2 卷第 2 期（总第 8 号）"反对美帝侵略台湾朝鲜特辑"，1950 年 8 月 1 日出刊，第 7 页。此诗从未入集，《卞之琳文集》也未收录此诗，此据《大众诗歌》本录存。台湾指中国台湾地区。

我们挺上去①

我们只讲理，

他们就动手，

我们挺上去，

他们就拔脚溜；②

他们算什么？

老话叫蜡枪头！

我们退一步，

他们就扑上身，

我们挺上去，

他们就掉进坟；③

他们算什么？

迷信叫鬼打灯！

尽管是蜡枪头，

也会沾我们的双手，

叫我们开不了机器；

尽管是鬼打灯，

也会闹我们不安身，

叫我们种不了田地！

---

① 此诗原载《人民日报》1950 年 11 月 19 日第 5 版，署名"卞之琳"。此诗曾收入卞之琳的诗集《翻一个浪头》，平明出版社，1951 年 2 月出版，第 4—7 页。《卞之琳文集》未收录此诗。此据《人民日报》本录存，并与《翻一个浪头》本对校。

② 《翻一个浪头》本改";"为":"。

③ 《翻一个浪头》本改";"为":"。

放任了蜡枪头，
也会变真刀来切手，
进一步把我们都开肠；
放任了鬼打灯，
也会变真火来烧身，
进一步把我们都烧光！

我们要开机器，
别等他们来开肠，
我们挺上去；
我们要种田地，
别等他们来烧光，
我们挺上去！

十一月七日

寄到朝鲜给我们的志愿部队^①

你们的背后山连江，
敌人的背后隔重洋，
全中国给你们当山靠，
全世界拉他们腿条！

戳破了前面的炮火罩，
炮灰跑回去砸狗脑，
狗脑砸光了天开亮，
全世界把你们表扬。

戳破了前面的烟火墙，
迎面来就是家乡，
家乡的老老少少，
一齐把你们拥抱。

全中国近得像背包，
全美国虚无缥缈，
敌人的背后隔重洋，
你们的背后山连江！

一九五〇年十一月二十日　北京大学^②

---

① 此诗原载《北大周刊》1950 年 12 月 16 日第 2 版 "反美侵略专刊" 第 5 号 "慰问信辑"，署名 "卞之琳"。此诗曾收入《翻一个浪头》，平明出版社，1951 年 2 月出版，第 96—97 页。《卞之琳文集》未收此诗。此据《北大周刊》本录存，并与《翻一个浪头》本对校。

② 《翻一个浪头》本删去了附注里的 "一九五〇年" 和 "北京大学"。

恶开（OK）曲：奉劝美国迷①

开 篇

大街坊，小四邻，

来看穿美国流氓。

讲起来有陈有新，

新的陈的都一样，

陈的完全真，

新的最可能。

"恶开"！我们不要紧；

活该！这些人可当心！②

一

大有钱，小有财③，

可别去向老美投靠！④

他们招你们过去住，

剥光了撵回来：

"柏油也漆不像黑奴，

滚你的不成材黄皮肤！"

他们说"恶开！"

那就是"活该！"

---

① 此诗初刊《光明日报》1950 年 11 月 29 日第 3 版，又载《文汇报》1950 年 12 月 4 日第 2 版；《文汇报》和《光明日报》本完全一致，署名"卞之琳"。此诗曾改题《恶开（OK）调：奉劝美国迷》收入《翻一个浪头》，平明出版社，1951 年 2 月出版，第 30—35 页。《卞之琳文集》未收此诗。此据《光明日报》本录存，并与《翻一个浪头》本对校。

② 此处"！"，《翻一个浪头》本排为"："，当是误排。

③ 《翻一个浪头》本改"财"为"钞"。

④ 《翻一个浪头》本改此句作"可别去老美家投靠！"。

二

大老板，小店东，

可别看美钞心动；①

他们招你们去合股，

一转眼踢出来，

再不见自家的门户，

只好到垃圾桶里住；②

他们说"恶开！"

那就是"活该！"

三

大小姐，小姑娘。

可别想做吉普女郎！

他们接你们去跳舞，

大清早赶出来，

衣裳变稀星③糊涂，

眼④上都眼泪模糊；⑤

他们说"恶开！"

那就是"活该！"

四

大懒虫，小傻瓜，

可别盼"美援"来眼巴巴；⑥

他们喂你们洋馍馍，

---

① 《翻一个浪头》本改此句为"可别看美国心动！"。

② 《翻一个浪头》本改";"为":"。

③ 此处"星"字是原报误排，《翻一个浪头》本改正为"里"。

④ 此处"眼"字是原报误排，《翻一个浪头》本改正为"脸"。

⑤ 《翻一个浪头》本改";"为":"。

⑥ 《翻一个浪头》本改此句为"可别盼美援来眼巴巴！"。

一下子钓上来，

钓上来替他们当骆驼，

炸药几吨在背上驮；[①]

他们说"恶开！"

那就是"活该！"

尾　声[②]

大街坊，小四邻，

算起来这已经是旧帐，

就可恨"美国之音"，[③]

还要把死灰到处扬，

别看像[④]甜迷迷，

闻闻看，[⑤]火药气！

活该！那些人才相信；

"恶开"骗不了人民！

十一月八日

---

① 《翻一个浪头》本改"；"为"："。
② 《翻一个浪头》本改"尾声"为"收篇"。
③ 《翻一个浪头》本删去了句末的"，"。
④ 《翻一个浪头》本删去了"像"字。
⑤ 《翻一个浪头》本改此处"，"为"："。

不要让人家拖住了手①

我们今天正在修泥路，
明天一条条都铺上柏油。
要是让人家拖住了手，
别说就只要走走泥路，
泥路变阴沟，让我们去走！

不要让人家拖住了手，
把所有要来害人的都赶走！

我们今天正在添火车，
明天大家坐飞机，更自由。
要是让人家拖住了手，
别说就只要坐坐火车，
火车装洋狗，挤我们下来走！

不要让人家拖住了手，
把所有要来害人的都赶走！

十一月九日

① 此诗原发刊物待查，曾收入《翻一个浪头》，平明出版社，1951 年 2 月出版，第 8—9 页。
《卞之琳文集》未收此诗。此据《翻一个浪头》本录存。

得过且过大家都不得过①

得过且过大家都不得过：
弟兄家跟我们合用了一垛墙，
墙坍了难道我们家没有破？

两家一口灶，一个发电厂，
灶毁了，电流还能向这边送？
放火的早就向我们抛火秧！

不要说来势好像还不凶，
他们越得势，心里就越狠，
强盗会变贼，也会钻狗洞。

我们看上面，他们在底下等，
从我们裤裆里射过来一火箭，
一溜烟贼骨头烧进了后门！

一下子又会露出来强盗脸，
一只手放火，一只手挥大刀，
削平了烟囱，叫车轮朝天转，

房子变院子，院子变坟泡泡，
坟地里枯骨撒出来像播种，
米粮堆都用汽油来浇了烧，

---

① 此诗原发刊物待查，曾收入《翻一个浪头》，平明出版社，1951 年 2 月出版，第 18—25 页。《卞之琳文集》未收此诗。此据《翻一个浪头》本录存。

抢的抢，赶的赶，烟尘滚滚，
卷去了牛和马，猪和羊，鸡和鸭，
留半点霉干粮叫开开洋荤，

剥光了女人哼一声就杀，
血肉堆顶上放映大腿戏：
这叫做"美国生活"到了家！

这光景在朝鲜已经是不稀奇，
这光景就摆在我们的前头，
看我们理不理，看我们理不理？

理一^①趁早给他们一拳头！
要是还不滚，要张开血盆嘴，
再叫吃一个雷样的铁馒头！

用我们百炼成钢的锋锐，
用我们翻转全中国的气概，
用我们震动全世界的雄威，

把做了机器尾巴的奴才，
把发了原子神经病的脓包，
打得个团团转，打得个直发呆！

前一批虾兵给他们写过照：
摔脱了皮靴，追小鸭逃命，
开坦克都永远向背后架炮，

---

① 此处"理一"费解，疑原书有误排，或当作"理——"。

末一枪架在难民的肩顶，
逃脱的还是怕四面的草和风，
恨不能钻进真空管宿营…

这只是朝鲜小兄弟的第一功，
我们大家来准打得更彻底，
叫他们要逃也找不到一条缝！

台湾就可以回我们家里，
越南就可以解放得更顺手，
菲律宾就可以解除了压力，

日本的人民就可以出头，
全亚洲人民都可以站起来，
全世界人民都可以自由，

都可以享受和平，享受爱，
这边送去盐，那边送来糖，
交换种子，合作，竞赛。

我们就可以照苏联的榜样，
把戈壁改成翠绿的果园，
从三峡伸出一个发电网，

每一座村庄都有博物馆，
每一个中心点都有大学城，
每一条街巷都有好戏院…

不怕山不高，不怕海不深，
世界缩小了，更多了可能性，
人同人终于有什么要斗争？

隔洋最好也变成近邻，
要乐大家乐一天天更乐！
说远也就远，说近也就近，
得过且过大家都不得过！

十一月十一日

黑老鸹飞上了我们的烟囱^①

黑老鸹飞上了我们的烟囱，
新盖的大宿舍也得要搬空。

都只恨星条死鬼的黑影
死命要遮上我们的头顶。

黑老鸹会来找我们的尸首，
要是让强盗抛进了泥沟。

黑老鸹就去啄他们的狗脑！
看我们迎上去把他们砍倒！

我们把天空里乌云都扫开，
盖更多高楼，搭更多高台。

烟囱里一篷烟冲散了黑老鸹，
红旗升上去直伸到云霞！

十一月十二日^②

---

① 此诗原发刊物待查，曾收入《翻一个浪头》，平明出版社，1951年2月出版，第10—11页。《卞之琳文集》未收。此据《翻一个浪头》本录存。

② 接近国境的工厂在敌人威胁下，不得已作了万一的准备，工人看见乌鸦这样子乘机蠢动，心里像火上加油，爆发了愤怒。——集末附注

原子瘤[①]

凶手过日子靠动枪动刀,
自以为身上摸到了法宝,
　　用唾沫去搓它,
　　用神经去裹它,
想一吓就直把人民都吓到。

人民一齐来圈住了凶手,
他发觉肚子里结的是毒瘤,
　　要拔也拔不出,
　　要挖也挖不出,
神经错乱了先就跳了楼。

十一月十三日

---

① 此诗原发刊物待查,曾收入《翻一个浪头》,平明出版社,1951 年 2 月出版,第 47—48 页。
《卞之琳文集》未收此诗。此据《翻一个浪头》本录存。

翻一个浪头[①]

翻一个浪头，
我们向前涌！
强盗敢发疯，
翻我们放手
建设的洪流？
蓝图样一翻动，[②]
背面是刀锋！
翻一个浪头，
翻一个浪头，
我们向前涌！
红旗卷大风
把乌云扫空，
叫强盗翻觔斗，
要溜也没法溜，
杀气一齐收！
全地球套彩虹，
蓝图样出不穷
直铺上山峰！
翻一个浪头，
翻一个浪头，
翻一个浪头，
我们向前涌！

十一月十四日

---

① 此诗原发刊物待查，曾收入《翻一个浪头》，平明出版社，1951 年 2 月出版，第 1—3 页。
《卞之琳文集》未收此诗。此据《翻一个浪头》本录存。

② 第六行 测绘地图，设计建筑，机器等所晒成的蓝底白线的图样叫"蓝图"或"蓝图样"。——集末附注

认识美国货①

从牙齿缝里仇视你，
抛头不露面的强盗！
你向来要我们做奴才的奴隶，
如今要向我们腰里来插一刀——
咬你个命根节节掉！

从脚跟底里鄙视你，
心霉肠烂的流氓！
你把人当肉都装进肚皮，
把两条女人的大腿抗肩上——
踏你个一滩臭水浆！

从汗毛孔里蔑视你，
头重脚轻的脓包！
你是汽车屁股上泄的气，
张牙舞爪只乱翻肥皂泡——
毫毛也撩得你出九霄！

十一月十四日

---

① 此诗原发刊物待查，曾收入《翻一个浪头》，平明出版社，1951 年 2 月出版，第 28—29 页。《卞之琳文集》未收此诗。此据《翻一个浪头》本录存。

咬手指，写血书；断手骨，拿体格不合证①

我们的年轻人流血
为了写血书
表示要反抗侵略的坚决；
他们的年轻人流血
为了断手骨
好逃避拉去服侵略的兵役。

他们要害我们流血
为了回头叫自己流血；
我们就不怕流血
为了终于叫谁也不流血。

血书投满了报馆的编辑部，
我们劝大家不要写血书，
养精蓄锐，好好的出来干；
体格不合证堆满了征兵署，
他们逼大家不能断手骨，
好装满开出远洋的炮灰船。

我们的年轻人不再咬手指，
挺身出来从各方面打他们；
他们的年轻人也不再伤手肢，
捏拳头反过来也打他们。

十一月十五日

---

① 此诗原发刊物待查，曾收入《翻一个浪头》，平明出版社，1951年2月出版，第49—51页。《卞之琳文集》未收此诗。此据《翻一个浪头》本录存。

步步高①

高贵的少爷小姐们生气说：
"看这个沙喉咙婊子多不堪！
难道好莱坞就没有好影片！"
这张片子再也看不下去，
他们走出了大礼堂回家去。

又出来乘凉的卜勃黄②生气说：
"该死的仆欧③赤膊看月亮，
回头爱美④来，像个什么样！"
身上的新美国睡衣裤实在俏，
他幌到人多的凉亭去招摇。

先到了凉亭的高约翰生气说：
"该死的卜勃成何体统！
幌着睡衣裤见大庭广众！"
拉挺了漂亮的玻璃背带，
他拉着女朋友急忙走开。

换装再出来的爱美生气说：
"该死的约翰还成什么话！
露着背带来拜访洋人家！"

---

① 此诗原发刊物待查，曾收入《翻一个浪头》，平明出版社，1951年2月出版，第36—38页。《卞之琳文集》未收此诗。此据《翻一个浪头》本录存。

② "卜勃黄"及下文的"高约翰"，都是模拟半殖民地时代崇洋迷外者的取名风尚。

③ "仆欧"是半殖民地时代对酒店或洋公馆"boy"的音义兼译，意思是侍者、仆役。

④ "爱美"大概是指英文名为"Aimi"的女子。

肩一耸，袅过身，去把卜勃找，
十足是女参议员蕾克雅的风貌。

乌德太太（中国人）一笑说：
"蕾克雅一耸肩高贵得再没有，
学的可就是那一个破沙喉!"
她确有根据，可是她生气：
映这张片子是乌德的提议!

十一月二十日

从乡村出发①

两路人，我们先分开；
两国人，我们早并排。
鬼吃鬼还是合成鬼，
人民合起来翻转海：

曾经有一批流氓
到过我们的村上，
钻起来就像耗子，
闯来闯去就像狼。

他们最留心后园门，
找粮食就会翻石磴，
最会到草堆里摸鸡蛋，
最会到墙套里摸女人。

扔过来一包海洛英，
硬说货是早预定，
逼我们交千斤面粉，
再加上黄金和白银。

说像狼又像是小狗，
跟在日本鬼后头，
搞女人替他们按腿，

---

① 此诗原发刊物待查，曾收入《翻一个浪头》，平明出版社，1951 年 2 月出版，第 52—77 页。《卞之琳文集》未收此诗。此据《翻一个浪头》本录存。

杀人替他们绑手。

日本鬼要是吃到米,
这批人就吃吃糠皮,
日本鬼剥剩的蛋壳
这批人扔我们出气。

伪军嵌日本鬼的框子,
汉奸学这批人的样子,
不用说我们都知道
他们是高丽棒子。

也曾经有一班弟兄
到过我们的村中,
跟我们有说有笑,
孩子们都向身上拥。

他们帮我们犁地,
他们帮我们挑泥,
他们只要一有空,
我们赶起活就太挤。

我们给他们放哨,
我们给他们送情报,
他们掉一颗扣子,
我们抢着给缝好。

打起仗可就像老虎,
手溜弹接过来就还出:

一切都完全一样
跟另外那三班"八路"。

借到房子借到炕，
四班人你推我让，
不但一锅里吃菜，
有时候一碗里喝汤。

讲话像分得出南北，
这班人像带点广东味，
后来我们才知道
他们是朝鲜义勇队。

前后两路人太不同：
棒子跟日本鬼行凶；
义勇队帮我们出力，
大家把日本鬼扫空。

我们扫空了日本鬼，
义勇队也有家可归，
从此再不见棒子
闯来跟我们作祟。

"八路"开出去扫全国，
国民党从每个墙角落
收罗了汉奸和伪军，
偷占了村庄再作恶。

背后幌来了恶老美，

派头像大过日本鬼，
吉普车出来抢小猪，
骨子里一样的发霉。

吉普车横冲直撞，
到城里另外有货装：
他们有城里小姐，
瞧不起乡下姑娘。

就不及日本鬼大胆，
打仗推国民党出面，
塞炮在国民党胳肢窝，
躲在背后拔炮闩。

"八路"扩成了解放军；
国民党狗官满地滚，
小兵把军帽翻转来，
也就抢上去打恶棍。

百年的洋大人断了梗，
千年的土老爷拔了根，
我们把土地澄清，
五千年老百姓翻了身。

我们翻新了山河，
成立了人民共和国，
我们派代表上天安门，
眼界跟世界都开阔。

我们有儿女在工厂，
车轮现在为自己响，
千孔窍合成一条心，
千只手天天翻新花样。

我们有了地有了劲，
一年里种出了好光景：
米粮一家家堆成山，
公粮一村村排成岭。

我们合作了开好渠，
我们合作了筑好堤，
我们加入了合作社，
我们参观了拖拉机。

不等到山后出大烟囱，
门前的马路早开通，
我们怕就有大农庄，
分不清你是农，我是工。

谁还会土头土脑，
讲起来都头头是道，
别说城和乡打通，
北京莫斯科照样跑。

你在喂牲口我裁布，
我们先谈谈第一步，
明年你家添辆车，
我家十把镐，十把锄。

钢铁厂孩子来信讲，
十万节钢轨要出厂；
开火车孩子来信说，
火车明年要向兰州放。

我的老房子正要修，
盖了新房子你请酒，
谈谈笑笑喷口烟，
烟圈里涌出新大楼…

可是一想起台湾，
我们的肝火就直翻；
我们想朝鲜弟兄
在家里是不是还喜欢。

朝鲜有一半翻了新，
跟我们一同前进，
就可恨恶老美撑棒子，
死要把另一半烂干净。

报上放出了警报：
朝鲜那边不得了，
美国鬼大出动，放大火，
硬要向鸭绿江直烧！

我们见识过恶老美，
我们领教过日本鬼，
把他们熬在锅子里
咬起来总还是一个味！

我们领教过刮民党，
我们见识过高丽棒，
把他们熬到都成油，
点起灯还是发一种光！

东边传过来痛心话，
经验说一点也不夸大，
不用说我们都想得到
他们抢个城放个假：

抢女人当赌注去打牌，
糟够了沿街去拍卖，
换瓶酒，换包香烟；
分赃包裹堆栈台。

用"配给"钓回了难民，
一个个都给刮了鳞，
一条绳吊一家三口，
电杆木条条都血淋淋。

破楼顶扯上了强盗旗，
火烟就燻它个黑漆，
撒瘟旗在风里招摇，
卷起了满天的冤气。

烧完了到乡村找补，
浇上了汽油烧粮库，
把鸡毛，牛毛，羊毛
撒满地铺一条丝绒路。

烧完了房子烧树林，
乌鸦给搅满了天心，
乌鸦丢了家，有得吃，
遍野都是的，吃不尽。

棒子增了光气焰大，
比起刮民党决不差。
另外有什么不同？
日本锦上添美国花！

日本鬼老路上乱纷纷，
我们在家里不用等，
旧帐翻过来再加利，
花花世界就铺上门！

新衣裳没有缝就会破，
新瓦没有盖就翻过，
别说喷口烟吐个梦，
旧大楼都四面圈了火！

隔壁头着火总得管，
先将就将就破烂，
多生产，多省点下来，
我出人，你出粮，他出款！

五万节钢轨先改枪，
一半火车头开前方，
一只手担当两只手，
空出一只手有用场！

鸭绿江根本要结冰，
我们就跨过去厮拼，
朝鲜来过义勇队，
我们也该出志愿兵！

人民解放军，义勇队，
是人民和人民搭配。
我们自己会忘记？
我们卷前去像吹灰！

志愿队，朝鲜人民军，
是人民跟人民结的群。
我们人人都相信
炮弹打出去风也顺！

相信我们的炮弹，
仇恨结成的一团，
砸碎空头的敌人阵，
胆先散，魂飞得更远！

相信我们的长短枪，
心跟子弹合一膛，
叫敌人心歪也歪不了，
子弹穿过去一穿两！

相信我们的手溜弹，
一颗爆十颗黑心肝；
相信我们的炸药包，
爆开乌龟壳洋灰散！

相信我们的刺刀
向左穿一个脓包，
相信我们的枪托
向右破一个葫芦瓢！

相信敌人的背后
我们的木棍，石头…
相信我们的姊妹
赤手堵坦克的瞭望口！

相信我们的菜刀，
相信我们的通火条…
相信我们的扎鞋针
也叫车轮胎气出窍！

一朵花叫炮灰直想家
老婆给有钱人糟塌；
一根草撩炮灰心酸，
冤魂到坟里也安不下！

来势凶无非是病重，
还不及日本鬼中用，
美国鬼离坟坑本来近，
进一步就到了坟当中。

刮民党，刮棒军，一样臭，
我们的疮疤一齐丢；

杀开党，飞霉会，^①翻小泡，
华尔街也只是毒瘤！

割去了大家快活，
美国人也就有日子过；
鬼拖鬼一个个拖走，
日本人也就来会合。

全世界都翻了一个面，
千年翻过去出明天，
新计划一天天翻不尽：
我们来，跨出个新起点！

十一月二十日

---

① "杀开党"可能是三K党（Ku Klux Klan）的谐音，它是美国白人至上主义、种族主义组织。"飞霉会"可能是美国国会众议院设立的反共机构非美活动委员会（House Committee to Investigate Un-American Activities）的谐音。

联合国五章①

一 我们送代表去联合国②

我们送代表去联合国，

飞机的马达在咆哮。

什么在热辣辣燃烧？

是我们心头的怒火！

一枝箭直飞强盗窝，

我们送我们的代表：

真理的舌头是大刀，

带去开欺骗的铁锁！

就不去把铁锁解开，

我们也可以挣开它，③

谁能锁人民的潮浪？

---

① 这组诗原载《展望》第 7 卷第 1 期，1951 年 1 月 13 日出刊，第 15 页，署名"卞之琳"；随后分《联合国四章》（去掉了前四章原有的小标题）和《世界和平大会与联合国大会》二题，收入《翻一个浪头》，平明出版社，1951 年 2 月出版，第 87—93 页。《卞之琳文集》未收此诗。此据《展望》本录存这组诗的全部五首诗，并与《翻一个浪头》本对校。按，1950 年 6 月朝鲜战争爆发后，美国第七舰队开进台湾海峡，新中国面临严峻的形势。美国总统杜鲁门随即抛出"台湾地位未定"的说法，同时派遣美军"顾问团"进入中国台湾地区，武力阻挡台湾解放，破坏中国的统一。1950 年 8 月中国政务院总理周恩来代表中国政府致电联合国，控诉美国的侵略行径，要求美国撤军。但联合国正处于美国的操纵之下，对中国的控诉发动反击。于是在联合国安理会表决时出现两个议案——中国代表的"美国侵略台湾议案"，美国代表的"中国侵略朝鲜议案"。按照联合国的规定，在讨论争端问题时，需要双方对质。1950 年 9 月联合国安理会通过表决，同意中国代表团出席联合国安理会表决。1950 年 11 月 14 日，中国组成以伍修权、乔冠华为代表的中国代表团，前往美国纽约。1950 年 11 月 24 日中国代表团的专机抵达纽约参加联合国会议。中美两国首次在联合国交锋。

② 《翻一个浪头》本将小题目删减为"一"，以下小题目同样删减为"二""三""四"，不另说明。

③ 《翻一个浪头》本改句末的"，"为"——"。

自由确乎是靠争来：

是我们推动了马达！

看真理举起了翅膀！

二　联合国内的搏斗

就是强盗窝也不怕，

我们早就有战友

奋勇在那里搏斗：

苏联和新民主国家。

一冲百，真理的火花

把乌烟瘴气都穿透；

维辛斯基 ① 只一开口，

奥斯汀 ② 就直捧脑瓜！

讲话可不是对强盗，

也不对强盗的应声虫：

强盗脚底下有人民！

破纸墙乱翻否决票，

墙背后人民在蜂拥，

都要听我们的声音！

三　我们也就在里头

尽管我们在外边，

我们也就在里头：

---

①　"维辛斯基"，全名安德烈·雅努阿列维奇·维辛斯基（Андре́й Януа́рьевич Выши́нский，1883—1954），苏联法学家、外交家，1949 年至 1953 年担任苏联外交部部长。

②　"奥斯汀"（Warren R. Austin，1877—1962）是当时美国驻联合国代表。

强盗连坐椅直打抖，
听我们挥铁镐翻地面；

我们使铁锤挥向前，
强盗就栽 ① 不完觔斗，
"中国问题"上滑了手，
"世界问题"内团团转！

"召唤"尽他们乱叫，
人民来把我们"邀请"
我们决不会上圈套！

我们去找他们人民
结个环扣住强盗：
我们是钢包面金打心！

四　我们要蓝白旗 ② 鲜明
我们要蓝白旗鲜明，
不让它燻得乌黑；
把炮火硝烟擦退，
我们要把它洗刷清！

联合国面色发青，
都因为抽血的美国鬼
捏了头，还扯人家腿：
输血的苏联在使劲。

---

① 《翻一个浪头》本改"栽"为"翻"。
② "蓝白旗"当是指蓝色底、白色图案的联合国旗帜。

四万万七千万挺了身，

鲜红的热血送一管，

我们去救他加一针，

定叫联合国开了眼，

欢呼风平的早晨：

蓝白旗变得真鲜艳！　①

五　世界和平大会与联合国大会 ②

一边让喷泉开总口，

一边给喷泉压总盖：

千万道水脉一齐来，

从四面合涌到一个口，

要好风向家家畅流；

千万道水脉一齐来，

从八方合冲着一个盖，

要大火叫烟囱去收！

一个口，一个盖，碰碰看：

千手送，万手推，全出力，

拿 ③ 山尖碰它玻璃尖：

全世界人民吐了气！

喷泉分不出两边，

喷起来霞光照万里！

十一月二十二日（一九五〇）④

---

① 《翻一个浪头》本此下附注写作时间"十一月二十二日"。

② 《翻一个浪头》本将此首编排为独立的一首诗，题目仍作《世界和平大会与联合国大会》。

③ 《翻一个浪头》本改"拿"为"用"。

④ 《翻一个浪头》本删去了"（一九五〇）"。

曲老五想通了①

曲老五听了学生的演讲，
回到了家里左思右想，
一层层想下去，越想越发松，
想到末一层，心里可一痛：

"我好像没有受过美国灾，
老美从没有把我理睬。
他们冲过来，眼睛里没有我，
我侧身，拐个湾，让他们走过，
他们要再来，开吉普乱撞人，
我小心翼翼，不随便出门。

"门我就不出，路就让人家走，
老美学日本鬼，不会来家里搜？

"尽管说老美最欺侮女人，
我是个男子，没有我的份；
我已经没有了漂亮的老婆，
当年日本鬼气得她跳了河；
后来披尔孙②大闹沈崇，
我还没有钱送女儿进高中。

---

① 此诗原发刊物待查，曾收入《翻一个浪头》，平明出版社，1951 年 2 月出版，第 12—17 页。
《卞之琳文集》未收此诗。此据《翻一个浪头》本录存。

② "披尔孙"，全名又译作威廉斯·皮尔逊（William Pierson）。按，1946 年 12 月 24 日圣诞夜，
身为美军伍长的"披尔孙"与下士普利查德强奸了北京大学先修班学生沈崇，引起中国人民的抗议
和反美浪潮。

"我的女儿今年十八岁，
也已经到大学，拿人民助学费！

"我好像还叨过一点美国光，
我领过一件美国破大氅。
勉强穿起来自然是太奇怪，
宽肩头多出来就像抗两只袋。
捡了套日本鬼留下的西服，
我发觉上身掩不到屁股！

"可是我这件新大衣倒挺好，
十年来第一遭：再想想明朝！

"美国货好像还算得便宜，
最便宜还是数日本东西；
美国货用起来还结实，还牢，
可还是不及当年的德国料。
货便宜，人恶；货硬，人凶：
让老美追他们给自己送终！

"货便宜，要你贱；货硬，要你苦：
他们先拉你去空肚子烧锅炉！

"老美到今天还没有欠我债，
日本鬼原是国民党招来；
老美把军火送给日本鬼，
后来活该叫自己倒霉！ ①
回来的国民党是一个无底洞，
老美出钱，还不是白送！

_____

① 这指的是日军 1941 年 12 月 7 日偷袭美国太平洋舰队在夏威夷的基地珍珠港。

"老美出钱，金圆券出场，
我家里也还找得到几张！"

曲老五想到昨天就心酸，
心里像满城堆了垃圾山，
曲老五想到今天就心痛：
老美要倒来国民党粪桶！

曲老五要看天安门高千丈，
一万幅红旗在蓝天里飘扬！

十一月二十四日

美国鬼烧红了大炕①

一个比喻，不是谣言。②

趁大家睡得真香，

美国鬼爬到炕门口

偷偷把炕里火添旺，

倒上好几吨汽油

烧大家皮都掉光。

老大猛觉得不好受，

第一个从炕上跳地上

抓住了美国鬼的头。

大家就收拾大炕，

一个个都动了志愿手！

十一月二十四日

---

① 此诗原发刊物待查，曾收入《翻一个浪头》，平明出版社，1951 年 2 月出版，第 26—27 页。《卞之琳文集》未收此诗。此据《翻一个浪头》本录存。

② 在《翻一个浪头》的目录页此诗题作《美国鬼烧红了大炕：一个比喻，不是谣言》，正文里的诗题则作《美国鬼烧红了大炕》，"一个比喻，不是谣言"则改为题词，并于集末附注云："有一个关于热炕的恶毒，生动而荒唐的谣言，拿过来就可以很方便的改造成这样一个近情近理的比喻。"

文化三部曲[①]

大少爷偷卖古画，

只换到几块美金，

定一份"爱士阔雅"[②]，

抽洋烟捧洋腿开心。

二少爷奋发有为，

拿下维尔加牌粉红肉，[③]

不嫌宫锦皮发霉，

就裱上《清明上河图》。[④]

老三一拳头打下，

救出了这一个家宝，

研究得会批判"古尼卡"，[⑤]

---

① 此诗原发刊物待查，曾收入《翻一个浪头》，平明出版社，1951 年 2 月出版，第 39—40 页。《卞之琳文集》未收此诗。此据《翻一个浪头》本录存。

② 第三行 "爱士阔雅"（Esquire）即《老爷》，美国"绅士"的消闲杂志。——集末附注

③ 第六行 《老爷》杂志最吸引人的节目之一是一期一张的署名维尔加（Verga）的一帮人所作的裸女画，中国的"高级"洋迷也多喜爱，画的价值却等于中国下流的月份牌女人画的价值。——集末附注

④ 第八行 宋人有名的风俗画《清明上河图》原画大致早已无存，这里不过是作比的说法。——集末附注。编者按，北宋画家张择端的名画《清明上河图》原存清宫，1932 年溥仪让其弟溥杰将这幅名画带到长春，存在伪皇宫东院图书楼中。1945 年 8 月日本投降，溥仪逃跑，混乱之中，《清明上河图》流失，随后在通化被解放军截获，存放于东北博物馆，新中国成立后拨交故宫博物院珍藏至今。

⑤ 第十一行 毕迦索在西班牙内战时期画的名作《古尼卡》（Guernica）富有战斗意义，但多少还带点形式主义的毛病。——集末附注

再把"和平鸽"学好；^①

终因为《清明上河图》
从身上叫他得了劲，
一挥手画成了一大幅，
题名叫《国庆上北京》。

十一月二十五日

---

① 第十二行　他（指毕迦索——编者按）的第一只《和平鸽》最近获得世界和平文艺奖。——
集末附注

工厂就是战场①

工厂就是战场，
机器就是武器：
火线远在千里，
就近在铁砧上发光！

铁牛培养得强壮，
也会像铁虎样锋利。
工厂就是战场，
机器就是武器！

一只手抵上一双，
加快来扭转天地；
后方向前方看齐，
合打出更大的胜仗！
工厂就是战场，
机器就是武器！

十一月二十五

---

① 此诗原发刊物待查，曾收入《翻一个浪头》，平明出版社，1951年2月出版，第78—79页。《卞之琳文集》未收此诗。此据《翻一个浪头》本录存。

一切都为了明天①

空出了助手不怕累，
咬紧了牙关挥铁锤，
　铁锤打得重，
　钢板合得拢！

献出了耕牛多动手，
咬紧了牙关推犁头，
　犁头耕得深，
　麦苗高过人！

只求饱就为了求好，
使劲本来要收紧腰，
　越紧越有劲，
　敌人喊饶命！

睡得少缩短了黑夜，
我们是要白天心切，
　今天绷得紧，
　明天拉得近！

十一月二十六日

---

① 此诗原发刊物待查，曾收入《翻一个浪头》，平明出版社，1951年2月出版，第80—81页。
《卞之琳文集》未收此诗。此据《翻一个浪头》本录存。

天安门四重奏①

一

万里长城向东西两边排，
四千里运河叫南通北达：
白骨堆成了一个人去望海，
血汗流成了送帝王看琼花！

前一脚滑开了，后一脚扎牢，
右手冻裂了，左手向前伸：
雪山，太行山，看历史弯腰，
草地上，冰天下，中国在翻身！

二

月洞桥两边垂杨柳，
桥底下翘来月牙船，
船里打渔人皱眉头，
水田里姑娘眉不展。

红粉女飘零，车站挤，
红粉墙上头炸弹飞，
工人带农民扫飞机，
篱笆开，墙倒，门锁碎！

---

① 此诗原载《新观察》第 2 卷第 1 期，1951 年 1 月 10 日出刊，第 26—27 页，署名"卞之琳"。此诗从未入集，《卞之琳文集》也未收此诗。此据《新观察》本录存。

三

"万里长征走完了第一步"，①

天安门汇合了几万万条路，

四万万七千万颗心集中，

五千年历史一气都打通。

五月四日在这里发出芽，

十月一日在这里开成花。

弯腰折背就为了站起来，

排山倒海才笑逐颜开。

本来是人民筑成的封建顶，

人民拿回来标上红星，

华表伸起来向飞机招手，

石桥拱起来看汽车像水流：

昨天在背后都为了今天，

今天开出了明天的起点。

天安门开启了东方的光芒，

天安门大开，全世界辉煌！

四

说修桥铺路，一招呼，

千山万水来，唤同志；

挖北海，动几挑泥土，

对沙漠发出了通知！

锅炉里开花，石榴红，

麦浪亮晃晃，电镀金，

燕子飞，个个人轻松，

---

① 这句话出自毛泽东《在中国共产党第七届中央委员会第二次全体会议上的报告》（1949 年 3 月 5 日），见《毛泽东选集》第 4 卷，人民出版社 1991 年版，第 1438 页。

鱼跳上船头，喜上心！

五

谁想要建设，谁想要破坏；

谁想要和平，谁想要战争；

谁想要幸福，谁想要灾害？

天安门为自己也为别人！

天安门把蓝天当作蓝图样，[①]

天安门飘红旗就标志行动！

斗争和创造翻起来一个浪，

中国和全世界联一道长虹！

十一月二十七日

---

① 建筑的设计图样叫"蓝图"或"蓝图样"。——原报附注

和洪水赛跑①

墨守自然的陈规，
等季节推移运转，
调集来八方风雨，
就凭一声雷说"干！"

六千万立方公尺
一瓢水泼出你山沟，
何止是万马奔腾，
把你汽车也冲走！

这倒是自然的飞跃，
我们有革命的干劲：
打破千年的沉默，
一声"干"，山鸣谷应！

来了，从东村，从西村，
从军营，从商店，从学校……
铁镐呀，铁铣呀，都来了，
再加上压土机，炸药……

蓝图还只有一张，
红旗就插到山岗；

① 此诗是组诗《十三陵水库工地杂诗》之一，原载《诗刊》1958 年 3 月号，第 11 页，署名"卞之琳"。此诗从未入集，《卞之琳文集》也未收此诗。此据《诗刊》本录存。

红旗在一面接一面，
蓝图就日长夜长。

几万天集中在一天，
多少万劳动日飞奔！
完成了二百万土方，
看枯草才青了几根？

你越忙，水流得更细，
由你冒大风沙显神通，
只当你小孩子筑沙堡，
冷不防才给你一冲！

晚了！晚了！等着看
二百万土方搁得住
六千万立方公尺
一场水变一片平湖！

不打仗先定了胜负！
向碧海青天报个喜。
检点了蓝图看地图：
这里就涂个蓝标记！

自然有规律，缺头脑，
什么主义也不管，
别抱怨"天地不仁"，
我们造锦绣河山！

支援三首①

示 威

（在北京英国代办处门前）

不动你张牙舞爪的狮子徽，
红绿标语给你个大包围。
本来是纸老虎；我们一挥手
画出你原形——只有个纸堡垒！

搬进博物馆

历史博物馆陈列的宝座
别再搬出来压什么活火山！
你不怕东风大、拳头象森林？
快把你"新"武器也搬进博物馆！

滚出去

奴才的屋顶上搁直升飞机，
主子的飞机不敢着地：
要安全，索性滚到天外去，
等宇宙飞船来收你们尸体！

---

① 这组诗原载《我们和阿拉伯人民》（《文学研究》增刊），中国科学院《文学研究》编辑部编，人民文学出版社 1958 年 7 月出版，第 9 页。此诗从未入集，《卞之琳文集》也未收此诗。此据《我们和阿拉伯人民》本录存。

巴格达条约断在巴格达①

巴格达条约断在巴格达，②
打蛇正好是打在七寸上；
缠不死阿拉伯千百万人民，
今天谁还怕狗急要跳墙？
不过从波斯湾伸到地中海，
就用输油管来输血、便怎样？——
救不了强盗命！人民的声气盛，
看它从太平洋直通到大西洋！

---

① 本篇原载《诗刊》1958年第7期"支持阿拉伯各国民族独立运动增刊"第2版，1958年7月25日出版。此诗从未入集，《卞之琳文集》也未收此诗。此据《诗刊》本录存。

② 美国于1955年11月促成了巴格达条约组织的成立，总部设在伊拉克的首都巴格达。巴格达条约组织是一个军事合作同盟，目的是加强美国对中东的控制，抵御苏联向中东地区的渗透，防止阿拉伯民族主义运动的蔓延。1958年伊拉克爆发了"七一四"革命，推翻了费萨尔王朝对伊拉克的统治，建立了伊拉克共和国。

痛悼周总理①

雪沉风咽千林暗，

万院无声旗半竿。

柱石惊崩哀动地，

栋梁痛折感摇山。

宏图景展气吞斗，

关键年开响扑天。

大树何期心血尽，

八溟星坠溅飞澜。

---

① 此诗原载《花城》（文艺丛刊）第 4 集的"诗歌"部分之"哀思录"专辑，广东人民出版社，1980 年 1 月出版，第 30 页。据张曼仪《卞之琳著译年表》，该诗写于 1976 年 1 月 8 日周总理逝世之后，共完成四首，"（卞之琳）向按原则，拒不发表旧体诗词，仅以初稿示一二诗友，不料其中第一首初稿为臧克家送交《花城》文艺丛刊，刊于第 4 集（1980 年 1 月）"（《卞之琳著译研究》，香港大学中文系出版，1989 年 8 月，第 219 页）。此诗从未入集，《卞之琳文集》也未收此诗。此据《花城》（文艺丛刊）第 4 集录存。

生活、读书、新知三联书店三十周年纪念①

三十年代的风云历历在目，
全世界又面临当年的反复。
三十年代起家的三个书局，
联合起来又是三十年岁月。

三十年代我开始写作的道路，
你们对我的薰陶若有若无，
你们却配合了上正确轨道的引力，
实践使我明白了曲折的道理。

太行山，峨眉山；牛津，北京：我打转。
上海，香港：你们一天天开展。
人会老，事业会更新，意义会常青，
祝你们在四海风云里作新的长征！

---

① 此诗原载《生活·读书·新知三联书店成立三十周年纪念集》，生活·读书·新知三联书店香港分店，1978 年 12 月出版，第 234 页。《卞之琳文集》未收此诗。此据《生活·读书·新知三联书店成立三十周年纪念集》本录存。

二 译诗补遗

　　卞之琳在长达七十年的文学生涯中，翻译发表了不少西方诗歌——从初期试译西方多家浪漫诗人之作练手，到后来集中译介心仪的西方现代主义诗人如艾略特、奥登和里尔克的代表诗作，译笔不断改进，译作相当丰富，影响颇为深广。一些译诗曾结集为《英国诗选　莎士比亚至奥顿　附法国诗十二首　波德莱尔至苏佩维埃尔》（湖南人民出版社，1983 年 3 月出版），此集后来全部收入《卞之琳译文集》（安徽教育出版社，2000 年 12 月出版）。《卞之琳译文集》又增收了所译波德莱尔、马拉美、瓦雷里的"散文诗四篇"。此外，卞之琳在数十年间还有不少译诗散落在各报刊上而未曾入集。诗人译诗，近乎再创作，所以卞之琳的这些散佚集外的译诗，乃是现代汉诗的宝贵创获，现在将它们一并辑录于此，统名之曰"译诗补遗"。单篇译诗均据报刊发表时间编排。

冬 天①

约翰沁孤作②

（城里人多，身边钱少）

每条街上都铺着雪，
我走了来又走了去，
女人，男人，或是狗子，
那个认识我，全城里？

我认识每爿店，全认识
这些犹太人，俄国波兰人，
为的我日里夜里游荡，
想把我的煤炭囊节省。

---

① 这首译诗原载《华北日报副刊》1930 年 11 月 5 日第 299 号，署"林子译"，"林子"是卞之琳的笔名。此诗从未入集，《卞之琳译文集》也未收录此诗。此据《华北日报副刊》本录存。

② 约翰·沁孤（John Millington Synge，1871—1909），爱尔兰戏剧家、诗人，著有剧作《骑马下海的人》等。

梵哑林小曲①

西班牙西尔瓦作②

这个青年，苦恼，瘦弱，

太阳光里拉拉梵哑林③

为一口甜酒

和一把淡巴菰。④

呵听⑤！听他拉皱⑥

一支西班牙的回旋曲

或是一些斯拉夫的歌。

这个青年，苦恼，瘦弱，

出去找太阳光

装他的破烂的袋子

捞一口甜酒

和一把淡巴菰。

---

① 这首译诗原载《华北日报副刊》1930 年 11 月 30 日第 321 号，署"林子译"，"林子"是卞之琳的笔名，诗后有一段译者附识。此诗后来又刊于《诗刊》1932 年第 4 期，题为《梵亚林小曲——转译西班牙 Victor Domingo Silva》，署名"卞之琳"，诗末注明"英译为 L. E. Elliot"，但省去了诗后的译者附识。此诗从未入集，《卞之琳译文集》也未收录。此据《华北日报副刊》本录存，并与《诗刊》本对校。

② 《诗刊》本作"——转译西班牙 Victor Domingo Silva"。按，西尔瓦，1882 年出生于智利，西班牙语剧作家和诗人，1960 年去世，有剧作《潘帕草原的艾利斯》（Aires de la pampa）等。

③ 《诗刊》本此句改为"在太阳光里拉拉梵亚林"。按，"梵哑林"或"梵亚林"，violin 的音译，意指小提琴。《诗刊》本将"梵哑林"统改为"梵亚林"，下不复校。

④ 《诗刊》本均改为"淡芭菰"。按，"淡芭菰"，tobaco 的音译，意指烟草。

⑤ 《诗刊》本改"呵听"为"且听"。

⑥ 《诗刊》本同作"皱"，或当作"奏"，但也可能是有意作"皱"。

出去消消失望

在他拉拉梵哑林的时候，

出来找太阳光

仿佛蜗牛爬出它①的壳子。

这个瘦弱②又苦恼的孩子

拉拉梵哑林拉死了。

这算什么呢？他到了头来

同一口甜酒

和一把淡巴菰。

他们发见③他在太阳光里

紧抱着他的梵哑林。

　　此诗转译自 Hispanic Anthology。英译名为 Ballad of the Violin。译者 E.L.Elliot。关于作者 Victor Domingo Silva，我除了这本西班牙诗选上说的，他大约于一八八三年生在 Chile 的 Tongqoy，出过三本诗集，以外无所知。诗选中还有他的一首《归来》，情调十分忧郁。这一音④，不知原来如何，英译文中没有用韵，我这里差不多据英译文完全直译的，有几处可又想不出恰合一点的字来代上去，那也没有法子。

十月二十三日，译者附。⑤

———————

①此处"它"字在《诗刊》本中误排作"穴"。

②《诗刊》本改"瘦弱"为"又瘦弱"。

③《诗刊》本改"发见"为"发现"。

④此处"音"当为"首"之误。

⑤《诗刊》本省去了上面这段附记，只附注"英译者为 E. L. Elliot"。另，《梵哑林小曲》的这段译者附记就录存于此，后面的"序跋文论辑录"不复辑。

他愿意有了天上的布①

W. B. Yeats 作②

要是我有了那些用金色和银色的
光线织成，绣成的天上的布啊，
有了那些蓝的，灰黯的和昏黑的
黑夜，白昼，黄昏和黎明的布啊，
我总要铺那些布在你的脚底下：
可是我穷得很，只有我的梦呢；
我已经铺我的梦在你的脚底下；
轻轻的踏罢，你是在踏我的梦呢。

琴妮吻他[①]

Leigh Hunt 作[②]

琴妮吻我，当我们会面时，
　　那时她从椅子里直跳起来：
时光小偷，你爱把旖旎事
　　录进簿子里的，把这录起来！
说我烦闷罢，说我悲伤罢，
　　说财富和健康都不来顾问我，
说我老起来了，但要加上啊，
　　说琴妮吻我。

---

　　① 这首译诗原载《华北日报副刊》1931 年 1 月 26 日第 373 号，是《译诗两首》之一，署"么哥译"，"么哥"是卞之琳的笔名。查此诗英文原题是 Jenny Kiss'd Me，则中译诗题当作《琴妮吻我》，疑原报有误排。此诗从未入集，《卞之琳译文集》也未收录。此据《华北日报副刊》本录存。

　　② Leigh Hunt（1784—1859），全名詹姆斯·亨利·利·亨特（James Henry Leigh Hunt），英国诗人，有诗作《阿布·本·阿德罕姆》和《琴妮吻我》。

译魏尔伦诗二首①

一

白亮的月光
照进了树林；
每一条树枝上
发出一个声音
在树顶底下……

啊，亲爱的呀！

好像一面明镜，
深深的池塘里
有杨柳的阴影，
倚在杨柳上的
风儿在幽泣……

梦罢：是时候呢。

一片宁静，又大
又柔和，似乎
从天心里降下，
天心里有一颗
灿烂的星球……

---

① 这两首译诗原载《华北日报副刊》1931 年 2 月 8 日第 386 号，译者署名"么哥"，卞之琳的
笔名。魏尔伦（Paul Verlaine，1844—1896），法国象征派诗人，有诗集《忧郁诗篇》《智慧》等。此
诗从未入集，《卞之琳译文集》也未收录。此据《华北日报副刊》本录存。

呵，正是好时候！

——自 La Bonne Chanson

二

在无穷无尽的
旷野的苍茫里，
雪花乱纷纷的
闪烁着，沙一样的。

没有一点儿光的
铜色的天宇里
是看得见月亮的
醒了来死了去的。

附近那一带森林，
那些灰色的橡树，
好像浮动着的云，
透出障着的湿雾。

没有一点儿光的
铜色的天宇里
是看得见月亮的
醒了来死了去的。

气急的老乌鸦
和你们这些瘦狼，
为的是什么呀
到这冷风里游荡？

在无穷无尽的

旷野的苍茫里，

雪花乱纷纷的

闪铄①着，沙一样的。

——自 Romances Sans Paroles

---

① 此处"铄"当作"烁"，原报误排，上文"闪烁着"可证。

颜色垩笔画①

A.Symons 作

我们的烟卷头上的光
来来往往的穿着朦胧：
暗了，这间小小的房中。

暗了，于是，在黑暗里，
突然间，一闪，一照耀，
一只手，一个戒指，我深晓。

于是，晃过黑暗，一副羞颜，
晕红而隐约，（一朵玫瑰！）
她这抒情的脸儿的秀美。

---

① 这首译诗原刊《华北日报副刊》1931 年 3 月 6 日第 412 号，署"么哥译"，"么哥"是卞之
琳的笔名。A. Symons（全名 Arthur William Symons，1865—1945），通译阿瑟·西蒙斯，英国诗人、
文学批评家，著有《文学中的象征主义运动》等。此诗从未入集，《卞之琳译文集》也未收录此诗。
此据《华北日报副刊》本录存。

译魏尔伦诗一首[①]

一大阵昏黑的睡意
袭上了我的生命：
睡罢，一切的希冀，
睡罢，一切的酸辛！

我再也不看见什么；
我再也不想起往事，
也不管是善是恶……
啊，这一篇伤心史！

我现在是一张摇床
被一只手儿给摇着
在一个空洞的中央：
静悄悄，静悄悄呵！

——自 Sagesse（《箴言集》）

---

① 这首译诗原刊《华北日报副刊》1931 年 3 月 7 日第 413 号，署名"人也"。《真报》1931 年 9 月 1 日第 4 版也刊载了此诗译文，题为《睡意》，署"魏尔伦作，么哥译"。按，"人也"已确知是卞之琳的笔名，则"么哥"也当是卞之琳的笔名。两相对照，可以确定此诗为卞之琳所译。此诗从未入集，《卞之琳译文集》也未收录此诗。此据《华北日报副刊》录存。

孤　寂①

译 Alphonse de Tamartine②

在山上老橡树底荫里，我常常
独自呆坐着，愁对着夕阳西下：
漫无目的，向平原上游目四望，
景色在我底足下不息地变化。

这边江流汩汩，白茫茫的一线，
蜿蜒地流向暮色苍茫的远处：
那边一湾梦水，是不波的湖面，
上空有黄昏星从蔚蓝里现出。

在那些满头是黑树林的峰顶，
黄昏放射出最后的一抹余光；
阴影女王底云车早已在上升，
早已把天边照成了一片白亮。

---

① 这首译诗原载《进展》创刊号，1931 年 8 月 15 日出刊（版权页原印"民国二十年九月十五日出版"，又在"九"旁补上"八"字以示更正），第 1—4 页（该刊每篇文章单记页码），目录页署"Alphonse de Lamartine 作 老卞译"，正文署"老卡 译 Alphonse de Tamartine"——"老卡"当作"老卞"，"Tamartine"系"Lamartine"之误。按，"老卞"是卞之琳的同学朋友对他的戏称，因此也成为卞之琳的一个笔名——该刊在"老卞"的这首译诗前就有卞之琳的好友吴廷璆所译 W. Shakespeare（莎士比亚）的诗《死之胜利》，则这首"老卞"的译诗当是卞之琳所译。此诗从未入集，《卞之琳译文集》也未收录此诗。此据《进展》本录存。另，《益世报》1933 年 4 月 29 日"文学周刊"第 23 期也刊载了这首译诗，译者署"季陵"，卞之琳的笔名。《益世报》译文补出了《进展》本未译的三节诗，所以下文附录《益世报》的译文，不再与《进展》本一一对校。

② Alphonse de Tamartine，原报误排，当作 Alphonse de Lamartine (1790—1869)，通译拉马丁，法国诗人。

这时候，那座哥德式的尖阁中
送出了一阵虔音，散在微风里：
行人停住了脚步，村间的晚钟
一声声地同贤乐①混和在一起。

可是我冷漠的心情对此美景
也不觉得留连，也不觉得神驰；
我把大地也看作是一缕游魂；
人间的太阳再也晒不暖死尸。

徒然地从这个山望到那个山，
从南望到北，从日出望到日落，
我把辽阔的四面八方都望遍，
我说：无处可以找着我底幸福⋯

可是说不定在这个大圈子外，
真正的太阳会临照别的天地，
我若能把臭皮囊向地下一埋，
我准可以见到我梦想的东西。

那边，我会找着我渴望的泉源：
我会陶醉，会重见到希望，爱情，
以及那个人人向往的理想园——
那个本没有尘世名的极乐境。

我心愿底憧景啊，要是我能够

①　"贤乐"不词，"贤"当作"圣"，原报或因"圣""贤"繁体"聖""賢"手写近似而误排，
《益世报》本改正为"圣乐"。

驾着黎明底轻车，直向你飞出！

为什么我还要在尘世上逗留？

我与这个尘世一点也不相合。

当着林间的树叶飘入了草野，

晚风起来了，把她吹去了谷中；

我啊，我正像那枯萎了的树叶：

吹去我像吹去她一样吧，狂风！

附记　闲来无事，偶读法国浪漫派诗人 Lamartine 这首 L'Isolement 觉得最后一节非常可爱，因把它先行译出，现在又把全首译出了。译得既不忠实，说不定还有谬误之处，并且那么笨，因为原诗很整齐，每行十二音，把它译成了这样的"方块诗"，允中兄见到，一定要笑话的。原诗作于一八一九年。

八月四日，香山

孤　寂 ①

译 Alphonse de Lamartine

在山上老橡树底荫里，我常常
独自呆坐着，愁对着夕阳西下：
漫无目的，向平原上游目四望，
景色在我底足下不息地变化。

这边江流汩汩，白茫茫的一线，
蜿蜒地流往暮色苍茫的远处：
那边一湾梦水，是不波的湖面，
上空有一颗星从蔚蓝里现出。

在那些满头是黑树林的峰顶，
薄暮放射出最后的一抹余光；
阴影女王底云车早已在上升，
早已把天边照成了一片白亮。

这时候，那座峨特式的尖阁中
送出了一阵虔音，散在微风里：
行人停住了脚步，乡村的晚钟
一声声地同圣乐混和在一起。

可是我冷漠的心情对此美景
也不觉得留连，也不觉得神驰；

---

① 这首译诗原载梁实秋主编的《益世报》1933 年 4 月 29 日"文学周刊"第 23 期，译者署"季陵"，卞之琳的笔名。此本是对《进展》本的订正，并补出《进展》本未译的三节诗，但删去了《进展》本的附记。

我茫然地看着大地，像个游魂；
人间的太阳再也晒不暖死尸。

徒然地从这个山望到那个山，
从南望到北，从日出望到日落，
我把辽阔的四面八方都望遍，
我说：无处可以找着我底幸福…

这些山谷，这些楼台，这些茅庐，
于我何有？于我一点也没有用；
江流，岩石，树林，极难得的幽处，
如今少去了一个人，什么都空。

太阳底行程如何完结，如何起，
我不管，冷漠的眼睛只跟它转；
落了又出，阴了又晴，有甚关系？
我一点也不再计较光明，黑暗。

我若能跟上它那运行的大道，
到处我定然只见到洪荒，乌有；
我对于灿烂的一切，已无所好，
我对于浩渺的六合，已无所求。

可是说不定在这个大圈子外，
真正的太阳会临照别的天地，
我若能把臭皮囊向地下一埋，
我准可以见到我梦想的东西。

那边，我会发现我渴慕的泉源，
我会陶醉，会重得着希望，爱情：

那边是我向往的那个理想园——
那个本没有尘世名的极乐境。

我心愿底憧景啊，要是我能够
驾着黎明底轻车，直向你飞出！
为什么我还要在尘世上逗留？
尘世与我真是一点也不相合。

当那林间的树叶飘入了草野，
晚风起来了，把它吹去了谷中；
我啊，我正如那枯萎了的树叶：
吹去它一样地吹去我罢，狂风！

青 草①

译 Carl Sandburg②

高高地堆起尸首在奥斯忒力支和滑铁卢。

把他们掩埋了，让我工作——

     我是青草：我盖一切。

高高地堆起他们在格得斯堡，

高高地堆起他们在伊卜尔和凡尔登。

把他们掩埋了，让我工作。

两年，十年，路人问领路的：

    这儿是什么地方？

    我们是在哪儿？

    我是青草。

    让我工作。

---

① 这首译诗原载《华北日报副刊》1931 年 8 月 31 日第 579 号，目录署"老卞译"，正文署"老卡译"，原报误排，"卡"当作"卞"。此诗从未入集，《卞之琳译文集》也未收录此诗。此据《华北日报副刊》本录存。

② Carl Sandburg (1878—1967)，通译卡尔·桑德堡，美国诗人，有《大草原》《雾》《夕阳》《芝加哥》等诗集。此诗当是为悼念战争中的死难者、牺牲者而作，慨叹青草掩盖了死者的坟墓，再无人记得他们。

新　兵①

去吧，孩子，离开你的家，
去同你的朋反②们携手。
去吧，祝你的好运气正如
腊特罗高塔一样持久！
呵，你最好礼拜日回来，
腊特罗街上那天清静，
腊特罗钟声那天总要
到田间巷底各处去唤人。
或者你到礼拜一回来，
那天也好，腊特罗市场
最热闹，腊特罗乐队总要
合奏"胜利英雄归故乡"，
你回来时该是个英雄，
要不然干脆就不用回来。
别后的孩子们会想念你，
直等到腊特罗高塔倒坏。
你去后应当留心号角，
听它在日出的远方呼啸，
听它叫英吉利的敌人

<hr>

① 这首译诗刊于《盛京时报》1932 年 5 月 14 日第 1 版，署"郝思曼　卞之琳译"。此前《时事新报》（上海）1928 年 1 月 7 日第 8 版刊登的饶子离（饶孟侃）译《新兵——译郝斯曼诗》也曾被《盛京时报》1928 年 1 月 22 日第 1 版转载，则卞之琳的这首译也很可能转载自别的报刊。此诗从未入集，《卞之琳译文集》也未收录。此据《盛京时报》本录存，此本除个别地方外，标点一顿（"、"）到底，编者据语意酌改，报纸字迹颇漫漶，姑录待考。郝思曼（A.E.Housman，1859—1936），通译霍思曼，英国近代诗人，有诗集《西罗普郡少年》。
② 此处"朋反"是报纸误排，当作"朋友"。

为了老天生了你懊恼。
直等到末审日的喇叭响，
你可以躺在日出的远方，
也不妨叫弟兄们在你
殉难的地点悲痛一场。
离开你故乡的亲友们，
田里的也罢，城里的也罢，
啊，城市田野都想念你，
直等到腊特罗高塔倒下！

残夜之歌①

（爱俪思美奈尔）

我的星儿全弃我，

黎明②的风儿摇曳我。

哪儿，哪儿好安置我？

哪儿去好，整整一天，

直等到太阳下山，

直等到白昼过完？

去由③中的矿洞，

去松树的枝丛，

去瞎子的瞳孔，

去低垂的额旁，

任它搁在膝上，

为了记忆的重量。

---

① 这首译诗原刊《西北文化日报》1932 年 7 月 30 日第 4 版 "南院门" 栏第 255 号，原作者 "爱俪思美奈尔"，可能是 Alice Meynell（全名为 Alice Christiana Gertrude Meynell，1847—1922）的译名之一，通译为爱丽丝·梅内尔，英国作家和诗人；译者署 "卞之琳"。《西北文化日报》是西安的报纸，则这首译诗的发表可能与避难在西安的吴廷璆有关。此诗从未入集，《卞之琳译文集》也未收录此诗。此据《西北文化日报》本录存。

② 此处 "黍明" 是报纸误排，当作 "黎明"。

③ 此处 "由" 疑是原报误排，从上下文义看，或当作 "山"。

忧　郁①

魏尔伦著

当年玫瑰花那么红，
长春藤又那么青。

爱的，你只要动一动，
会摇醒我底旧恨。

那时候天太蓝，太好，
海太绿，空气也太柔。

我真怕，总有一朝，
我俩要惨切地分手。

如今黄杨亮，冬青暗
我看来都觉深腻。

别说旷野没有边，
什么都厌了，除了你。

---

① 这首译诗原载《江苏》半月刊第 9—10 期合刊，1932 年 11 月 16 日出刊，第 34 页，署"卞
之琳译"。此诗从未入集，《卞之琳译文集》也未收录此诗。此据《江苏》本录存。

和蔼的林子①

（译 Paul Valéry②）

我们想着纯洁的种种，

并肩地沿着路径走，

我们紧紧地挽着手，

不说话……过朦胧的花丛；

我们像一对未婚的情人，

在草野底绿夜里迈步；

我们并分着这个仙果，

月亮对痴人最是温存。

我们一块儿死去，离人烟

很远，在青苔上，浓荫间，

任亲切的林子独自絮语；

高处有一片无边的清辉，

我们在那儿相见垂泪，

啊，我亲爱的静默的伴侣！

---

　　① 这首译诗原载《清华周刊》第 39 卷第 5—6 期合刊，1933 年 4 月 19 日出刊，第 425 页，译者署"卞之琳"。此诗从未入集，《卞之琳译文集》也未收录此诗。此据《清华周刊》本录存。

　　② Paul Valéry（1871—1945），通译保尔·瓦雷里，法国象征派诗人，著有《年轻的命运女神》（1917）、《幻美集》（1922）等诗集。

此诗原名 Le Bois amical，刊于 Album de Vers Anciens，诗中的伴侣，听梁宗岱先生说，即名作家 Pierre Louys[①]。

---

① Pierre Louys（1870—1925），通译皮埃尔·路易斯，生于比利时的法语诗人和小说家，著有《阿弗洛狄德》《女人与傀儡》等小说。

穷人之死①

波特莱尔作②

死才能安慰，唉！死才能苏生；
　　这是生命底目标，惟一的希望，
　　像药酒，使人沉醉，使人兴奋，
使人放心迈步，直走到晚嚮：

这是从我们底黑天边照来的光明，
　　颤动地穿过风暴，穿过雪，穿过霜；
　　这是有名的旅店，曾载入书本，
　　旅客到了可以吃，可以坐，可以躺；

这是一个天使，带磁性的指间
　　带来销魂的幻梦，带来睡眠，
　　重新为赤裸的穷人安排床铺；

这是神秘的粮库，神道底光圈，
　　这是穷人底钱袋，穷人底旧家园，
　　这是异天底门前敞开的廊庑！

---

① 这首译诗原载《文艺月刊》第 3 卷第 12 期，1933 年 6 月 1 日出刊，总第 1683—1684 页，署"卞之琳译"。此诗从未入集，《卞之琳译文集》也未收录此诗。此据《文艺月刊》本录存。

② 波特莱尔全名 Charles Pierre Baudelaire（1821—1867），通译波德莱尔，法国象征主义—颓废主义文艺的始祖、现代主义文艺的先驱，著有诗集《恶之花》、散文诗集《巴黎的忧郁》等。

露 台^①

——译波特莱^②——

记忆底母亲啊，情人中的情人，
　　你啊，我底欢快！你啊，我底愿望！
　　把从前抚抱底艳，炉边底温存，
　　黄昏底媚，都仔细地回想回想，
　　记忆底母亲啊，情人中的情人！

想起那些炭火照耀的黄昏天，
　　露台笼罩在玫瑰红的烟霭中，
　　你底心多好！你底胸怀多柔软！
　　那时我们常常谈不朽的种种，
　　每逢那些炭火照耀的黄昏天。

在在^③那些暖和的傍晚，太阳多美！
　　太空多深远！心上的跳动多有力！
　　我相信总闻到你血液底香味，
　　迷人的皇后啊，每逢我俯就你。
　　在那些暖和的傍晚，太阳多美！

夜色渐浓，墙壁样把我们围住，
　　我底眼在黑暗中遇见你底眼，

---

① 这首译诗原载《文艺月刊》第 4 卷第 2 期，1933 年 8 月 1 日出刊，第 34—35 页，标题后署
"卞之琳"。此诗从未入集，《卞之琳译文集》也未收录此诗。此据《文艺月刊》本录存。

② "波特莱"通译"波德莱尔"，详见前注。

③ 从上下文义看，此处衍一"在"字。

我吸饮你底气息，啊，又甜又毒！
你底脚在我友爱的手里安眠。
夜色渐浓，墙壁样把我们围住。

我知道如何唤醒长逝的良辰，
　伏在你膝前，我底过去又见到。
　你种种憔悴得懒洋洋的风情，
　为甚要在你身心以外去寻找？
　我知道如何唤醒长逝的良辰。

那些亲吻，那些深誓，那些浓香，
　还能涌现吗，从不可测的深渊？
　还能涌现吗，能像再生的太阳
　在海里沉浸了一夜又升上天？
　多少亲吻！多少深誓！多少浓香！

郝思曼诗一首①

我心里装满了凄苦
　　想起从前的好伴：
那许多玫瑰唇少女，
　　那许多捷足少男。

在跳不过的阔溪畔
　　捷足少男已安息！
玫瑰唇少女已长眠
　　在落花的田野里。

一九三二年四月译

<hr>

① 这首译诗原载《大公报》（天津）1933 年 10 月 25 日第 12 版"文艺副刊"第 10 期，译者署
"卡之琳"，原报误排，当作"卞之琳"。此诗从未入集，《卞之琳译文集》也未收录此诗。此据《大
公报》本录存。

梅特林克诗一首①

倡若他有一天回来了，
　　该对他说些什么？
——对他说有个人等待他
　　一直等待到病殁⋯

倡若他还要问东问西，
　　一点也不认识我？
——和他讲话要像个妹妹，
　　也许他心里难过⋯

倡若他问起你在哪儿，
　　教我怎样回答他？
——把我金指环给他就成
　　不要回答一句话⋯

倡若他要知道为什么
　　厅里那么冷清？
——指那熄了的灯给他看
　　再指那开着的门⋯

---

① 这首译诗原载《大公报》（天津）1933 年 11 月 8 日第 12 版"文艺副刊"第 14 期，译者署"卞之琳"，《新华报》1939 年 9 月 17 日曾经转载。"梅特林克"全名 Maurice Maeterlinck（1862—1949），比利时剧作家、诗人，有剧作《青鸟》《盲人》《佩莱亚斯与梅丽桑德》《圣安东的奇迹》和诗集《暖房》《十五首歌》等，1911 年获诺贝尔文学奖。此诗从未入集，《卞之琳译文集》也未收录此诗。此据《大公报》本录存。

倘若他又问到你怎样

　　过那最后的一忽？

——告诉他那时我还微笑，

　　为的恐怕他哀哭⋯

一九三二年五月七日译

恶之花零拾

（波特莱诗抄）①

应　和

自然是一个神殿，有许多活柱
不时地讲出话来，总模糊不清；
行人穿过一重重象征底森林，
一路接受着它们亲密的注目。

有如漫长的回声在远方混合，
变成了一致，又深又暗的一片，
浩渺无边如黑夜，光明如白天，
芳香，颜色与声音在互相应和。

有些芳香新鲜如小孩底肌肤，
悠扬宛转如清笛，青翠如草地，
还有些芳香，富贵，淫荡与威武，

展得开，比得上无界限的东西，
像麝香，琥珀香，安息香与馨香
歌唱心灵上与感觉上的神往。

---

① 这组译诗原载《新月》第4卷第6号，1933年3月1日出刊，署"卞之琳译"，总题下有十首译诗目录：一、应和（Correspondances）二、人与海（L'Homme et la mer）三、音乐（La Musique）四、异国的芳香（Parfum exotique）五、商籁（Sonnet d'automne）六、破钟（La Cloche felee）七、忧郁（Spleen）八、瞎子（Les Aveugles）九、流浪的波希米人（Bohemians en voyage）十、入定（Recueillement）。其中第三首《音乐》已收入《卞之琳译文集》，故此处不录，其余九首从未入集，《卞之琳译文集》也未收录。此据《新月》本录存。

人与海

自由的人，你永远爱海不会厌！
海是个明镜，可以照你底灵魂，
你看万顷的平波伸展个不尽；
你底心灵也不比一片苦水淡。

你总喜欢投到你映影底怀抱，
你用眼睛用胳膊抱它；有时候
你底心听厌了它自己的怒吼，
便听这个倔强的野蛮的哀号。

你们都非常忧郁，又非常谨慎：
人，谁也测不到你胸臆底深处，
海，谁也识不尽你内部的宝库，
你们那么怕被人看透了隐情！

然而，你们却争斗过无数年头，
你们从不会心软，从没有悔话，
你们那么爱摧残，那么爱屠杀，
真算得难兄难弟，永世不甘休！

异国的芳香

当我在暖和的秋晚，闭着双眼，
伏在你发烧的胸前闻着香气，
我面前：展开一片幸福的海岸
在令人目眩的单调的太阳里；

现出一个天惠的懒惰的小岛。
长的树木很稀奇，水果很甜蜜；

许多男人，身体很矫健很苗条，
许多女人，眼睛真爽得可惊异。

被你底香气引到了这种地方，
我看见一个海港，息满了帆樯，
都曾经沧海，疲乏还没有退尽；

同时一阵阵青罗望子底浓香
飘在空中迷醉我，塞满了鼻腔，
和水手们底歌声溶入了内心。

商　籁

你这对眼睛，水晶样清澈，问我：
"你真怪，我有什么值得你倾心？"
——乖些，别声张！我底心除了真诚，
原始动物底真诚，什么都厌恶，

它不愿把孽焰写的黑史宣布，
也不愿和盘托出狞恶的隐情，
为你这能抚我长睡的摇篮人。
我恨煞了热情，精神也把我煎苦！

我们悄悄地爱吧。爱躲在一角，
影似的，拉紧着一张残忍的弓。
我知道那老凶器上装的几种

是罪恶，恐怖以及愚蠢！——呵残菊！
可不是，你像斜阳，正与我相同，
一样苍白，一样阴沉呵，我底菊？

破　钟

这是又苦又甜的事：在冬夜里，
在一团悸动的冒烟的火旁，倾听
远远的记忆轻轻地缓缓地飞起，
随了一片在浓雾里飘荡的钟音。

有福的是钟儿，他虽然已经年老，
他底喉咙，却依然很强健很雄壮，
忠心地喊出他一腔虔诚的呼叫，
彷徨一个老战士看守着篷怅 ①！

我啊，我底灵魂是破了，无聊中
她想用歌儿充实寒冷的夜空，
可是她只能发出软弱的嗄声，

有如一个被忘了的受伤的人，
在一湖血泊边，一大堆尸首底下，
快死了，一面呻吟，一面还挣扎。

忧　郁

当天宇，又低又重，像一个篷盖，
掩上被厌倦压得悲叹的心魂，
当拢抱四野的天边倒灌进来
一个白昼，比黑夜还愁惨阴森；

当大地变成一个潮湿的暗牢，

---

① 从上下文义看，句首的"彷徨"似应作"仿佛"，疑是译者笔误或原刊误排；句末的"怅"
乃是原刊误排，当作"帐"。

牢内，像一只惊慌的蝙蝠，期望
用胆怯的翅膀向墙壁上乱敲，
用头颅把腐烂的天花板冲撞；

当暴雨展示它无穷尽的线条，
正同一个大监牢底铁棚相仿，
当一群怪龌龊的蜘蛛，静悄悄，
在我们脑谷底深处结着丝网，

许多钟上突然跳出一声怒吼，
像无家可归，飘来荡去的幽灵，
非常可怕地向天心纵身一投，
怒吼又变做一阵倔强的悲鸣。

——走不尽的葬列，不打鼓不奏乐，
慢慢地从我底灵府穿过；希冀，
失败了，尽哭；惨痛，又暴又凶恶，
在我低垂的头上插一面黑旗。

瞎　子

你看，我底灵魂；他们真的骇人！
样子像木偶；说可笑吧，很朦胧；
古怪是古怪极了，像害梦游病：
不知对什么瞪着模糊的瞳孔。

两球眼睛上早已失去了灵光，
老是向天上翻着，仿佛向远处
望着似的；从不见他们向地上
出神一般地垂下沉重的头颅。

他们这样地穿过无边的黑暗，
这永久的沉默底兄弟。啊，城市！
当你简直很凶暴地追求狂欢，

在周遭歌唱笑闹，看，我也如此
拖着两条腿，可是，比他们更蠢，
我要问：这些瞎子向天上找甚？

流浪的波希米人

眼珠像火星一样的预言民族
昨天上路了。女人们有的背上
驮着小孩，有的用挂着的宝藏，
两房乳汁，喂他们强烈的食欲。

让家小都在车上蹲着，男人们
抗着光辉的刀枪，徒步在车旁
走着，向天上用倦眼东张西望，
虽然他们已悔寻缥缈的幻影。

每逢他们走过的时候，土隙里
蟋蟀很高兴，唱歌分外的卖力，
地神爱他们，让青草长得更青，

让岩石有水流，让沙漠有花开，
殷勤地迎着他们：这些流浪人
一向看惯了未来黑暗底境界。

入　定

乖些，我底痛苦，要安静些才好。

你盼望着黄昏；黄昏到了；你看：

一层阴暗的雾围把城市笼罩，

有的人分得宁静，有的人不安。

看污浊的尘世上微贱的众生

在欢狂那刽子手无情的鞭下

尽在下流的盛宴中采摘悔恨，

我底痛苦，伸过手来；听我底话，

来，离远他们吧。看长逝的流年

穿着旧衣裳，倚着天台底栏干；

含笑的懊恼从水底里伸出来；

苍穹下，垂死的落日做着昏梦；

有如一长幅尸衣从东方拖来，

听啊，我爱，听柔和的黑夜移动。

附记：《恶之华》前后共译出二十多首，尚待修改，可用者或可得二十首。这几首短的译出较早，承梁宗岱先生细心校过，特此志谢。——译者

冬天过去了①

和风吹了，嫩芽一天比一天胖，

牧羊人叹了一口气来迎春；

朵朵的白云都卸了铠，解了缰，

分散在苍空的草地上吃点心。

Yvonne French② 作于《伦敦水星》一月号

---

① 这首译诗原载《京报》1934 年 3 月 24 日第 10 版"诗·剧·文"副刊第 4 期，署"卞之琳译"。此诗从未入集，《卞之琳译文集》也未收录此诗。此据《京报》本录存。

② Yvonne French 可能是英国诗人，生平不详。

电　话[①]

Robert Frost 作[②]

今天我尽我的气力走到了

离这儿极远的地方，

有一个钟头

完全静止

当我向一朵花低下头去的时候

我听到你讲话。

别说我没有听到，因为我听到你说——

你对窗槛上那朵花说的——

"你记得你说的是什么吗?"

"先告诉我你以为你听到的是什么。"

"看到了那朵花，赶去了一只蜜蜂

我低下头去，

握住花梗，

我听，我以为我听出了——

什么呢? 你喊过我的名字吗?

或者你说过——

有人说'来'——我屈身的时候听到了。"

"我也许想到过这许多，可没有出声。"

"得了，所以我就来了。"

---

① 这首译诗原载《华北日报》1934 年 9 月 10 日第 7 版 "文艺周刊" 第 2 期，署 "卞之琳译"。此诗从未入集，《卞之琳译文集》也未收录此诗。此据《华北日报》本录存。

② Robert Frost（1874—1963），罗伯特·弗罗斯特，美国诗人，有诗集《波士顿以北》《山间》等。

愿[1]

（译 H.de.Regnier[2]）

过了春天底任情
又过了秋天底迷惘
我听，又单调又准，
时间悄悄地飞翔。

我不愿闻到绿荫
散播夏天底芳香，
见到冬天，战兢兢，
阴沉沉，显露穷相；

我愿书上的课文
一千篇都是一样，
并愿未完的我生
只消受一种风光，

不要秋也不要春
更不问冬短夏长，
不觉得，围绕我身
时间悄悄地飞翔。

---

① 这首译诗原载《益世报》（天津）1933年5月27日"文学周刊"第27期，末尾署译者"季陵"，是卞之琳的笔名。此诗从未入集，《卞之琳译文集》也未收录此诗。此据《益世报》本录存。

② H.de.Regnier（1864—1936），亨利·德·雷尼埃，法国后期象征主义诗人，有诗集《翌日》《乡村迎神赛会》。

带着蓝布伞[①]

译 Francis Jammes[②]

带着蓝布伞，伴着肮脏的小羊，

穿着闻得出奶酪气味的衣裳，

你从斜坡上向天走去，支着

冬青树，橡树或是枸杞树的手杖。

你跟着硬毛的狗子，以及驼背上

驮着黝暗的铁罐子的驴子。

你将要走过村子里的铁匠铺子，

走过了就要到杉木香的山中了，

羊群就要吃草，像白的灌木丛了。

那边，湿雾浮着，掩住了山尖。

那边，秃颈的老鹰飞着，被红烟

点着了，在残夜的余霭里照耀了。

那边，你将要平静地仰望着

上帝底精灵在无穷上飘荡着。

---

① 这首译诗原刊《北平晨报》1933 年 11 月 13 日"北晨学园"附刊"诗与批评"第 5 号，译者署"卞之琳"。《民报》1933 年 11 月 16 日"民话"专栏"诗歌专号"转载。此诗从未入集，《卞之琳译文集》也未收录此诗。此据《北平晨报》本录存。

② Francis Jammes（1868—1938），弗朗西斯·雅姆，法国诗人，有诗集《早祷和晚祷》《基督教的农事诗》。

老　套①

法国　相纳维埃尔（Georges Chennevière②）

老是下雨。下雨。
投一片柴到火炉里。
现在什么时候了？
　　一点钟。

不会有什么人来的，
太阳也不会光临。
你知道什么时候了？
　　两点钟。

脚步声，在楼梯上，
走过了我们这一层；
壁上的钟敲了。
　　三点钟。

街头的手风琴
不由得把我感动了。
美丽的蓝多瑙河啊，
　　四点钟。

---

① 这首译诗原载《大公报》（天津、上海）1936 年 4 月 10 日第 12 版"文艺"第 125 期"诗特刊"，诗末署"卞之琳译"。此诗从未入集，《卞之琳译文集》也未收录此诗。此据《大公报》本录存。

② Georges Chennevière（1884—1927），乔治·相纳维埃尔，法国诗人，卞之琳稍后又译为"G. 襄奈维埃尔"。

总是同样的声音，
总是同样的颜色，
夜快到了吧?
　　五点钟。

啊，我所有的血，
所有的眼泪，
跟雨水一起流了，
　　六点钟。

你想留住什么呢?
过去的愿望吗?
一切都溜了，走了。
　　七点钟。

哎，我的太太，
我们得开一开玩笑，
在睡觉以前，
　　八点钟。

恋 人 ①

法国 P. 爱吕亚（P. Eluard）② 作

她挺然直立在我底眼睛上
而她底头发在我底头发里，
她有我底手掌底形状，
她有我底眸子底颜色，
她蓦然湮灭在我底影子里
像一块小石头消失在空中。

她有一对长开的眼睛
而永远不愿意让我睡去。
她那些幽梦在光天化日下
使多少太阳尽化为乌有，
使我笑了，哭了又笑了，
没有什么可讲而讲话了。

注： 原诗每行八缀音；无脚韵，除最后两行的 rire 与 dire。

---

① 这首译诗原载《大公报》（天津、上海）1936 年 5 月 29 日第 12 版 "文艺" 第 153 期 "诗特刊"，署 "卞之琳译"。此诗从未入集，《卞之琳译文集》也未收录此诗。此据《大公报》本录存。

② Paul Éluard（1895—1952），通译保尔·艾吕雅，法国超现实主义诗人，有诗集《痛苦的都城》《不死之死》《公共的玫瑰》《为了在这里生活》《爱与诗》等。

过 客[①]

G. 襄奈维埃尔

（G. Chenneviere 1884—1921[②]）

遇[③]客，不要再睡了，
这还不算是回家。
别依恋这些东西，
别停留在它们面前。
不要让种种记忆
水汪汪涌到你眼里。

这朵花，千万别采它，
别延长这个亲吻，
别保持什么在手里。
不要做经久的什么。
你的心该一扫而空。
快快，该重新出发。

我走了，算没有来。
这就是最后的告别?
世界溜在我脚下。

---

① 这首译诗原载《文学丛报》1936 年第 3 期，第 228 页，译者署"卞之琳"。此诗从未入集，《卞之琳译文集》也未收录此诗。此据《文学丛报》本录存。

② G. Chenneviere 卒年实为 1927 年。

③ 此处"遇"当作"过"，原刊可能因为"过"的繁体"過"与"遇"近似而误认误排。

我觉得本来是不该

唉！那么长久的

看这些面容。

译自《法兰西新评论（N.R.F.）诗选》

注：原诗无韵，除最后一外，每行八缀音（syllabes）

联 系①

法国　G. 阿博理奈尔 ②

呼号做成的绳索

横贯欧罗巴的钟声

缢死的世纪

把多少国度捆在一起的铁轨

我们只是两三个人

毫无牵挂

给我们伸过手来吧

梳理烟雾的猛雨

绳索

交织的绳索

海底电线

巴别底高塔变成了桥梁

蜘蛛大主教

所有的爱人被一条线系住了

还有更细的线

月日底白光线

弦索与谐和

---

① 这首译诗原载《大公报》（天津）1936 年 7 月 19 日第 11 版"文艺"第 182 期"诗歌特刊"，署"卞之琳译"。此诗从未入集，《卞之琳译文集》也未收录此诗。此据《大公报》本录存。

② G. 阿博理奈尔（Guillaume Apollinaire，1880—1918），通译纪尧姆·阿波利奈尔，法国现代诗人，有诗集《醇酒集》《图画诗》《被杀害的诗人》等。

我只是写来颂扬你们

感觉啊亲爱的感觉啊

记忆底敌人

欲念底敌人

悔恨底敌人

眼泪底敌人

乃为我所爱的一切底敌人

译奥登（W. H. Auden）诗一首①

彷徨失路在我们自择的山上，
我们老追怀一个古时的南方，
姿态天然的温暖②裸露的世代，
无邪的嘴里别有滋味的欢快。

睡在草舍里，我们如何的做梦
参加未来的舞会，每一个迷宫
都有图，心的行动早有了训练、③
能永远追随那里的无害的路线。

我们妒忌确实的溪流和房屋：
可是我们订定了给错误当学徒：④
从不曾裸，⑤平静如一个大门，

也永远不会完美如那些源泉；
我们不由不就在自由里寄身⑥，
一个山居的种族居住在山间。

注： 这是奥登《战时作》（一九三九）的最后一首。原诗前八行脚韵排列为 ABAB，CDCD，现在不得已译成了四对偶韵句，违反了十四行体的规律。

---

① 这首译诗原载《贵州日报》1941 年 6 月 9 日第 4 版 "革命军诗刊" 第 2 期，译者署 "卞之琳"。奥登（W.H.Auden，1907—1973），英国诗人，1948 年移居美国，有《诗集》、长诗《西班牙》、十四行诗集《战时在中国》等。按，卞之琳后来在《明日文艺》第 2 期（1943 年 11 月出刊）上发表所译奥登的《战时在中国》组诗里也有这首诗。此诗从未入集，《卞之琳译文集》也未收录此诗。此据《贵州日报》本录存，并与《明日文艺》本对校。

② 此处《明日文艺》本有 "，"。

③ 此处《明日文艺》本作 "，"。

④ 此处 "："是原报误排，《明日文艺》本改作 "；"。

⑤ 此处《明日文艺》本作 "、"；另，"裸"字《明日文艺》本改作 "裸露"。

⑥ 此处 "寄身"，《明日文艺》本改作 "生存"。

译里尔克诗一首①

你啊，我的圣洁的孤独，
你是又丰富，又干净，又阔，
正如一所醒来的花园。
我的圣洁的孤独，你啊——
把那些金门都给紧闭啊，
门外正候着种种的心愿。

① 这首译诗原载《柳州日报》1942年1月3日第4版"布谷"副刊创刊号，译者署"卞之琳"。此诗从未入集，《卞之琳译文集》也未收录此诗。此据《柳州日报》本录存。按，里尔克（Rainer Maria Rilke，1875—1926），出生于奥匈帝国时代的布拉格，德语现代诗人，有诗集《图像集》《新诗集》《杜伊诺哀歌》《致奥尔弗斯的十四行诗》等。

里尔克少作四章[①]

卷头语

从无限的渴慕中升起
有限的事绩，就像脆弱的喷泉，
很早就颤巍巍尽自坠地。
但那些，本来沉默在我们的心里的，
快乐的力量——把它们自己
就显示在这些跳动的珠泪的中间。

严肃的时辰

谁此刻在世界上任何地方哭，
在世界上无端的哭，
在哭我。

谁此刻在夜里任何地方笑，
在夜里无端的笑，
在笑我。

谁此刻在世界上任何地方走，
在世界上无端的走，
走向我。

[①] 这一组译诗原载昆明西南联大的《文聚》第 1 卷第 2 期，1942 年 4 月 20 日出刊，第 13 页，署"卞之琳译"。这一组译诗从未入集，《卞之琳译文集》也未收录。此据《文聚》本录存。

谁此刻在世界上任何地方死，

在世界上无端的死，

看着我。

预感

我像是一面旗被释放的辽远包围着。

我感到在来的风飚①，我必须经历它，

虽然底下的东西都还不曾动：

门还轻轻的关闭，烟囱里还沉静，

窗子还没有颤抖，尘土还很重。

我就早知道风暴而像海似的翻腾。

展开我自己又缩进我自己

又抛出我自己，孑然一身

在大风暴里。

卷头语二

断然的抛掉你的美，

不计较也不用理论。

你沉默。她为你说：我在。

而在千重意义里走来，

最后遍及了每个人。

---

① 原刊此处"飚"字漫漶不清，姑录待考。

里尔克诗一首①

有一个人把一切都抓在手中②，
他们就像沙子在他的指缝里溜。
他挑选皇后中最为可爱的皇后，
为自己用了白大理石把她们③凿成，
让她们④在壁炉架的和谐里安闲的欠伸，
再叫国王们躺在那里陪他们的女人，
雕出于跟用了凿她们⑤的同样的石头。

有一个人把一切都抓在手中，
他们就像锈烂的刀片经不起捏一把。
他不是陌生人，因为他生活在血里，
就在我们⑥的生命里动弹和休息。
我不相信他是在做什么歹事，
可是我听见许多人说他的坏话。

---

① 这首译诗原载《贵州日报》1942年5月26日"革命军诗刊"第9期，系本期《里尔克诗两首》的第二首，这首诗署"卞之琳译"，第一首里尔克诗的译者是冯至。卞之琳译的这首诗后来又以《里尔克诗一首》为题，刊载于《燕京新闻（蓉版）》1944年3月18日副叶第4号。此诗从未入集，《卞之琳译文集》也未收录此诗。此据《贵州日报》本录存，并与《燕京新闻》本对校。

② 此句《燕京新闻》本改作"有一人把一切人都抓在手中"。

③ 此处"她们"《燕京新闻》本作"他们"，疑是误排。

④ 此处"她们"《燕京新闻》本作"他们"，疑是误排。

⑤ 此处"她们"《燕京新闻》本作"他们"，疑是误排。

⑥ 此处"我们"《燕京新闻》本改作"我"。

道　白（诗）[①]

（一出戏里的两段）

Stephen Spenser 作 [②]

一

文明，原先以爱情和言语

而醇美的，在地震以后，

令人骇怕了；科林多式的柱头上

横梁和生花的叶饰

时时刻刻的威胁着，然后坍下成

大理石的波浪而压向生命。原先是

活生生的过去的紧闭的嘴巴

对若 [③] 浮云而用石头说话的，变成了

我们现在的死亡。你啊，

你的思想——因恐惧和贪婪而含忍的——

已经冻结成那个脆弱的形体

一任世界上实际的东西所摆布

现在向我们头上崩下来，作了摧毁一切的

不义的冲击的，你知道你头脑里的意象

就是许多陷落的城市的哀号

和许多战场的照片。可是你，

---

① 这首译诗原载《世界文学》第 1 卷第 1 期，1943 年 9 月出刊，第 97 页，署"卞之琳译"。此诗从未入集，《卞之琳译文集》也未收录此诗。此据《世界文学》本录存。

② 此诗在原刊目录页署"斯宾塞作"，正文署"Stephen Spenser 作"，可能是卞之琳笔误或原刊误排，原诗人名当作 Stephen Spender（1905—1995），通译斯蒂芬·斯彭德，他是 20 世纪 30 年代与戴·刘易斯、威斯坦·休·奥登和路易斯·麦克尼斯同时崛起于英伦的现代主义诗人，20 世纪 60 年代移居美国。

③ 从上下文义看，此处"若"疑是原刊误排，或当作"着"。

你还是要活的，就把精神的意志

从僵硬的记忆的物质的定型

和还在作祟的体系中

分开吧，依照活的思想

来雕凿结实的东西，别想死者所愿意的事情。

蕴有电根①的山涧，

石头

和金属，都是我们的机件：

我们要把它们从它们所占住的心里，

现在的占有者那里撕过来，作为奖品

而交给那些在田野和工厂里工作过

许多世纪的。

照一个心的形象，

用血来就它们制造所需

而饲养各种的机能的安排，我们要重塑

被剥夺了的世界的财资，而让那些财富冲积

它们肥沃的河口的三角洲

于人民的饥荒的沙滩。

坍下吧，大理石；坍下吧，枯朽：可是起来吧

弟兄们心里的生之意志：把石头

建造成正义的形式：不要把正义

作成丧忌的纪念物的坍倒。

二

眼睛是英勇吗?

柔和的躺在面上像苇子缘边的水池，

因为它为了视察而瞻望光明，

---

① "电根"的英文原文是 electric roots，指电动设备的根部，与电源相连；本身带电的植物也被称为"电根"。

而拒绝影幢幢的障碍，
而像金刚石一样的向月亮切过黑夜
而有耐性，不惜倒转百万年的
凝视还裹在原始时代里的太阳；
或者心灵是英勇吗，
毕生幽禁在脑壳的监狱里，
像侦探似的潜伏在解剖不了的脑子的深处
因为它比探险家旅行到更北方
而并不冻结在星隙的空间？
眼睛看见它所看见的，心灵
知道它所必须知道的，
不要说我曾经是一个英雄。
我只是用了我的眼睛，我理解
以我的心灵，我的事迹进出自
明白的意志。

战时在中国作（五首）①

W. H. 奥登作

一

他停留在那里：也就被监禁在所有中。

季节把守在他的路口，像卫士；

山岳挑选了他的子女的母亲；

像良心，太阳统治着他的日子。

---

① 这组译诗初刊桂林《明日文艺》第 2 期，1943 年 11 月出刊，署"英 W. H. 奥登作 卞之琳译"，并有译者的"前记"，"前记"单另录入本书的"序跋文论辑录"。按，这组译诗选译了奥登的《战时在中国作》六首（译者"前记"说这"六首"诗按奥登原集的"原次序为第四，第十三，第十七，第十八，第二十三，第二十七"，每首译诗后附有英诗原文），但实际上只刊出了五首译诗，缺漏了一首；后来卞之琳又在《中国新诗》第 2 期（1948 年 7 月出刊）上发表了《英国 W. H. 奥登：战时在中国作》，其实是这组《战时在中国作》译诗的重刊，所发译诗与《明日文艺》初刊本完全相同，并且重刊本也有同样的译者前记，只是译诗后未附英诗原文；至于译诗数目，《中国新诗》重刊本前记明确更正为"这五首十四行诗"，并且在交代原诗和译诗的韵脚处理时，将《明日文艺》本译者前记里所谓"第五首：……"云云删去，而将原"第六首：……"直接改为"第五首：……"。如此两相对照，则可知《明日文艺》初刊本未能刊出的那首译诗，当是原定的第五首（在奥登原集里是"第二十三首"），即怀念德语诗人里尔克的那首，其首句是"当所有用以报告消息的工具"——有意思的是卞之琳的同事冯至在纪念里尔克的文章《工作而等待》（载昆明《生活导报周年纪念文集》，1943 年 11 月 13 日出刊）里已完整披露了卞之琳的译文，首句作"当所有用以报告消息的器具"；卞之琳后来在《经世日报》1946 年 9 月 8 日第 4 版"文艺周刊"第 4 期上发表了这首译诗，首句作"当所有用以报告消息的器具"，此诗后来收入卞之琳译诗集《英国诗选 附法国诗十二首》（湖南人民出版社，1983 年 3 月出版）和《卞之琳译文集》，首句改为"当所有用以报告消息的工具"。推究第五首译诗（奥登原集第二十三首）之所以被《明日文艺》撤刊，可能是由于该诗所描写的战斗失利的消息会令读者对中国战局产生不好的感想吧，故此被书报检查机关临时撤刊。另按，这组译诗的第四首《他用命在远离文化中心的地方》（*Far from the heart of culture he was used*）后曾收入《英国诗选 附法国诗十二首》，也编入《卞之琳译文集》；原第六首译诗《彷徨失路在我们自择的山上》（*Wandering lost upon the mountains of our choice*），首刊于《贵州日报》1941 年 6 月 9 日第 4 版"革命军诗刊"第 2 期。为保存这组《战时在中国作》译诗的完整性，此据《明日文艺》初刊本完整录存这五首译诗，并与《中国新诗》重刊本对校。

他前头那些年轻的从表 ① 在城里

走着他们的快而不自然的途径，

什么也不信，什么也不大在乎，

当一匹中意的马一般对待外路人。

他很少变

而从土地取他的颜色，

长得就像他的那些牛，那些羊。

城里人以为他吝啬，以为他简单，

诗人感泣而从他见出真实，

压迫者把他举出来当一个榜样。

I

He stayed: and was imprisoned in possession.

The seasons stood like guards about his ways.

The mountains chose the mother of his children，

And like conscience the sun ruled his days.

Beyond him his young cousins in the city

Pursued their rapid and unnatural course，

Believed in nothing but were easy-going，

And treated strangers like a favourite horse.

And he changed little

But took his colour from the earth，

And grew in likeness to his sheep and cattle.

---

① 此处"从表"对译的是英文 cousins，"从表"是从兄弟、表兄弟的简称。

The townsman thought him miserly and simple.

The poet wept and saw in him the truth,

And the oppressor held him up as an example.

二

当然是赞美：让歌声起来又起来，

歌颂盆里或脸上开出的生命，

歌颂植物式忍耐，动物式可爱；

有些人曾经享过福；也出过伟人。

可是听早晨的悲哭，明白为什么：

城市陷落了人倒了；"不义"的志愿

从没有失势；所有的王霸还总得

用相当高贵的名目，来统一谎言。

历史用悲痛跟我们的轻歌对垒；

乐土不存在；我们的星球孵出了 [①]

有望而从未证明过价值的族类；

敏捷的新西方不大对；了不起而错了

这个被动的华似的民族也就是，

任他们长久在十八省里建筑了土地。

II

Certaintly Praise: let the song mount again and again

For life as it blossoms out in a jar or a face,

For the vegetable patience, the animal grace.

---

① 此处"孵出了"，《中国新诗》本作"孵出来了"。

Some people have been happy; there have been great men.

But hear the morning's injured weeping, and know why：
Cities and men have fallen： the will of the Unjust
Has never lost its power： still, all princes must
Employ the Fairly-Noble unifying Lie.

History oppose its grief to our bunyant song：
The Good Place has not been; our star has warmed to birth
A race of promise that has never proved its worth;

The quick new West is false; and prodigious, but wrong
This passive flower-like people who for so long
In the Eighteen Provinces have constructed the earth.

三

他们在而受苦：这就是他们所做的一切：
一条绷带掩住了每个人生活的所在；
每个人对于世界的知识也受了缩节，
只限于各种治疗器正在给予的对待。

分开的躺着，像许多时代彼此隔离
——真理在他们就是能忍耐到什么程度；
不像我们样讲话，呻吟可竭力抑止——
彼此疏远如草木；我们是站在别处。

因为谁在健康的时候会变成一只脚？
治好了就是一点擦伤我们也记不了，
一下子跳跳蹦蹦了，随后又完全信托

不曾受伤的共同的世界，再想像不到
孤悬的隔绝。只有快乐才可以分尝，
还有愤怒，还有对于恋爱的幻想。

III

They are and suffer; that is all they do：
A bandage hides the place where each is living.
His knowledge of the world restricted to
The treatment that the instruments are giving.

And lie apart like epochs from each other
——Truth in their sense is how much they can bear;
It is not talk like ours, but groans they smother——
And are remote as plants; we stand elsewhere.

For who when healthy can become a foot？
Even a scratch we can't recall when cured.
But are boisterous in a moment and believe.

In the common world of the uninjured, and cannot
Imagine isolation. Only happiness is shared,
And anger, and the idea of love.

四

他用命在远离文化中心的地方，
遭受了将军以及虱子的遗弃，
他在一条棉被底下把眼睛阖上
而从此消失了。他以后不会被提起

尽管这一次战争编进了书本：

他从没有从脑里丢了切要的知识；

他的笑话是陈腐的：像战时，他沉闷；

他的名姓就永远跟面容而遗失。

他不知道也不曾挑选"善"，却教了大家，

给大家增加了意义如一个撇点：

他变泥在中国为了叫我们的女娃

好自由自在的爱土地而不再受尽

污辱而委诸狗群；为了叫有山，

有水，有房子的地方也可以有人。

IV

Far from the heart of culture he was used:

Abandoned by his general and his lice,

Under a padded quilt he closed his eyes

And vanished. He will not be introduced

When this campaign is tidied into books：

No vital knowledge perished in his skull;

His jokes were stale: like wartime, he was dull;

His name is lost for ever like his looks.

He neither knew nor chose the Good, but taught us,

And added meaning like a comma, when

He turned to dust in China that our daughters

Be fit to love the earth, and not again

Disgraced before the dogs; that, where are waters,

Mountain and houses, may be also men.

六 ^①

彷徨失路在我们自择的山上，

我们老追怀一个古时的南方，

姿态天然的温暖，裸露的世代，

无邪的嘴里别有滋味的欢快。

睡在草舍里，我们如何的做梦

参加未来的舞会，每一个迷宫

都有图，心的行动早有了训练，

能永远追随那里的无害的路线。

我们妒忌确实的溪流和房屋：

可是我们订定了给错误当学徒；

从不曾裸露、^② 平静如一个大门，

也永远不会完美如那些源泉；

我们不由不就在自由里生存，

一个山居的种族居住在山间。

VI

Wandering lost upon the mountains of our choice.

Anain and again we sigh for an ancient South，

For the warm nude ages of instinctive Poise.

For the taste of joy in the innocent mouth.

---

① 原刊临时撤销了第五首译诗，此处序号"六"的确是译者原定的第六首，《中国新诗》重刊本改为"五"。

② 此处"、"，《中国新诗》本改为"，"。另，此处"裸露"，1941 年 6 月 9 日《贵州日报》本作"裸"。

Asleep in our huts, how we dream of a part

In the glorious balls of the future; each intricate man

Has a plan, and the disciplined movements of the heart

Can follow for ever and ever its harmless ways.

We envy streams and houses that are sure:

But we are articled to error; we

Were never nude and calm like a great door,

And never will be perfect like the fountains;

We live in freedom by necessity,

A mountain people dwelling among mountains.

史本特诗钞[①]

一段剧词[②]

文明，原先以爱情和语言

而醇美的，在地震以后，

令人骇怕了；科林多式的柱头上

横梁和生花的叶饰

时时刻刻的威胁着；然后坍下

成大理石的波浪而压向生命。原先是

活生生的过去的紧闭的嘴巴

对着浮云而用石头说话的，变成了

我们现在的死亡。你啊，

你的思想——由恐怖与贪婪作了玩物的——

已经冻结成那个脆弱的形体

一任世界上实际的东西来摆布

现在向我们头上崩下而作了摧毁一切的

不义的冲击的，你知道你的心灵的意象

就是许多陷落的城市的哀号

和许多战场的照片。可是你，

你还要活的，就精神的意志

---

① 这组译诗原载《侨声报》1946 年 10 月 14 日第 6 版，署"卞之琳译"。按，此处的"史本特"即 Stephen Spender（1905—1995），通译斯蒂芬·斯彭德。其中第一首《一段剧词》曾在别处刊载过。为了保存这组译诗的完整性，此据《侨声报》本完整录存这组译诗。

② 《一段剧词》曾以《道白（一出戏里的两段）》为题刊于《世界文学》第 1 卷第 1 期，1943 年 9 月出刊，署"卞之琳译"；《侨声报》本则只译出了第一段，其文字与《世界文学》本略有不同，此处径录不校。另，这一段译文又曾以《史本特诗：一段剧词》为题重刊于《斗下光》第 1 卷第 2 期，1946 年 10 月 23 日出刊，署名"之琳"，文末有按语云："这首诗是译自史本特诗集《静止的中心》。"按，后两个刊本的文字版式完全一致，从发表时间来推断，《斗下光》本可能转载自《侨声报》本。《侨声报》这个刊本可能是译者修订本，所以与《世界文学》本上的《道白》有所不同。

从僵硬的记忆之物质的定型

和还在作祟的体系中

分开吧，依照活的思想

来雕凿结实的东西，别想死者所愿意的事情。

蕴有电根的山涧，

石头，

和金属，都是我们的工厂：

我们要把它从它们所黏住的心里，

现在的占有者那里撕过来，作为奖品

而交给那些在田野和工厂里工作过

许多世纪的，

照一个心的形象，

用血来各就制造的需要

继而养各种机能的安排，我们要重塑

被剥夺世界的财产，而让那些财富

冲积丰饶的三角洲

于人民的饥荒的沙地。

坍下吧，大理石，坍下吧，枯朽：可是起来吧

弟兄们心里的生存的意志：把石头

建造成正义的形式：不要把正义

造成丧忌的纪念物的坍倒。

冷漠者

我坐了电梯上到第八层，

穿行过一条条通道的暖气，

敲那标明号数的房门。

走进门道，我忽然瞥见

一面镜子里苍白的映着我的脸，

消瘦，一对眼睛底下两个坑，

一副强烈的惊讶的表情，
皮肤上多孔眼，就像蜂窝，
我就想："你可会原谅我?"

行，你接受了，在那张薄床上，
在城市夜的高处，我们漂浮。
合体在波浪上，做他们的小船，
臂缠着臂，头对着头，
一方面神经的内蕴的接触，
经由潜伏的海底电线而爆着火星。
一切在黑暗里沉浸，深入，遗忘，
惟有我的一副凝视的目光
高悬而俯临它那盏记号灯。

翻过来，面朝着不写字的天花板，
我的眼睛在那里读出了另一个你，
一个赤裸的身影凭依在那里，
一只手举起来指一个景致。
那里的重山之间是一片片蓝空间，
我的幸福的层叠的透视！
你的嘴唇一律的波纹扩散着
微笑的冷漠也就是原谅。

一只码表和一幅军用地图

一只码表和一幅军用地图。
五点钟一个人倒下在地上。
表从他的腕上飞去
像一个月亮从地球上迸出去
标明一个空白的时间，而注视底下三翻四覆的变化的潮汐。
一切都在橄榄树底下。

一只码表和一幅军用地图。
他忠实的停在那个地方。
被那颗子弹的一片片的分隔物
劈离了他的活着的同志，
把他的最后的孤独
开宽了四面的距离。
一切都在橄榄树底下。

一只码表和一幅军用地图。
骨头固定了，在五点钟，
在月亮的无时间性底下：
可是另一个还活着的
在他的心里永远负担着
那颗子弹所劈开的空间。
一切都在橄榄树底下。

一个城市的陷落

所有贴在墙上的标语，
所有散在街上的传单，
都断残了，毁了，或在雨里糟塌了。
它们的字句由眼泪涂去了，
皮从它们的身上剥下来了，
在掩至 ① 的胜利的疾风里。
足声雷动，铜喉怒吼的大厅里，
所有的英雄的名字，

---

① "掩至"，突然而至。

在壁上宣称为历史的福克斯和洛尔^①，

现在被愤然的抹去了，

或者把残骸委之于尘埃。

屏除在黄金的称赞以外。

从襟上或者从手上撕下来的

所有的标识和敬礼

随它们所负的人皮囊而抛掉了，

或者是在心灵的最深的底里

它们被刷过了一层微笑，

得胜中推动胜利者的微澜。

所有学过的各课，都荒弃了；

年轻人学会了读书的，现在瞎了

眼睛以一层古膏的薄膜；

乡下人恢复了乖谬的调子，

依从着骡子的乱叫；

这些都只是记起来忘记。

可是在别处，有的字眼

也是紧推着一个脑盖的高门

而在一只不折光的眼睛的一角

老年人的记忆跳往一个小孩子那里，

——从精力弥漫的日子迸出来的火星。

小孙子就贮藏它，当作一个悲痛的玩具。

---

① 据诗后的"译者附注"，此处的"洛尔"后漏排一字，当作"洛尔加"，全名费德里科·加西亚·洛尔加（Federico Garcia Lorca, 1898—1936），西班牙现代诗人，1938 年 8 月被西班牙极右翼组织枪杀。

小外衣

那件绣了许多鸟的小外衣
不可救药的毁了。
我们在春天买它的，
当她站在一张椅子上，
辉煌煌一树的小鸟：
我把头靠在她的胸前，
所有的小鸟似乎都唱了，
我却倾听着一只沉重的小鸟
砰砰的跳在我们幸福的心中。

可是一切都撕去了，
原是年轻而鲜艳的衣服
现在像玩偶似的束诸高阁，
孩子们长大了，不再要玩了；
或者衣服随秋叶零落了，
因为时髦在大廉价里吹散了，
面对了另一日的时样。

那张大床，上边躺了
那个迷人的作祟的动物的
是一道激流，漂去了
所有的鸟窝和歌唱的树枝，
纠缠在冰块的中间，
那里原是昨日的千百道飞泉。

除非我们的爱情有更聪明的办法，
比诸燕子浏览着
蔚蓝的夏天的表面，

一见波浪起来就飞去。

——啊，保持我在那个严肃的吻里吧，

我们的嘴唇在那里换成了眼睛，

而在它们凝视的深处

微笑与眼泪并肩着生长

自眷爱一切的静止。

译者附注：这五首史本特（Stephen Spender）的诗，除了第一首译自他的诗集《静止的中心》（The still Center，1930）次序大概致①合他原来写作时期的先后，第三首和第四首写在西班牙战争里，也有关这次战争的，自此以后他回过头来写较为个人的诗了。第四首里的福克司（Ralph Fox）是写《民众与小说》的英国作家因参加西班牙政府方面作战而牺牲，洛尔加（Lorca）西班牙著名诗人，于战争初期中为法西斯徒众所杀。这五首诗，和诗本特其他的诗五样②，都是用自由体，但较为规律化的自由体，第一虽然不是用的无韵体（Blank Verse），也具备了无韵体所特有的庄严与回荡的气势。③

①　"大概致"疑衍一字——译者可能在"大概"或"大致"之间有改动，却被原报误排为"大概致"。

②　此句有笔误和误排："诗本特"当作"史本特"，这是一个笔误；"五样"和下文的"第一"是原报排字错位——原报竖排，"五"和"一"在两行的位置相近，据此并联系上下文义可以推知，"五样"当作"一样"，"第一"当作"第五"。

③　《史本特诗钞》的这段《译者附注》就录存于此，后面的"序跋文论辑录"不复辑。

服尔泰在斐尔奈①

W. H. 奥登

完全幸福了，现在，他到庄上去视察……
一个修表的流亡人抬起来瞟了他一眼
便继续工作；一个细木匠碰一碰帽檐
在一所医院正在耸起得很快的那里；
一个经管人来报告种的树长的顺利。
白山尖闪亮。正是夏天。他十分伟大。

远远在巴黎，他的仇人们咬耳朵批评，
说他是邪恶的；坐在一张笔直的椅子上，
一个瞎眼的老妇人等死也等信。他要说
"人生比什么都好"。真是吗？不错，
反对虚伪和偏私而跟它们打的仗
总是值得的。种园子也就是如此。学文明。

笼络，詈骂，翻花样，比他们谁都乖巧，
他领过别的孩子们从事了神圣的反抗
声名狼藉的大人们；带了小孩的诡计，
在需要两可的回答或者直截的撒谎
来自卫的时机，也学过狡猾和卑躬屈膝，
而像农民一样的忍耐，等对手栽倒。

---

① 这首译诗原载《大公报》(上海) 1946 年 7 月 12 日第 7 版 "文艺"(沪新) 第 38 期，署 "卞之琳译"。天津《现代诗》(复刊号) 第 12 期 (1947 年 4 月 1 日出刊) 曾转载此诗，署 "卞之琳译"，并在末尾注明 "得作者许可转载"。此诗也曾被卞之琳纳入《奥顿诗五首》中重刊于《诗刊》1980 年第 1 期，但删去了第五节，并对其余文字有所修订。此诗从未入集，《卞之琳译文集》也未收录此诗。因《诗刊》本不完整，此据《大公报》本录存，并与《现代诗》本对校。

不像达朗贝，从来不怀疑他会打胜仗。
只有巴思加是一个大敌人，其余的那一批
都是一些早就中了毒药的老鼠；
要做的事情可还多，又只有他自己靠得住；
亲爱的狄德罗有点笨，却尽了全力；
卢梭，他向来知道，会哭哭啼啼，会投降。

夜来了，叫他想起了一些女人。色情
也就是一个大师；巴思加才是个傻瓜。
爱蜜丽多么喜爱过天文学和床第①；
班瑟蒂也爱过他，像流言；他欢喜。
他尽了本分的也哭过耶路撒冷；老实话，
照例是欢乐憎恶者才会变得不公平。②

他可像一个哨兵，不想睡；夜里充满错，
到处是地震和处决。不久他也就要死掉，
遍欧洲还站着吓人的保姆，凶狠得要死，
手里痒痒的想活煮小孩子：只有他的诗
也许喝得住她们，他还得继续写稿。
头顶上不诉苦的满天星编着明朗的歌。

　　附注： 斐尔奈是服尔泰晚平③买下来连住了二十年的田庄。这首诗每节的原来的韵脚排列也就是 abbcca，abccba，abcbca 三种交换用的，一如译文，译文中每行长短以"顿"数为准。

---

　　① 此处"第"，《现代诗》本误作"第"。
　　② 按，作者奥登在 1945 年将该诗编入其诗集时，删去了以上这一节六行诗，卞之琳在发表于《诗刊》1980 年第 1 期的《奥顿诗五首》中也删去了这一节。
　　③ 从上下文义看，此处"平"是原报误排，当作"年"，原报可能因"年""平"两字手写近似而误认误排，《现代诗》本改正为"年"。

西面之歌（A Song for Simeon）[①]

艾略特（T. S. Eliot）

　　主啊，罗马帝国的玉簪花在碗里开放，

　　冬天的太阳爬过雪山头；

　　顽梗的季节已经占稳了四方。

　　我的生命是轻的，等待着死风，

　　像一片羽毛在我的手背上。

　　尘土在日光里，记忆在角落里，

　　等待着寒凛的风来吹往死乡。

　　赐我们你的和平。

　　我已经在这个城里走了多少年，

　　遵守了信念和斋戒，施舍了穷人，

　　给予了领受了尊荣和安闲，

　　从没有一个过客吃过我的闭门羹。

　　谁会记得我的房子，我儿女的儿女会住到哪儿，

　　当忧患的日子来到的时候？

　　他们会向山羊径上奔，会向狐狸洞里投，

　　逃避着外国脸和外国剑。

　　不等到绳索和鞭笞和悲啼的时候，

　　赐我们你的和平。

　　不等到荒凉山的一个个站头，

---

　　① 这首译诗原载《大公报》（天津）1947 年 6 月 1 日第 7 版"星期文艺"第 34 期，署"卞之琳译"。按，艾略特（T.S.Eliot，1888—1965），英语现代诗人，出生于美国的密苏里州，1927 年加入英国籍，代表作有《荒原》《四个四重奏》等。此诗从未入集，《卞之琳译文集》也未收录此诗。此据《大公报》本录存。

不等到做母亲的定必忧伤的时辰，
就在这个死亡的诞生时令，
让圣婴，那个还不言不可言的道，
赏赐以色列的安慰，
给一个见过了八十春秋而见不到明天的老人。

依照你的话。
他们会赞颂你，会在每一代都受难，
披着光荣，挨着笑骂，
光上加光，攀登圣徒的扶梯。
我无缘殉道，消受沉思和祈祷的狂喜，
我无缘得见至极的灵象。
赏赐我你的和平。
（一把剑将会把你的心刺透，
哪怕是你的心。）
我已经厌倦了我自己的生命以及我后边那些人的生命，
我正在死着我自己的死以及我后边那些人的死。
让你的仆人走吧，
既然看见了你的得救。

　　译者注：路加福音第二章：在耶路撒冷有一个人，名叫西面，是个义人，是个虔诚人，常盼望那安慰以色列民的主来。并且圣灵感动他，他得了圣灵的默示，知道在未死以先，必要见到主所立的基督。这时候西面被圣灵感动，进了殿。婴孩耶稣的父母正抱着耶稣进来，要照着法律行事。西面就抱过他来，称赞神说，主啊，如今可以照着你的话，使你的仆人安然去世，因为我的眼睛已经看见你所立的救主了，就是你设立在万民面前的，他是照临外邦人的光，是以色列民的荣耀。约瑟和耶稣的母亲听见这话，就诧异。西面给他祝福，又对耶稣的母亲玛利亚说，这婴孩被主设立，是要叫以色列许多人衰败兴起，也作奇兆被人毁谤，叫许多人心里的意念都显露出来。并且你的心也要被刀刺透了。

赠中华人民共和国文化代表团①

缅甸联邦总理　吴　努

看她舞影蹁跹，

敢夸色艺无双，

娇娆好比天仙，

装点更显风光。

是箫？还是胡琴？

和谐堪称绝妙，

笙鼓声声相应——

和平、悦耳的曲调，

天上音乐的神貌！

惊心动魄是情节，

出神入化是刀棍，

舞台是花花世界，

看筋斗翻转乾坤——

合拍圆转的法轮！

亲爱、愉快的友伴，

你们用高超的技艺，

撒个"美达"②香弥漫，

增厚了两国的情谊——

我深信；我心怀感激。

亲爱、愉快的友伴，

---

① 这首译诗原载《人民日报》1957 年 4 月 7 日第 7 版，作者为缅甸联邦总理吴努，原作可能是英文，诗后署"卞之琳译"。此诗从未入集，《卞之琳译文集》也未收录此诗。此据《人民日报》本录存。

② "美达"是原文的译音，意谓友情。——译者原注（此注原报附在诗末）。

你们用崇高的善意
让人类感受到美善，
使人人热爱真理——
我深信；我满心欢喜。

1957 年 3 月 22 日

维斯坦·休·奥登诗四首[①]

美术馆[②]

描写苦难，他们总是不会错，

这些古典大师：他们多么了解

苦难在人间的地位：了解苦难发生的时刻

总有些别人在进食，或者在开窗，或者就是在

　　漠然走过；

了解上年纪人，抱着虔诚和热情，

[①] 这一组译诗原载张曼仪主编的《现代英美诗一百首》（英汉对照），中国对外翻译出版公司、商务印书馆（香港）有限公司合作出版，1993 年 12 月北京第 1 版，第 214—231 页，版权页同时附注"1986 年 10 月香港第一次印刷"；查国家图书馆所藏该书，商务印书馆（香港）版出版时间为 1992 年，复检张曼仪《卞之琳生平著译年表》（见《卞之琳著译研究》，香港大学中文系，1989 年 8 月出版）于 1987 年记有"11 月初为商务印书馆香港分馆出版的《现代英美诗一百首》译出奥顿诗四首"（第 226 页），则香港第一次印刷在 1987 年 11 月。此处暂据《卞之琳生平著译年表》所记时间系年。这组译诗题作《维斯坦·休·奥登四首》（"奥登"当是该书编者所改，卞之琳在诗注里则译作"奥顿"），包括《美术馆》《悼念叶芝》《流亡曲》《我们的偏向》四首诗，每首译诗后均署"卞之琳译"，诗前并有一段对奥登的介绍文字："维斯坦·休·奥登是三十年代英国重要诗人，首先以《诗集》（1930），继之以《演说者》（1932）和《看啊，异乡人》（1936）成为左翼诗坛盟主，用冷静含蓄的调子，'电报'式的文字，反讽的手法，剖示社会的矛盾。1938 年与衣修伍德访华后写成的《战时》二十七首，更是脍炙人口。1939 年移居美国，皈依基督教，诗风渐变，多写个人生活，于诗艺无所不精，晚年的滑稽诗尤独树一帜。"这段介绍可能出自很少假手于人的卞之琳之手，但编者或有文字订正，如把"奥顿"改作"奥登"。第一首《美术馆》后有卞之琳的附注云："所选奥顿诗四首，故查良铮都译过（见他编译的《英国现代诗选》，湖南人民出版社，1985），余光中译过其中的两首（《美术馆》《悼念叶芝》，见他编译的《英美现代诗选》，台北时报文化出版公司，1970），译者重译，后来未必居上，而且因为参考过他们二位的译文，也就不由不袭用了他们译得好的不少语句。"这组译诗从未入集，《卞之琳译文集》也未收录。此据《现代英美诗一百首》北京第 1 版录存，但只录中文译文，不录英语原文。

[②] 布鲁塞尔皇家绘画雕塑馆陈列有布鲁盖尔（Pieter Brueghel，约 1520—1569）名画《伊卡鲁斯的坠落》。据希腊神话，伊卡鲁斯的父亲是巧匠，为他自己和儿子自造翅膀，逃离克里特岛，伊卡鲁斯不幸飞近太阳，粘着翅膀的蜡化了，坠海溺死。全诗是自由体，各行长短不一，有韵，但有的脚韵相隔甚远，不甚起押韵作用，译文也基本上相应在原来位置上押脚韵，全篇语调照样作寻常谈话的调子，恰配诗中（如画中）表现的世人对别人的苦难无动于衷的情调。——译者原注

等神迹降临的时候，总一定会有一些

野孩子不特别盼望它发生，只顾溜冰，

穿梭在林边的池塘上，满不在乎：

大师们从不忘记

即使可怖的殉道也总归自行了结，任怎样也罢，

随便在一个角落，一个凌乱的场地，

那里狗继续过狗的生活，行刑吏的马

在一棵树干上摩擦它无辜的臀部①。

在布鲁盖尔的《伊卡鲁斯》里，比如说，谁都

    掉头不顾

当场的灾难，那么悠然；那个农夫

可能听见了溅水的声音、绝望的惨叫，

可是他觉得这不是什么重要的失败：太阳照明

（按例得照明）白净的两腿没入

碧油油的海水：那条豪华的精致海船也必然已经目睹

一场奇观，一个男孩从天上直往下掉，

可是它自有地方要去，继续安详的航行。

1940

悼念叶芝 ②

（1939 年 1 月逝世）

I

他消失在隆冬的时节：

溪水结冰，机场差不多绝了人踪，

---

① 这个细节取自布鲁盖尔的另一幅油画，取材自《圣经》的《屠杀无辜者》。——译者原注

② 原诗分三大段，第一段是松散的无韵自由体；第二段近似亚历山大体，但各行长短仍不齐，有韵而不严谨；第三段是四行一节的随韵体，整齐，节奏紧凑、铿锵，译文力求相应。——译者原注

积雪使露天的雕像走了样；

水银柱沉落在垂死天的嘴里。

噢，所有的仪表都一致

说他死的那天是阴森寒冷的一天。

远在他的疾病以外，

狼群奔跑，穿越常青的森林，

村野的河流不受时髦码头的引诱，

悼唁的言辞

分开了诗人的死和他的诗。

可是，就他说，这是他本人的最后一个下午，

一整个下午奔忙了护士和传言：

他身体的各省都叛变了，

他头脑的广场空空荡荡，

寂静侵入到郊区，

他的感觉流中断：他化为景仰他的读者群。

现在他散播到一百个城市，

完全交付给了陌生的感情；

在另一个树林 ① 里寻到幸福，

按异方的道德律受到惩罚，

死者的语句

在生者的肺腑间接受修饰。

但是在明日的重要性和喧嚣声里，

交易所掮客簇拥在大堂上像野兽咆哮，

---

① 指但丁《神曲》《地狱篇》开头的黑树林，但丁中年发现自己在那里。叶芝一死就进入了诗人仅能以他们的诗作而长存的世界。——译者原注

穷人照旧承受他们习以为常的苦难，
每个人在自己的囚室里几乎自信有自由，
这时候会有寥寥几千人想到这一天
就好像有一天自己做过稍稍不寻常的事情。
噢，所有的仪表都一致
说他死的那天是阴森寒冷的一天。

Ⅱ

你生前像我们一样傻，可是你的才华
超越了这一切：贵妇的教区、肉体的腐烂、
你自己。疯狂的爱尔兰把你刺伤成诗源
如今爱尔兰照样疯，气候也没有变化，
因为诗并不济事：它长留人世，
发源在语言自造的谷地，从没有官吏
要闯进去干扰，它朝南方直流，
撇下了孤立的牧场、繁忙的悲戚、
我们所信赖和葬身的城镇；它长留人世，
一种发生的方式，一个出口。

Ⅲ

请接待一位贵宾吧，土地；
威廉·叶芝躺下了休息：
让这条爱尔兰货船进坞，
它已经卸空了它的诗库。

时间向来是并不容忍
什么人勇敢，什么人天真，
会不出一星期就漠然无视
一个风姿绰约的躯体，

却崇拜语言，可以原谅
任何人使语言传世流芳。
原谅这种人懦怯、自大，
把荣誉堆放到他们的脚下。

时间以这种奇怪的偏见，
宽恕了吉卜龄和他的观点 [1]，
会宽恕保尔·克罗岱 [2]，
也就原谅他 [3]，他写得精彩。

黑夜的恶梦重重包围，
全欧洲恶犬都在狂吠，
尚存的国家都只等候，
各为自己的仇恨所围。

智能招致的奇耻大辱
从每个人脸上茫然外露，
慈悲不再是无边的海洋，
在每个人眼里锁住、冻僵。

追寻吧，诗人，穷追不止，
一直追寻到黑夜的深底，
用你无羁无束的声音
继续诱发我们的欢欣。

用诗节来进行犁地耕田，

---

① 吉卜龄（Kipling，1865—1936），英国诗人，以宣扬帝国主义为世所诟病。——译者原注
② 克罗岱（Claudel，1868—1955），法国天主教诗人，思想极为保守。——译者原注
③ 指叶芝，奥顿指责过他的神秘主义，当时也自然不赞同他的反民主思想。——译者原注

把诅咒改造成葡萄乐园，

出于苦难里一阵狂喜，

歌唱人类的不尽如意。

人心的荒漠连绵成片，

叫那里喷出疗病的清泉，

就在他时代的牢狱当中，

教导自由人怎样歌颂。

1940

流亡曲

说这个城市有一千万人口，

有的住大厦，有的住破楼，

我们可没有地方住，亲爱的，我们可没有地方住。

我们原来有一个祖国，我们觉得它挺好，

翻开地图本就可以查到：

现在我们可去不成，亲爱的，现在我们可去不成。

在乡村教堂的墓园里长着一棵老紫杉，

每到春天都开始叶茂花繁：

老护照可办不了，亲爱的，老护照可办不了。

领事拍桌子大声训斥，

"要是你你办不到护照，你就官方说就是死者"：

我们可还活着呀，亲爱的，我们可还活着呀。

去找一个委员会，他们请我坐下，

客客气气告诉我等明年设法，

可是我们今天去哪儿，亲爱的，可是今天我们去哪儿？

参加一个集会，发言人站起来强调，
"要是我们收容了他们，他们会偷掉我们的面包"
他是讲你和我，亲爱的，他是讲你和我。

我以为听见了天上打雷，隆隆声不停
原来是希特勒开车碾过欧洲，说"一定叫他们丢命！"
噢，我们是在他的心上，亲爱的，我们是在他的心上。

看见一只狮子狗，别上别针，穿一件短袄，
看见开了一扇门，放进去一只猫：
它们可不是德国犹太人，亲爱的，它们可不是德国犹太人。

走到港口，站上码头，
看见鱼在水里游，它们倒像很自由：
相隔只有十英尺，亲爱的，相隔只有十英尺。

走过树林，看见鸟在树上；
它们并没有政客，可以悠然歌唱：
它们可不是人类，亲爱的，它们可不是人类。

我梦见一座楼，高到一千层，
它有一千个窗户、一千个房门，
可没有一个归我们的，亲爱的，可没有一个归我们的。

站在一个大平原上，大雪纷纷；
一万个士兵出动了，来回行军：

他们在寻找你和我；亲爱的，他们在寻找你和我。

1940

我们的偏向

沙漏低声叫狮吼警悟；
钟楼日夜对园林宣扬：
时间能容忍多少错误；
自以为总对，是多么荒唐。

但时间，尽管多响亮，多深沉，
尽管一直流逝得多急促，
却从未阻滞过狮子的纵身，
也从未动摇过玫瑰的把握。

因为它们像只在乎成就：
而我们选辞要讲究声调，
判断问题要找出别扭；

而时间使我们总留连光景。
我们何曾不宁愿绕道
而不直奔今日的处境？

1940

三 《游击奇观》及其他

　　《游击奇观》是卞之琳抗战时期所写短篇小说及短篇故事的重辑。卞之琳在 1939 年 11 月 7 日致友人信中说自己"在延安和前方途中还写过一些故事小说，零星发表出来，似还能吸引读者，当初打算写足二十篇这种东西（有些像散文诗，有些像小说，有些只是简单的小故事，有些则完全是访问记），凑一本小书叫《游击奇观》，现在因为失去了兴趣与自信力，取消了这个计划"（此信原载上海《大美报》1939 年 12 月 8 日，已收入本书）。其实不是卞之琳"取消了这个计划"，而是这样的作品难以在国统区出版。这类作品现在共找到 17 篇（另有一些篇什是报告文学《第七七二团在太行山一带》和《晋东南麦色青青》的片段，此处不复辑），仍以《游击奇观》为题重编，主要辑录了《卞之琳文集》未收的 13 篇作品，均据原刊录存，按发表时间编排。其中《钢盔的新内容》1 篇和以《西北小故事》为总题的 5 个短篇《小学的成立》《军帽的来访》《追火车》《进城，出城》《傻虫并没有空手回来》，虽然曾以单篇形式收入《沧桑集（杂类散文）1936—1946》（江苏人

民出版社，1982 年 8 月出版）第三辑（1938），但未收入
《卞之琳文集》（安徽教育出版社，2002 年 10 月出版），所
以仍录入本辑；新发现的《五个东北工人》《游击队请客》
《渔猎》《一个敌军小队长》《放哨三部曲》《儿戏》《女人，
女人》7 篇则为首次收录。从内容上看，同样属于《游击
奇观》的还有《石门阵》《红裤子》《一、二、三》《一元
银币》4 篇，它们先曾收入《沧桑集（杂类散文）1936—
1946》"第四辑（1938—1941）"，后来又作为"小说习作"
收入《卞之琳文集》，故此只存目，不复录本文。《游击
奇观》集中反映了八路军主导的敌后游击战，表现出积极
乐观的抗战热情和对人民战争的坚定信念；文体则介于战
地报告速写和小说故事之间，叙事质朴道来、简洁明快，
语言平易亲切而又耐人寻味，与作者同时期的诗集《慰劳
信集》及报告文学《第七七二团在太行山一带》《晋东南
麦色青青》等作品构成互文关系，标志着卞之琳的创作在
抗战时期的转进。此外，还找到了卞之琳在 20 世纪 30 年
代所写的小说《年画》和在 1950 年发表的"韵文小说"《转
前去》，一并录存于本辑之末。

钢盔的新内容①

日本俘虏井上义一，盘坐在刘老四院子里的磨石上，吃了一顿喷香的小米饭。小米饭也好吃吗，请问"皇军"？无从否认，因为他饿了。

可是吃惯了小米饭的第十二连士兵，在这里捧了饭碗，也都在想："今天特别香。"

"特别"的理由在这里：——②

今天一清早③第十二连只留一班人带了一些自卫队，把日本兵吓退出了没有一个老百姓的上陌村，在五里外的双槐树伏击了一次。打死了五十八④个敌人，俘获了一个。⑤就是名叫井上义一的，以及许多胜利品。跟许多从山里出来的老百姓一同走进村子的时候，赵连长很高兴，因为他看见村子里⑥多亏敌人退得太仓皇，一所房子都没有烧掉，虽然许多家门板显然是被劈作柴烧了。

"可是我们的锅子都给打破了。⑦"黄栋材和另外几个围立在赵连长身边的村民不约而同的一齐说，哭丧着脸。

"他妈的鬼子兵，"陈士贵最气忿⑧，说一句就溅出许多口沫来，"抢不到我们什么东西，就下这一着毒手，过桥拔桥，用我们的锅子做了饭，就全给打破了，叫我们回来不好弄饭吃。"

---

① 本篇原载延安《文艺突击》第 1 期，1938 年 10 月 16 日出刊，第 22—24 页，署名"卞之琳"；曾收入《沧桑集（杂类散文）1936—1946》（江苏人民出版社，1982 年 8 月出版，第 41—43 页，以下简称《沧桑集》），但《卞之琳文集》未收此篇。此据《文艺突击》本录存，并与《沧桑集》本对校。

② 《沧桑集》本删去了此行，并且此下空一行排印。

③ 《沧桑集》本此处加"，"。

④ 《沧桑集》本改"五十八"为"二十八"。

⑤ 《沧桑集》本改"。"为"，"。

⑥ 《沧桑集》本此处加"，"。

⑦ 《沧桑集》本改"。"为"，"。

⑧ 此处"忿"，《沧桑集》本改为"愤"。

农民救国会的青年组会员①高友才却与众不同，他说：

"我家里的锅子倒是我自己打破的，我们退出去的时候，不好把锅子搬走，所以打破了，叫鬼子兵来也吃不成饭，想不到鬼子兵一天就溜了，我回来自己也吃不成饭了。"

"我是想留下锅子，好好的搁在那里，让鬼子兵来②下了米，做好了饭，我们就来把他们赶走，吃他妈的一顿。"

想出风头的油嘴小老二说得全场上都笑了。可是谁也不相信他的话是真的，因为他们都看见昨天是小老二第一个慌张的逃出了村子，背了③过门才五天的新媳妇。

"现在反正都破了，究竟怎么办呢？"赵连长慢吞吞的说了一句，好像④问自己似的。

刘老四的院子里来了一片暂时的沉默。

只听得喳喳喳的一阵，大家抬头看：屋檐上两只小麻雀向院子里跳跳，点点头，口吃而饶舌的，在讲些什么，似乎在向赵连长告状呢。

"瞧瞧，"刘老四首先打破了沉默，一边用手指指瓦上的凌乱的葫芦藤，"鬼子兵饿得成什么样子，也不知道葫芦是要等长老了，剖开当水杓用的，把我三个大葫芦都吃了，不知道吃的⑤出什么鬼味道！"

刘老四说的⑥自己都笑得⑦露出了缺了一只的门牙。大家又轻松了，笑了。笑声里忽然透出来一声"报告连长。"大家回过头来用目光搜索发言人。原来是第六排的青年战士常进。

"报告连长，"常进接下去，"我们有办法。说起葫芦瓢，我倒想起了样儿跟葫芦瓢差不多的敌人的钢盔了。我们不是从双槐树那里带来了三十五顶吗？刚才同志们已经玩过一阵，我们都不爱戴这种劳什子，笨

---

① "农民救国会的青年组会员"，《沧桑集》本改作"农民救国会青年组的"。

② 《沧桑集》本删掉了"来"字。

③ 《沧桑集》本改"背了"为"拉着"。

④ 《沧桑集》本改"像"为"象"。

⑤ 《沧桑集》本改"的"为"得"。

⑥ 《沧桑集》本改"的"为"得"。

⑦ 《沧桑集》本删掉了"得"。

重的乌龟壳，可是倒正好用来做饭哪。"

"对，"赵连长会意了，并且加上说，"做起来挺合适的，九连就这样干过，我知道。"

于是全村二十五家每家都领得了一顶钢盔。

过了一会儿，这里磨石上也就搁来了两顶钢盔。敌人的钢盔是装惯杀人放火的思想的，如今却装了小米饭。^①

吃了半碗饭，坐在井上义一旁边的干敌军工作的王同志，忽然然^②嚼动了灵机，想起了一个新鲜的口号：

"脱下你们的帽子来让我们做饭给大家吃！"

于是，用握着筷子的右手拍拍井上义一的肩头，含笑的对他用日本话说了一阵子钢盔变饭锅的新世界。

光了头的井上义一，已经完全忘记了丢^③了的不实在的"面子"，面上已经完全消失了屈辱的痕迹，笑得很自然的，点点头，一身边^④从身旁那一顶钢那^⑤盔里又舀起一铲子金黄的小米饭。

---

① 《沧桑集》本此段下空一行。

② 此处衍一"然"字，《沧桑集》本已删去。

③ 《沧桑集》本"丢"字加了双引号。

④ 此处"身"字衍，《沧桑集》本改"一身边"为"一手"。

⑤ 此处"那"字衍，《沧桑集》本已删去。

西北小故事①

一　小学的成立

教育厅下令限一个月内在某某两县的二十个村子里成立二十所小学。二十个从外边新来的小学教育家出发下乡了。

十天过去了，半个月过去了，二十天过去了，教育厅还没有得到哪一所小学成立的报告。

教育厅长生气了，亲自下乡去踏查。

派往大井村办小学的戴铭，曾经当过太原模范小学校长的，听了厅长的询问以后，皱起了眉头说："房子好容易盖起了，还正在想法到三十里铺去运木料，因为还没有桌子。②凳子，黑板，也没有粉笔……"

厅长一听说，俯下身去，双手捧起一块石头，向屋内一放，"这不是桌子？③"捡起一块破砖头扔在石头旁边说，"这不是凳子吗？"

"还缺少什么呢？"他接着说，指指白墙壁，"这就是黑板，"指指地上的黄土块，"这就是粉笔。"

这样，在二十所预定设立的小学里，大井村小学首先成立了。

二　军帽的来访

一顶军帽在炕沿上，从门外闯进来的小虎发见④了，吓得倒退几步，退出了窑洞门，直叫"妈!"

---

① 这一组小故事原载昆明《今日评论》第 1 卷第 4 期，1939 年 1 月 22 日出刊，第 11—13 页，署名"薛邻"，卞之琳的笔名；后来删去《西北小故事》的总题而以单篇形式收入《沧桑集（杂类散文）1936—1946》（江苏人民出版社，1982 年 8 月出版，第 33—40 页，以下简称《沧桑集》），但《卞之琳文集》未收这组小故事。此据《今日评论》录存，并与《沧桑集》本对校。

② 此处"。"似应为"，"。《沧桑集》本将"桌子。凳子，黑板，"改为"桌子、凳子、黑板，"。

③ 《沧桑集》本改"？"为"!"。

④ 《沧桑集》本改"见"为"现"。

妈与桂花①菊花在南公②田里摘南瓜。听到喊声，马上奔过来，怕是狼来了。

可是狼倒没有，③可是狼倒没有这样可怕。小虎说不出话来，只是呆望着炕沿上。大家跟了他的目光向炕沿上望过去，接着便面面相觑，不约而同的都在想："军帽！不得了！"

大家莫名其妙的往外跑。小虎跑在前头，和谁撞了个满怀，抬头看：老总！大家抬头看：老总！穿了新军服的老总还背了一枝④枪呢！

光着头的老总一把抓住了小虎，说："干什么！你不认识我么！"

"噢，"小虎对着⑤老总特别红的红鼻子，嘘开了笑嘴，"原来是三舅父！"

"三弟，你几时当了兵了？"

"兵？我是自卫队。大姐，我们那边早就有了自卫队了，你还不知道？"

"不错，我在高家坡也见过自卫队，可是拿红缨枪的。"

"我们昨天把红缨枪换了步枪了。红缨枪只能防防偷南瓜的贼。要是人家拿了枪，像⑥我这样，走进来占了你们的窑洞，你们怎么办呢，如果大姐夫没有枪，像我这枝枪？⑦"

小虎的⑧得意了，戴上了三舅父的军帽。

三　追火车

形容同蒲铁路上火车走的如何慢，有一个流行的笑话，从前方回来的贺师长⑨又提起了：

----

① 《沧桑集》本此处加了"、"。

② 此处"公"疑是误排，或当作"瓜"。《沧桑集》本未改。

③ 此句与下句有重复，《沧桑集》本删去了"可是狼倒没有，"。

④ 《沧桑集》本改"枝"为"支"。

⑤ 《沧桑集》本删去了"着"字。

⑥ 《沧桑集》本改"像"为"象"。

⑦ 《沧桑集》本改此句为"象我这支枪？"。

⑧ 此处"的"字是衍文，《沧桑集》本已删去"的"字。

⑨ "贺师长"指贺龙（1896—1969），湖南桑植人，时任八路军一二〇师师长。《沧桑集》本改"贺师长"为"师长"，下同，不另出校。

"在火车开行的时候，我们可以跳下车来，撒一泡溺①，再跳上车去。"

开心煞了小猴子一样爬满火车的，把火车当玩具的士兵；急煞了带部队赶上前方的②有心事的干部：

"杨方口还远着呢！"

过了两天：

"杨方口几时才能到呢？"

再过了两天：

"杨方口在哪里呢？"

多谢慢火车，部队却开到只有几处炮兵阵地的所谓"国防线"，敌人也就穿进了里长城。同蒲铁路随即被敌人用去了。虽然我们回师的部队不时的把铁路切成一段段，铁路像传说里的毒蛇一样，一段段联起来又是一条活动怪物。

然而也多谢慢火车，过了几个月，它又使我们永远愉快的士兵大乐了一场，使我们的师长也高兴的翘起了胡子，他过了几个月，在后方的一块操场上，讲的满场人都笑了：

"平社车站打下了以后，敌人冲去③了一列车。火车逃的④虽然快，我们的弟兄们追得可也不算慢，一步不放松，直追到高村军⑤站。那里的敌人，远远的望见了我们，因为我们的前面就是敌人自己的火车，不好开炮，不好开枪，眼睁睁看着我们跟火车直冲进车站，以至占领了车站。站上的敌人随即往车上逃，弟兄们就去拖，拖下了一挺挺机关枪，还拖下了一条条腿子——一个⑥活俘虏！"

现在呢，现在的同蒲铁路，贺师长说的⑦好，"有火车走的时候算是敌人的，没有车走的时候还算是我们的。"

---

① 《沧桑集》本改"溺"作"尿"。

② 《沧桑集》本删去了此处的"的"字。

③ 《沧桑集》本改"去"为"出"。

④ 《沧桑集》本改"的"为"得"。

⑤ 此处"军"字是误排，当作"车"，《沧桑集》本已改正为"车"。

⑥ 《沧桑集》本删去了"一个"。

⑦ 《沧桑集》本改"的"为"得"。

四 进城，出城 [1]

头戴军帽，身穿军衣，大踏步走去，全凭脚上的草鞋给老百姓认出了是什么人，"游击"。[2]

老百姓像 [3] 潮水一样的把他夹带到"太平"了的城门口。

伪警察在心里笑："游击"，伸过手去，把站岗的日本兵挡一挡，让"游击"从身边过去了。

走近第二个日本兵的岗位，望见敌人向他一伸手，"游击"摘下帽子来一鞠躬，"皇军"得意了，心里说"顺民"，就让他过去了。

"游击"在街上买了一切他所想买的东西。

"游击"在街上碰见了"皇军"。"皇军"向他一睁眼，他摘帽下子来 [4] 一鞠躬，"皇军"得意了，心里说"顺民"，就让他过去了。

"游击"在街上又碰见了"皇军"。"皇军"向 [5] 他手里新买的一枝牙刷 [6]，他把牙刷送给了"皇军"，"皇军"满意了。好和气的"皇军"！

半天以后，回到城门口，"游击"望见守门的皇军在打瞌睡，机关枪在旁边休息。"游击"眼快手快，把机关枪搬到了手里。

他向城外跑吗？不，城外还有敌人的岗位。

那么他向天上飞吗？瞧，他已经回头向城里跑了，好小子，那个"游击"！

过了一会儿，城里一条僻街的一所住房的门上响起了敲门声，轻轻的。"游击"知道敲重了，里面的老百姓一定以为是鬼子兵临门，要进去找东找西找女人。门开了，机关枪得了躲藏地。

---

① 《进城，出城》也曾作为"速写"单独发表在延安《文艺突击》第 1 卷第 4 期，1939 年 2 月 1 日出刊，署名"卞之琳"。此据《今日评论》本录存，并与《文艺突击》本、《沧桑集》本对校。

② 开头这一段《文艺突击》本作："头上戴斗笠，身上随便穿一些什么，大踏步走去，单凭脚上北方所不惯穿的草鞋就给老百姓认出了是什么人，'八路'。"

③ 此处"像"《沧桑集》本改作"象"。

④ "他摘帽下子来"原刊有误排，《文艺突击》本和《沧桑集》本均作"他摘下帽子来"。

⑤ 此处"向"字是原刊误排，《文艺突击》本作"要"。

⑥ 《沧桑集》本此句改作"'皇军'一眼盯住了他手里新买的一支牙刷"。

"游击"这才换下了军衣，像鱼一样，游在老百姓的水流中，敌人的毛手到脚边[①]去捞摸他？敌人开始搜索了，他开始优游[②]自在的玩了。

一个礼拜[③]了？十天了？走吧。"游击"借一[④]运菜的大车把机关枪运出了城门，心理[⑤]想："还上算，一枝牙刷换一挺机关枪。"

五　傻虫并没有空手回来[⑥]

十四岁的勤务员，绰号叫傻虫[⑦]的，硬要跟队伍一同去，想检一些好玩的东西。

飞机场上响着一个奇异的声音。大家听惯了手榴弹的声音，可是第一次听见手榴弹接触飞机的声音，怪好听的，一阵阵。

手榴弹得意了，踏过数千里的草鞋也得意了，今夜又得了一种新的经验，三双两双踏的上了飞机[⑧]。草跘[⑨]也有踏飞机的福气！

傻虫投出了两枚手榴弹，就爬到了[⑩]一只负了重伤再也飞不起来的铁鸟身上。钻进驾驶座，在朦胧的月光里，他第一眼碰到的就是明晃晃的一个像[⑪]小孩子画的圆脸，就是月亮自己的脸吧？圆脸在傻虫的心上一闪：金的！傻虫眉开眼笑的向圆脸凑过头去，看见圆脸上只有一撇细眉毛，直竖在面孔上半部的正中。是眉毛呢，还是鼻头。[⑫]傻虫虽傻，可是早已从连长那里学会了看表了，于是他伸出手去抓圆脸，可是顽强的金

---

① 此处"脚边"是误排，《文艺突击》本作"那儿"，《沧桑集》本作"哪边"。

② 《沧桑集》本改"优游"作"悠游"。

③ 《沧桑集》本改"礼拜"为"星期"。

④ 《文艺突击》本和《沧桑集》本均将"一"改为"一辆"。

⑤ 此处"理"字是误排，《文艺突击》本和《沧桑集》本均作"里"。

⑥ 这则小故事的真实背景可能是八路军一二九师第七六九团在 1937 年 10 月 19 日对山西代县阳明堡日军飞机场的夜袭战。

⑦ 《沧桑集》本凡是"傻虫"二字都有双引号，下同不另出校。

⑧ "三双两双踏的上了飞机"一句有误排，《沧桑集》本改作"三双两双的踏上了飞机"。

⑨ 此处"跘"是误排，《沧桑集》本改正为"鞋"。

⑩ 《沧桑集》本删去了"了"字。

⑪ 《沧桑集》本改"像"为"象"。

⑫ 从上下文气看，此处"。"有误，当作"？"。

属扡子揪牢了，死不肯放手。于是开始了一场激烈的战斗。

战斗。战斗。

傻虫用尽了战术，还是徒然，圆脸还牢牢的揪在敌人的手里。

傻虫退出了战斗，搓搓手，预备作第二次总攻。忽听得圆脸嘲笑似的滴搭滴搭①的叫起来，傻虫才发觉外边已经没有了喊杀的声音，爆炸的声音，机关枪绝望的口吃声音。没有风，一片秋夜的寂静。睁大了眼睛向圆脸望过去，傻虫看见那上面的眉毛已经长长了一倍，往下直伸到下巴上——十二点半了。傻虫明白：打坏了一大堆飞机的自己的队伍已经退走了，留下了他在敌人的手里。

"连长在归途上一定会对弟兄们说想去检东西的傻虫多分给敌人检去了，"傻虫想，简直想哭了，呆呆的坐在驾驶座上，恨不能飞出去。

飞机外的场地上传来三两双皮鞋的沉重的声音，近了，近了（傻虫的心上：糟了，糟了），可是又远了（傻虫的心上：好了）。

傻虫知道吓坏了的②累极了的敌人已经不顾破飞机，只知道需要睡眠了，于是松了一口气。随后他狠狠的一脚踢破了已经把两撇眉毛一长一短的釬③竖在上方的那个俏皮的圆脸。

"给死鬼子报告时间吧！"微笑着说了一句，傻虫轻脚轻手④的摸下了飞机。他在飞机沿边检起来两枝⑤步枪。"赔我的两枚手榴弹，"一边想，傻虫把枪背在身上，回过头去，轻轻的说一声"再见"。

"站住"！从七八尺外袭来了这么一句。

傻虫吓了一跳，可是马上听出是中国人的声音，说得那么低的，大了胆，向声音的来处望过去，看见了一个受伤的战士躺在地上。走过去一看，认出是十连的一个班长。班长伤了一条腿，要人家扶了才能走，所以傻虫来得正好。

---

① 《沧桑集》本改"滴搭滴搭"为"嘀嗒嘀嗒"。

② 《沧桑集》本删去了此处的"的"字。

③ 此处"釬"是误排，《沧桑集》本改正为"针"。

④ 《沧桑集》本改"轻脚轻手"为"轻手轻脚"。

⑤ 《沧桑集》本改"枝"为"支"，下同不另出校。

傻虫也回来了。

"傻虫，检到了什么东西啦？"

傻虫并没有空手回来。傻虫带回来了两枝敌人的步枪和自己的一个受伤的班长。

五个东北工人[①]

竹中自己拿三百块钱一个月，由日本兵拿着枪跟着，在村子里作威作福。卢家庄早就逃剩了一小部份住户。可是就在这一小部份的住户中，当然也不难找出年轻女子，就是所谓"花姑娘"。汉奸给指引上了门，一个随从兵给拿了匣子炮在门外站好了，竹中就大踏步进去干他的好事了。一次又一次。村民不胜其苦，有一次竟然告了状。向谁告呢？"也只有向住在村里的日本部队里告呀"，李说，带了苦笑。有什么结果？和他一鼻孔出气，日本兵会惩戒他吗？会惩戒他们自己也干的勾当吗？可是他们敲了他一次，大吃了一顿。没有事了，竹中照旧干他的好事。

电气区工长忙着钻老百姓的闺房，电气工人就忙着爬电杆，电线化了两天的工夫修复了，回到住处，第二天电话又来叫修了，总是如此。修也不难，断更容易。可是转湾处一根电杆的支撑线一拉断，三四根电杆一倒，在他们熟练工人就听到了一块块银元叠起来差不多和电杆一般高的一根柱子倒坍的悦耳的声音——"六七百块钱又完了！"过了这惟一感愉快的瞬间，他们又动手做不愉快的工作了，立杆接线，为了敌人。

可是希望在道旁招手呢，驾着一叶叶红红绿绿的小纸片。他们读了我们的军队和老百姓散发出去的告东北同胞和日本士兵的印刷品。

"日本兵准你们看吗？"

"他们自己也看呢，"李回答我说，经常严肃的脸上浮起了笑意。"他们照例骂一声'马鹿'，板起面孔来把传单抢过去，看了几个字，装起一副鄙夷的样子，往口袋里一塞，然后走到树背后或者岩石背后，又拿出来看了，看了一遍又一遍。"

---

① 本篇原载《新华日报》（华北版）1939年1月19日第10号第2版，署名"卞之琳"；随即被重庆新华日报社《群众》周刊第2卷第14期（1939年2月14日出刊）转载，署名"卞之琳"。此篇从未入集，《卞之琳文集》也未收此篇。由于所见《新华日报》（华北版）本字迹模糊，此据《群众》转载本录存。

希望不但呈现在纸面上，而且还呈现在人面上。有一次在工作的时候，有人走近来教会了他们看见中国兵就摘下帽子。

十月间他们又到西沟村修理电线。

"这一次游击队破坏得可真出色"，年纪最大的那位说，"电线和电杆都给背走了。破坏了足有一里路长呢？① 丢了七根电杆。"

就在那一次李对伙伴们说："我要走了！"

"走到那里去呢？"大家问。

接下去是一场商讨。

"三个鬼子三支枪总容易收拾，"李说，仿佛重复着当时说的话。

他们商议了不止一次。

李还向一同工作的两个山西人作了一次试探：

"我要投游击队去了。"

哪儿会有这回事！当然是说着玩的。可是他们又何必认真的提出"有家小呵，走不开呵？"算了，算了。李当真生气了，虽然还带着笑容："我真就走，可不含糊。"

"哼，看吧。"

"看吧。"

"你们怎么知道中国军队就在近边呢？"我问。

"我们知道最多三十里外一定有中国军队，看电线破坏得那么快。"

的确，例如卢家庄附近的东赵村六天内电线就破坏了三回。年龄最大的那位山东人对于数目字总记得最正确。

看吧。机会终于来了。十一月十三日是星期日。竹中大发豪兴，要和那两个日本兵到山里去打野鸡。把工人也带去了，为了好监视。当时只有他们六个人在那里。于是九个人一起出发了。

也是命该倒霉，他们走了半天，没有打着野鸡，只发了一枪，其余的子弹就留在枪膛里。他们三个人一共带三枝枪，竹中和一个兵各带一枝盒子枪，另一个兵拿了那枝大枪。走累了把大枪给驯良的亡国奴背吧。

---

① 从语气推测，此处"？"可能是原刊误排，或当作"！"。

对！大枪交过来了，李走过去接了。看他那副高兴的样子真算得好奴才，受宠若惊了。日本兵很得意。

大人们当然得走在前头，李向后边那五个伙伴打手势，要他们索性再落后一点，自己拿起枪来，向前瞄准了，不是对野鸡，是对的竹中。机关动了，可是听不见枪响，竹中没有倒地而回过头来骂了一声"马鹿"。慌不得！李云升先装起了笑脸，用玩枪的神情搪塞了竹中的疑窦，然后检点枪膛，卸去了里边刚才打野鸡的那颗子弹所剩下来的空壳。他第二次又瞄准了。"砰！"响了！竹中完了。"够本了！"李说："我就放了心，大起了胆子。"旁边那个日本兵回过头来，从腰间拔盒子枪。可是拔枪慢，拨机关快，第二声枪声才响，子弹已经穿过了他的胸膛。另外那个兵没有枪了，从棍子里抽出一把刀。可是"那有什么用呢？"李说，很从容的向我笑了，李给他再一弹扫到了河里。时机迫切，一列火车已经在半里外出现，他们刚来得及解下了那三个可怜虫的武装就上山了。

到了游击司令部的第二夜，他们看见部队在院子里预备集合，经探问后，知道他们又要去破坏，他们就要求参加，没有听从队长的劝阻，"你们乏了下次去吧！"终于一同出发了。这次带的家具太差，一把小锯子锯了半根电杆就断了，于是李和他的老伙伴更得了显身手的机会。他们来归的时候身边带得有钳子。他们从电杆上爬上去了两位，开始作了和以前相反的工作，很熟练的剪断了电线。

"我们本来都想就留在前方工作，他们说后方要求看看我们，给我们送来了这里。现在，我们等待着分派工作。"

游击队请客[①]

面条还热呢，游击队一定在近边。

游击队确乎在近边，在村北的平野里，玉蜀黍田里，才溜出去了半里路。

年轻的晋豫游击队第一次出远门，作一个小小的学习旅行，在路上倒也见识了不少世面，打了几次小仗，竟尔胆大如天，到同蒲铁路线上的曲沃城外逗引敌人了，一次又一次，总逗不出敌人来，于是骂了一声"没出息的"，轻敌了。

二中队就在城南不远的陵角村里歇下来，全队如一人，松开了腰间的皮带，埋锅造饭，做面条。

"一大队敌人出城来了！"

说话的是一个充便衣侦探的乡下老[②]。看他那股慌劲儿，跑得那么气咻咻的，谁都要发笑。

说话的哨兵用手指村西半里路外的一颗[③]白杨树。大家望过去，白杨树底下已经出现了四匹高头大马。

"别慌，"参谋长说得可真从容，"把面条盛起来请他们吃。"

参谋长的话不能不听，等一碗面条摆出来了，大家才绕出北村口，四百条腿飞过了墙头。

四百个日本兵，也就直进了西村决[④]。

面条还热呢，游击队一定在近边。

---

① 本篇原载延安《中国青年》第3期，版权页所标出版时间为"1，6，1938"，实际上当为1939年6月1日（该刊第1期出版时间为1939年4月16日，第2期出版时间为1939年5月1日），作者署名"卞之琳"。此篇从未入集，《卞之琳文集》也未收录此篇。此据《中国青年》本录存。

② 此处"老"通作"佬"。

③ 此处"颗"通作"棵"。

④ 此处"决"字费解，但未必是原刊误排，而疑似方言，其音义或近于"阙"，引申为缺口、豁口之意。

可是村子里是空的：老百姓早就跑光了，游击队现在还没有子影①。

"搜索呀"，金钟大头儿生气了。

可是没有影子。

"搜索呀"，金钟大头儿顿脚了。

面条还冒着热气呢，可是客人太客气了，谁也不吃。主人也未免太失礼，竟藏得不见一点影子。

北门是关着，东门也没有门，他们自己从西门进来的，游击队，一定是出了南门。

近就在村子里，远就在南山上，大队长的判断不会错。大队长的令会有价直②：双管俱下吧，一面搜索一面开跑③。

面条快凉了，为什么还不吃呢？客人未免太忙了，一面提防着空房子的坑洞里跳出来一个手榴弹，一面发抖的紧捏了枪上的机关钻着每一个毛房，一面开跑一面又开一炮。

他们向南上④扔过去一百大鸡蛋，可惜游击队偏不在那里，没有人接，尽让它们打碎在石头上，一个又一个。

面条已经凉了，真可惜。客人便兴尽而返。

慢慢走吧。游击队的二大队⑤也太客气了，招来了老弟三大队，在半路上，从青纱帐跳出来，硬要留客。拉扯了一阵，客没有被留下，一挺重机关枪留下了作为一件小小的礼物。

---

① "子影"是原刊误排，当作"影子"。

② 此处"令会有价直"有误排，或当作"命令有价值"。

③ 此处"跑"字是误排，当作"炮"。

④ 此处"上"字是误排，当作"山"。

⑤ 此处"二大队"疑是作者笔误，或当作"二中队"——上文"二中队"可证。下文"三大队"也似笔误，或当作"三中队"。

渔　猎①

去年二三月间率部冲进东阳关，攻破长治，打下临汾，自以为不可一世的日本一〇八师团的苫米地旅团长在当年三月二十六日写给家乡一个朋友的信上说：

"……牛伏山狩野川的风景常浮脑际。钓鱼之道与猎共产军相似处颇多，不胜愉快。"

这封军邮信寄到了被他称为"共产军"的八路军②的手里。事情是这样的：八路军的一二九师于去年三月三十一日在东阳关外的响堂铺，邀请了不少参观者，作了一次大狩猎，猎下了×军③的九十多辆汽车。这封信也就成了八路军的猎获物。

苫米地旅团长后来在四月间的九路围攻晋东南中是一个中心人物，④在四月十六日长乐村一战碰碎了围攻，吃了八路军又一次大亏以后不知道还"不胜愉快"否。可是我们在华北×人的后方的战争里除了类似响堂铺那种大狩猎以外，小狩猎还有的是：

---

① 本篇起初与《"日华亲善"》合题为《"日华亲善"·渔猎》，刊载于延安的《文艺突击》新 1 卷第 1 期，1939 年 5 月 25 日出刊，第 31—32 页，目录中于标题后注明"（战地报告）"，署名"卞之琳"；稍后单独发表于《大公报》（香港）1939 年 6 月 6 日第 8 版"文艺"副刊第 633 期，署名"卞之琳"；又单独重刊于《大公报》（重庆）1939 年 8 月 28 日第 4 版"战线"副刊第 351 号，署名"卞之琳"。此篇从未入集，《卞之琳文集》也未收录此篇。此据字迹比较清晰的《大公报》（香港）版录存，并与《大公报》（重庆）版和《文艺突击》本对校。

② 此处及下文中的"八路军"在《大公报》（重庆）版中均为"×路军"，下同不另出校。

③ 太平洋战争爆发前的香港当局不允许报刊上出现"敌军""敌人""日军""日寇""日本帝国主义""抗日"等字眼，此处"×军""×人"在《大公报》（重庆）版和《文艺突击》版中均作"敌军""敌人"。下同不另出校。

④ 此句在《文艺突击》本中作："其实苫米地率部从东阳关打到临汾，从临汾打回长治，一路上所接触的差不多全是非八路军，因为他把山西全省都看作了共产世界，所以把山中的一切军队都叫作了共产军。他后来在九路围攻晋东南中是一个中心人物。"

前这些① 日子我们在山西境内曾经遇见了五个东北来的工人。他们和其余百多人在去年七月间开进关来，到正太铁路线上专负责修理我们的游击队常去割断的电线，一共十个人经常驻卢家庄，由叫作电气匠工长的竹中和另外两个日本兵监督。② 十一月十二日，星期日，玩腻了村子里的所谓"花姑娘"了，竹中忽然想到山里去打野鸡，随即带去了两个日本兵和六个东北工人。野鸡没有打到，竹中和那两个日本兵被我们那六个工人中名叫李云升的，趁日本兵交枪给他背的机会，三弹三中的从他们背后把他们遂③一打死了。他们六个人带了死者的三枝枪投来了八路军。这就是一场痛快的狩猎。

我们在华北 × 人的后方的战争中钓鱼的故事也确乎有：

就在前几天，我们在这里河南境内遇见了两个被某部解送来不久的两个④朝鲜人，一大一小，大的叫金丽根，小的叫金基昌。金丽根是随了日本军队到邯郸来做不知究竟是什么生意的，金基昌是他的内弟。内弟老远从朝鲜的新义州跑来看被"皇军""打平"了的邯郸城里的姐夫。姐夫陪内弟逛遍了全城，又到东门外的河边去钓鱼。鱼不知钓到了没有，事实是他们自己因言语不同，被我们的游击队误认是日本人而捕来了。这就是一场滑稽的钓鱼。

可是还有许多手法上漂亮得全然像打猎和钓鱼的，我可以信手拈来两个例子：

去年八月六日，八路军一部夜袭平汉铁路线上潞王坟车站的时候，他们一枪打下了 × 人司令部门前放在树上的哨兵，像打下了一只鸟。

平汉铁路线上的马头镇附近西佐煤矿的机器工人，在拆毁了那条小支线，搬走了路轨以后，自制了不少小地雷，常常把它们埋在铁路底下，

---

① 此处"前这些"是原报误排，《大公报》（重庆）版同误，《文艺突击》本作"前些"。

② "一共……监督"两句在《文艺突击》本中作："一共四个人经常驻寿阳属的卢家庄。监督他们的是叫作电气区工长的竹中和另外两个日本兵。"另，"电气区"在《大公报》香港、重庆两版中均误作"电气匠"。

③ 此处"遂"是原报误排，当作"逐"，《大公报》（重庆）版同误；《文艺突击》本此句作"从他们背后一弹三中的把他们打死了"。

④ 此处"两个"是衍文，《大公报》（重庆）版和《文艺突击》本同衍。

伺候 × 人。七日 ① 间一个三十斤重的小地雷炸翻了一列 × 人的兵车。他们总是远远的坐在高粱田里牵着引火线，像垂钓的渔父。

我们在华北 × 人的后方，在艰苦中奋斗的战士们与非正规战士们 ② 总是很愉快的，因为他们经常有渔猎的乐趣。

武安下站，四月二十三日，一九三九 ③

---

① 此处"日"字是误排，当作"月"，《大公报》（重庆）版同误，《文艺突击》本作"月"。

② 《文艺突击》本无"与非正规战士们"七字。

③ 《大公报》（重庆）版附注写作时地为"武安下站，四月。"，《文艺突击》本附注写作时地为"武安下站，一月二十三日至二十四日一九三九"，其中"一月"疑是误排，当作"四月"。

一个敌军小队长[①]

我们原先住的房子里住了一个新从同蒲铁路线上来归的敌军小队长。

晚饭后野蕻[②]和我在 M 君住的屋子里和另外一些人翻看新从前方带来的汉奸报和日寇的报纸的时候,有人和 M 君谈着决死队[③]新送来的一个可笑的日本俘虏。

"他打篮球哪?" M 君问,有些诧异。

"小队长。"

"唔,你说的是小队长," M 君说了,转向我们,"那是一个有趣的人物。"

翻完了报,见别人都陆续去看戏了,屋子里只剩下了我们三个人,我就要 M 君给我们讲一讲那个小队长,于是我们得到了这样的一点报告。

小队长是一个少尉,属 ××× 师团 ××× 联队,东京人,二十三岁,三井洋行的一个课长的儿子。他前年从士官学校毕业,成绩列优等第四名,去年才结了婚。今年春天从敌国出发来我国的时候,被欢送的同伴都装着高兴的样子,只有他老实不客气的拉长了面孔,不是为的怕死,更不是为的舍不得老婆,是为的当时已经淡淡的感觉到自己不是被欢送出来,而是"被逼出来的。"如他自己所说,开到了山西作了几次战,他更觉得没有意思了。他在李家山奉命率部增援石田联队,目击了他们作战笨拙而遭致的惨败,更引起了他对那些军官的蔑视。他和同僚谈话中常常发他们所谓的"怪论"。"不是我的议论怪,是时势怪。"他也不再

---

① 本篇原载《新华日报》(重庆)1939 年 8 月 25 日第 4 版,标题上注明是"速写",署名"卞之琳"。本篇从未入集,《卞之琳文集》也未收录此篇。此据《新华日报》(重庆)版录存。

② 野蕻,本名朱野蕻,山西人,现代作家,1935 年在北平开始创作,全面抗战开始后赴西北敌后工作,1938 年间野蕻曾与卞之琳、吴伯箫等人赴晋东南一带从事战地文艺工作。野蕻在抗战期间逝世,生卒年不详。

③ "决死队"是抗战时期中国共产党领导的山西新军的骨干力量,有 4 个纵队,主要领导人为薄一波、杜春沂。

多说了。"那时候我的心已经在你们这边了。"他曾这样的对 M 君说。到十二月一日，他的本人也到了这一边了。那时候他带了小队。①驻守在太谷与祁县之间的东六支。他那一队编制特别大，共有八十多人。他和部队分住两个"托齐卡"（水泥钢骨的堡垒），那一晚他推说要写东西，把传令兵打发到那个大堡子里去过夜，一面假话当晚敌情良好，下令改放长岗，使他们集中到几点，留出较大的空隙，一方面使他们可以随意谈话。等到午夜后三点到四点之间哨位换了班以后，他改穿了普通兵士的衣服，背了三八式步枪。②装作哨兵的样子，溜出了村子。向东南山地上走了十几里的光景。听见后面机关枪声，他知道自己的部队赶来了。于是把累赘的指挥刀解下。怕追兵发现他逃走的方向，把它深深的埋到土里。至于他撇在家里的老婆呢？"他③一定会恨我的，就一直向前，什么都不顾。"所以他觉得父亲替他取的名取得很合适，就叫"进"，他姓金森。

听了这样的故事，我们更觉得非看看金森小队长不可了。第三天 M 君便陪我到我们的老东家去拜访新客。

金森少尉坐在炕前的椅子上，照本地的习惯，用蔴梗引火，吸本地的土制的木质小烟斗里的旱烟。

我第一句先问他在这里生活过得惯不。经 M 君翻译了以后，他仿佛带了认为这句话问得多余的样子，用他的本国话对 M 很快的说了一句，意思是"我一进来就惯了。"

他是一个小胖子，却什么都看得很简单的样子。脸庞宽，颧骨高，眼珠流动得很灵活，笑起来嘴愈显得大。而眼睛则被上下两方的丰满的肌肉挤成了弯弯的两道细沟，像眉月。他在说话中总爱笑，先是小笑，继之以哈哈大笑，有时候还没有说话就先笑。笑多，话多，笑与话总是在竞赛。

起初听 M 君对他说我们想要他谈谈他的经过，他说"你已经都知道了，对他们讲就是。"可是经我一问起他进士官学校是否出于自愿，他就

---

① 此处"。"疑是原报误排，从上下文看当作","。

② 此处"。"疑是原报误排，从上下文看当作","。

③ 此处"他"疑是原报误排，或当作"她"。

把话匣子打开了。

他说当然是出于自愿的。他家还是"士族"。他的伯母从小就教他做好男儿。在小学毕业的时候，亲戚们问他将来预备干什么？"要当巡警。"他回答。他的父亲听了很不高兴。"不要当巡警，"他说"你是我的独生子呢，别耍刀耍枪的，该继承我的事业，将来你不愿在三井，到三菱去也好。"孩子可怎也不肯听话。"那么在中学的时候总得好好的读书。"他在中学还没有毕业，还没有进士官学校的时候，就把"步兵操典""阵中要令"一类书读熟了。

"在士官学校的时候除了课本，还看些旁的书吗？譬如政治问题，社会问题的著作，譬如一般性质的杂志？"

"不大看，有时候在家翻翻《日之出》一类的东西，看到菊池宽一流小说，对于那些腻东西，太软的东西，不觉兴趣，翻几页就抛开了。"

他喜欢打棒球，喜欢柔道，学到二段，兴趣又集中到剑道上去了。他的左腕上还突起一团筋，还是以前学棒术的时候遗留下来的痕迹。他不喜欢下象棋，打麻雀。总是不喜欢一切要坐下来半天不动而作的玩意儿。他讨厌跳舞。"那种腻玩意儿，不是男子干的事情。"他倒还喜欢打弹子，就因为可以练习"命中"。有时候还想拿起杆子来向那些玩"吃茶店"的男子瞄准呢。

"你在士官学校每年化多少钱？"

"完全由家里管，我一点都不去操心。经济上的琐事，我不知道。米在我是横吃下去的，向横里发展，所以长得这样胖。人家说有了家，人会瘦下去，我有了家只有越发胖起来。"

他又仰在椅子里大笑了。

可是他又说他总是"走一条直线。"自己认定了是对的，他就一直干下去，"挨杀头也不管。"佩服了人家，他就一直佩服到人家的下人，瞧不起的就在他头上，在他眼里还是一文不值。"丰臣秀吉的精神，也不过如此。"他说。他倒很想看一看前天刚来的说什么"对不起天皇"的那个家伙呢。

经我们问起了，他就简单的讲了它^①到我国来的行踪：四月十五日从鲭市^②出发，五月二日到塘沽，以后在石家庄，太原，汾阳，灵石等处都住了一些时候。他接下就说，他起意来归是在七月间，虽然还没有下决心。

"你怎样想到我们这边来呢？"我问。

"政治，又是谈政治了。"他笑着说，然后敛了笑容接下去："我明白了。不是我自己明白的，是事实使我明白的。中国人民和日本人民正是该握手的时候，而日本的军阀财阀偏不许握手。他们要我们到中国来打人，可是到了中国我们总觉得应该结朋友呢。中国人都那么易于接近。"

说到这里，他看看我穿的鞋子，忽然又笑起来了。我莫明其妙，可是他解释了：

"过来以后，在前方有人替我买了这样的一双鞋子，"他说，一边用烟杆指指我的棉鞋。"因为穿惯皮靴，只几天就把鞋子穿歪了底。部队里一位长官见了，就说'这鞋子土头土脑，多难看。'就另外给我买了一双新鞋子。"

于是大家随了他一齐低下头来看他所穿的鞋子，那是一双皮鞋式斜底高跟的黑布鞋。

"你为什么杀死那二十四个中国人呢？"野蕨问他。

"那是奉了命令。"

人命在他似乎不看怎样重。他说他过来的时候，他在枪里装了五颗子弹，很想孝敬他的同国人几颗，若不是顾虑到那样会妨碍他的投奔。

他也相当细心，逃出来经过几个村子的时候，他都从村外绕行，防追兵发现他逃走的痕迹，到以后一个村子才进去找老百姓。

一听我问起他在那个村子里找到第一个老百姓的时候是怎样的一种情形，他就一下子又说开了，当然也就笑开了。从水一样滑下去的日本话里，我听到几句简单的中国话："不知道，不知道。"（说的时候面部作慌张的样子，而频频摇头^③），"不紧要，不要紧。"（笑嘻嘻）。"不要怕，

---

① 此处"它"是误排，当作"他"。

② 原报"鲭"字漫漶不清，暂录待考。

③ 原报"说的时候面部作慌张的样子，而频频摇头"两句里有几个字漫漶不清，暂录待考。

不要怕"。(安慰的声气,)"怕什么!"(怒气冲冲)。

原来是这样的,M君给我们解释了。三个老头儿被他拉住了,问他中国兵在那里,就说"不知道,不知道。"偷偷的看后边,以为还有大队人马跟来呢。小队长就开心的对他说:"不要紧,不要紧。"后来到了部队里,走进一间屋子,他就听到一个中尉对他说,"不要怕,不要怕。"他生气了。"怕什么!"他说,"我怕还会过来吗?"他要来,即使枪口对着他,他还会一直扑过来的。所以他走的倒确乎还是一条直路,我心里想;可是我逗他说:"你从进士官学校以至参加我国军队,这一条路,你以为还是直线吗?"

"还是呀!"他说着点点头。

M君告诉我们说,他亟欲上前方作战去哩。而我们也的确听到他当我们面前说出了这样的结论:他帮助我们"不是专为了中国,也是为了日本。"

我们很高兴的告辞出来了。在门外谈起来,我们都很奇怪,这样一个武士道的人一下子会走到正义和真理的大道来。

放哨三部曲^①

石家庄附近中日双方合作了一个有趣的三部曲：

日本兵占领了村子，第一夜放哨直放到了村子外的路口。

次晨哨兵被发现就在路口躺下了，失去了气息，失去了枪。

第二夜日本兵放哨只放到了村口。

次晨日兵被发现在村口躺下了，失去了气息，失去了枪。

第三夜日本兵放哨只放到了司令部的门口。

次晨日兵被发现在门口躺下了，失去了气息，失去了枪。

有是^②日本兵把哨放到屋顶上。

放在屋顶上的日兵，在星光下睁开眼睛看看吧，周围黑压压的都是中国老百姓的屋顶呢。当心呵！知道潞王坟的故事吗？潞王坟的日本哨兵放哨在树上，像一只鸟。可是被夜袭的中国兵打下了，像打下一只鸟。

下站，一月二十三日，一九三九

儿　戏①

"看我的村子，这样子。"

这么一说，小虎，从东安村来的一个六岁大的孩子，抛下了当马骑来的高粱秆，早已做起了榜样：两腿跨开了，向前弯腰，弯到一张弓所达不到的程度，他用颠倒了的眼睛向后望出胯间，宛然一座拱门。

二小，小虎的表弟，也就放下了坐骑，另一条高粱秆，照样做了，一下子像到了一个陌生地方的门口，望去什么都显得新鲜②，奇异，不实在。

可是他们只看到东安村的远景。它③只能算是这幅画中的背景，在蓝天底下，在一列淡青的④远山前蹲着———堆破破烂烂的泥土和砖瓦的房子，一座半毁的小塔，一棵特别高的老树，上面有无鹊巢也不能分辨。⑤火车站的房子顶上高悬着一个白点，想来那上面正中还有一个红斑。从村外穿过的铁路也看不见，因为在差不多高低的平地上，此刻也没有火车标明其位置，由北往南，或由南往北，游过一长串黯灰的车皮，十几个，二三十个，真像箱子。画幅的中间倒一无所有，只是荒在那里的田地，一片黄土。黄土中间却有一条裂缝，愈近愈宽———条路直伸到河滩。再前面就是汾河的黄水。这里是渡口。对面河滩上立着，走着一个戴钢盔的日本兵。由于黄呢军服的保护色，他在黄土上很容易被忽略过去，

---

① 本篇上半篇原载《大公报》（香港）"文艺"副刊第929期，1940年9月19日出刊，署名"薛理安"，卞之琳的笔名，下半篇在该报"文艺"副刊第930期刊出题目和作者名，1940年9月21日出刊，但注明"此文下半被检"，所以《大公报》（香港）本并不完整，其实连上半篇也删去了一些抗日文字。幸好生活书店1941年1月20日出版的《一缸银币》（欧阳山等多位作家的小说、诗歌、报告、散文作品合集）中有这篇小说的完整文本，见该书第27～37页，这个文本保存了《大公报》（香港）版中被删阙的内容。此篇从未入集，《卞之琳文集》也未收录此篇。此据《一缸银币》本录存，并与《大公报》（香港）版的上半篇对校。

② 《大公报》（香港）版此句作"望去一切熟悉的东西却变得新鲜"。

③ 此处"它"字，《大公报》（香港）版作"东安村"。

④ 《大公报》（香港）版无"淡青的"三字。

⑤ 此外"。"，《大公报》（香港）版作"……"。

可是一经发现了，因为就近在面前，庞然大物，仿佛不但碍着对于东安村的视线，甚且① 还碍着对于它的思路。可是他的头现在正顶着这两个孩子的臀部了，在他们看来，② 因为他们很淘气的蹲下了一点。

这样看是不能持久的，他们不约而同的终于站直了。于是前面，向西半里路外的白杨村子就是他们刚才偷跑出来的地方，李郭村，二小的家在那里。近边几块田里绽开着一团团③ 白棉花，可是只有二小家的邻居李老太婆，那个"不要命的"，一个人在捡，提着一只篮子。也许因为偏西的太阳迎面照着吧，已经坐下在河岸上的他们，转过身来，又向东，向河那边看去。沙滩，土路，半毁的小塔、远山……不像刚在④ 嵌在胯间倒看去那么精彩了。可是⑤ 还有点蹊跷，不同于往常。

往常在二小是指的今年春天以前。以前他常到这里河滩上来玩。这里有渡船，因此河东河西不像两个世界。现在听说只有夜里偶然会有船，不知道从哪里弄来的，当对岸的日本哨兵撤回到东安村去的时候。⑥ 有一个夜里，他同小虎想跟一队路过李郭村的游击队过河去玩，当即听到一个游击队员喝退了他们："那边没有人给你们奶吃，小鬼！"小虎觉得特别受了屈辱，可是得了"小鬼"的称呼却觉得很⑦ 体面，因为这个名字，南方来的名字，似乎已经变成了身上挂盒子炮跟队伍一起过日子⑧ 的孩子们所专有的尊号。此刻小虎的思绪，⑨ 却渐渐集中到河那边的村子上了。

从前东安村在他是并不存在的，除了在黄昏，如果他出去耍了一个下午，当他看见牛羊都找了一个一定的方向走去的时候。到了自己的村子里，村子就没有了，只是些泥土和砖瓦的房子，一些爱喝酒的男人，

① 此处"甚且"在《大公报》（香港）版作"甚至"。

② 《大公报》（香港）版无"在他们看来，"。

③ 此处"一团团"，《大公报》（香港）版作"一团团的"。

④ 此处"刚在"是误排，《大公报》（香港）版改正为"刚才"。

⑤ 此处"可是"，《大公报》（香港）版作"可是总"。

⑥ 以上三句《大公报》（香港）版作："现在听说只有在夜里，当对岸的日本哨兵撤回到东安村去的时候，偶然会有船，也不知道从那里弄来的。"

⑦ 《大公报》（香港）版无"很"字。

⑧ "跟队伍一起过日子"，《大公报》（香港）版作"和队伍在一起过日子"。

⑨ 《大公报》（香港）版此处无"，"。

一些爱吵嘴的女人，一些和他一样爱淘气的野孩子。家也只有存在在要吃饭的时候，在要睡觉的时候。[①]家里的夜晚是：爸爸打妈妈，妈妈哭[②]——他常常这样偷偷的告诉他的游伴[③]，当他听到人家说："昨夜[④]爸爸纠妈妈的头发。"所以家也没有什么可爱。也许从前会好一点吧？因为祖父[⑤]老是叹气说："一年不如一年。"小虎只觉得村庙前的戏台上愈近愈少演戏了。去年还是前年呢，反正是铁路修到村东口的时候，大家说"好了，好了，我们的村子。"可是以后[⑥]火车很少在这里停，而村子里的男人女人[⑦]倒都向侯马跑了，向太原跑了。小虎也想跑。可是去年冬天许多人都逃回来了，[⑧]说是日本兵打来了。于是老祖父也不再埋怨"这个年头儿"，而只说"不得了。"于是铁路上天天过着兵车，一车一车的叫嚣，咒骂，不成调[⑨]的歌唱。然后是沿路过着难民，然后又夹着散兵[⑩]。再过些时候，有一天，他在田里玩，忽然头顶上出现了三架飞机，渐渐大起来，正纳罕它们翅膀上露出来的两块大红膏药呢，有些孩子就嚷了"日本飞机！"随即来了几声巨响，就看见远处自己的村子里冲上天去几团土和烟。[⑪]等飞机飞远了，奔回村子去，只见全村混乱，有些瓦砾挡住了村巷，女人小孩子乱叫乱哭。[⑫]一走进没有炸倒的自己的家屋[⑬]，小虎看见他的[⑭]父亲坐在门槛上，呆对着卸下了搁在地上的门板上躺着的老祖父，

---

① 以上两句《大公报》（香港）版作："家也只有存在在他要吃饭的时候，在他要睡觉的时候。"

② 《大公报》（香港）版这两句有引号——"爸爸打妈妈，妈妈哭"。

③ 《大公报》（香港）版此句作"他确曾用这样的话语偷偷的告诉过他的游伴"。

④ 此处"昨夜"，《大公报》（香港）版作"昨儿晚上"。

⑤ 此处"祖父"，《大公报》（香港）版作"老祖父"。

⑥ 《大公报》（香港）版无"以后"二字。

⑦ "而村子里的男人女人"，《大公报》（香港）版作"而村子里的男人，女人，甚至小孩子，"。

⑧ 《大公报》（香港）版此句作"可是去年冬天，一切又开始反过来，许多人都逃回来了，"。

⑨ 此处"不成调"在《大公报》（香港）版作"不合调"。

⑩ 此处"散兵"在《大公报》（香港）版作"散兵，伤兵"。

⑪ 《大公报》（香港）版此句作"只见自己的村子里应声而冲上天去几柱土和烟"。

⑫ 《大公报》（香港）版此句后还有一句："一块街上的石头和一块屋顶的瓦片互相交换了位置。"

⑬ 《大公报》（香港）版此句作"一走进没有炸倒可是显得异样了的自己的家屋"。

⑭ 《大公报》（香港）版此处无"他的"二字。

面孔板着，不像睡觉的样子，虽然不见伤在那里，心里一亮：死了。于是他哭，不知道为什么。忽然想起①母亲，他问父亲说："妈妈呢？""你不看见吗？这里！"②他向父亲所指的小板凳上看去，只见一条手指，再细看上面有一个小黑疤，确乎是母亲的食指，常给他拭鼻涕的。他不再问下去，可是倒没有眼泪了，不知道为什么。爸爸为什么③眼泪汪汪呢，他不是常咒她早死吗？爸爸真是怪人，他也常常打他的，可是也就用打他的手，④有时候给他两条从外边买来的麻糖。他现在倒很想念父亲了，是的，一直自从他过了几天⑤，当全村人向东边山上和河西逃跑的时候，把他送到李郭村二小家，他的外婆家，说过一年半载就来看他，自己又过河进山去了以后。事情总⑥那么奇怪，自从大家嚷"日本兵要来了"以后，譬如，小虎自己从不曾喜欢过自己的村子，现在离开了⑦倒觉得怀恋起来了，远看去那棵大树总像在对他招手。

一群乌鸦从头顶上飞过河去，一转一转的，似乎正飞向那棵远村的大树。

"那棵大树上，"小虎一边指点，⑧一边说，"许多老鸦常去歇夜。"

"你不及老鸦，"⑨二小说了就笑。

实在没有什么可笑，小虎觉得真有点不及老鸦。他不是很想回去看看吗，可是不能去。同村里逃过河来的都说去不得。有些也逃住在李郭村的，上了年纪的，曾经带家眷绕道回去了一下，几天又偷偷的跑回来了几个，垂头丧气的。⑩听小虎⑪问他们为什么又回来，他们只是说："你

---

① 此处"想起"《大公报》（香港）版作"想起了"。

② 《大公报》（香港）版此句标点作："你不看见吗！这里。"

③ 此处"为什么"，《大公报》（香港）版作"倒为什么"。

④ 《大公报》（香港）版此处无"，"。

⑤ 此处"几天"，《大公报》（香港）版作"几天以后"。

⑥ 此处"总"，《大公报》（香港）版作"总是"。

⑦ 《大公报》（香港）版在"离开了"后有"，"。

⑧ 《大公报》（香港）版此处无"，"。

⑨ 此句《大公报》（香港）版作"老鸦笑你，你听，"。

⑩ 以上两句《大公报》（香港）版作："有些也逃在李郭村的，上了年纪的，曾经绕道回去了一下，几天又偷偷的跑回来了，带了比原先少了几个的家眷，垂头丧气。"

⑪ 《大公报》（香港）版作"听小虎天真的"。

不懂事"。经这么一说，他倒觉得又懂了许多……

可是小孩子当然不耐久思，尤其当另外还有一个孩子①在身边的时候。那时候他们不玩吗？②小虎要玩了；二小正等在那里。玩什么呢？玩娶媳妇吗？不，决不。那天飞机轰炸东安村的时候，小虎在田野里，在太阳底下，也就是玩娶媳妇，自己做新郎，因为几个孩子正谈起村子里的③常新友盖好了新房子，那几天就要结婚了。小虎在村公所里看见常新友拿去请隔壁小学教员写的几幅门联。鲜红的纸上写的黑字，小虎知道是说的琪花、瑶草、鸳鸯、鸾凤之类他不曾见过的美丽的花儿鸟儿的好事情，好福气。④这些东西引起了他对文字的兴趣，虽然他还没有进学校，他常到小学校去玩。那天炸死了他的祖父，炸死了他的母亲的日本飞机炸坍了常新友的新房子。⑤第二天小学校学生没有上课，他跑去找的时候，他们正在隔壁村公所里把还未拿走的那几幅门联，⑥翻过来在背面东歪西倒的写着"打倒日本帝国主义"⑦。不错，他从此也⑧认识了这几个字。"打倒日本帝国主义！"⑨大家就把写好的纸条拿起来，拥出村公所，叫着，喊着⑩，走到常家，贴在破房子剩下的半座断墙上。常新友见了，在哭丧脸上露出了一点笑意，说了："对，打倒日本帝国主义⑪！"

现在儿童世界里到处都流行着"打日本⑫"了。

"你是从东边来的，你是日本。"

---

① 此处"孩子"《大公报》（香港）版作"小孩子"。

② 《大公报》（香港）版无此句。

③ 《大公报》（香港）版此处无"的"字。

④ 以上一长句《大公报》（香港）版作："小虎知道是说的琪花，瑶草，鸳鸯，鸾凤之类，他从不曾见过，从不能确切想像得到的美丽的花儿，鸟儿，以及它们的好事情，好福气。"

⑤ 此句《大公报》（香港）版作："那天炸死了他的母亲，炸死了他的祖父的日本飞机，炸坍了常新友的新房子。"

⑥ 《大公报》（香港）版此处无"，"。

⑦ "打倒日本帝国主义"在《大公报》（香港）版中被香港当局书报检查机关检去而留空。

⑧ 《大公报》（香港）版此处无"也"字。

⑨ "打倒日本帝国主义"在《大公报》（香港）版中被香港当局书报检查机关检去而留空。

⑩ 以上两句《大公报》（香港）版作"大家叫着，喊着，就把写好的纸条拿起来，拥出村公所"。

⑪ "打倒日本帝国主义"在《大公报》（香港）版中被香港当局书报检查机关检去而留空。

⑫ "打日本"在《大公报》（香港）版中被香港当局书报检查机关检去而留空。

一说，二小就拿起高粱杆，① 作了防御的姿势。

　　小虎，仿佛当真生气了，不说一句话，就用自己的高粱杆，向二小身上戳过去② ——完全是日本兵对付中国老百姓的态度。他当然默认做日本了③。

　　"对，我是中国，"二小仿佛当真自觉了，态度很坚决的招架着。

　　战争开始。

　　二小向后沿棉田退却。小虎大踏步前进。二小翻身在路中间伏下了，平持高粱杆作瞄准射击的姿式。小虎也伏下了，瞄准射击。

　　战斗激烈。

　　并无子弹横飞。可是有枪声："…砰砰砰…砰…!"④ 发自口中。仿佛两方用的枪式不一样，枪声也有别：小虎的嗓子有点沙哑，二小若唱起歌来似可以跟任何女孩子比赛。⑤

　　二小再退却，小虎追击。二小向路边的棉田里躲去，伏在棉树根边，头搁到衰黄的狗尾草上，惊起了一对蟋蟀。他躲得小心翼翼，真像怕被敌人发觉似的。小虎明明看见二小在什么地方，可是假装不知道，一副骄横的样子，大踏步前进，真如入无人之境。等他走过身边，"砰，砰，"二小一边叫一边就冲了出来，拿高粱杆向他背后打去。小虎假装措手不及，倒在地上——日本打败了。二小说着，扑到他身上，陪他躺在泥土里，两个一滚，仰卧了很舒服的看天上一块小白云追上一块大白云，一齐笑了："哈，哈，哈，哈!"

　　他们的"打日本"并无多少独创性。村子口放哨的儿童常常这样玩，队伍里的宣传队常常在村庙的戏台上这样表演。西村的自卫队有一次作

---

　　① 以上两句《大公报》（香港）版作"二小一说，就拿起高粱杆，"。

　　② "戳过去"《大公报》（香港）版作"戳去"。

　　③ "做日本了"在《大公报》（香港）版中被香港当局书报检查机关检去而留空。

　　④ "…砰砰砰…砰…!"在《大公报》（香港）版作"砰，砰，砰，砰!"

　　⑤ 《大公报》（香港）版此句作："二小的，若唱起歌来，大约可以跟任何女孩子比高。"另按，从开头到此处，原载《大公报》（香港）"文艺"副刊第929期，以下部分在《大公报》（香港）"文艺"副刊第930期上有目无文、开了天窗，并在天窗中注明"此文下半被检"，所以以下部分只据《一缸银币》本录存。

了相似的演习，日本队里有两个被捉住了当俘虏，一直抬到村公所才放下。尤其是，今年夏天，一股日本兵过河的时候，他们碰上了一次实际行动，那也是差不多这样的打法。当时他们和李郭村以及周围许多村的老百姓一起往西逃到山里，自卫队、游击队、正规军，也跟着撤退了进山。过了两天，听到山前打枪声，半天以后，大家乐得跳起来，因为听说日本兵在山路西进的时候，被包围在山沟里，被打得钢盔皮靴抛满一地，逃回去了。当夜打听消息的回来，自己先背起包裹，站都站不稳的报告说："鬼子都退过河去了！"

"马鹿！"

小虎忽然这样骂起来了。二小也懂。小孩子们不知从那儿都学会了一句日本骂人的话——这是日本军队打进中国来以后所传播的惟一的文化。二小当即答以"打倒日本帝国主义！"

两个立即从地上爬起来，各自检起了高粱杆。

"马鹿！"

"打倒日本帝国主义！"

战斗又开始了。

这回战斗经过稍有些变化。小虎追到二小躲的地方就停住了，只停了一下，表示不能久留，转身就溜。二小从一个坟堆背后立即冲出，又把小虎打倒在地上。小虎站起来反攻，于是又是一番冲突。

现在完全是短兵相接。这一下二小不退了，仿佛认为打日本不能完全靠取巧，同时仿佛也增加了自信和力量，既与敌人正面冲突，就得硬拼。他紧张起来了，用高粱杆向小虎胸前乱戳，仿佛到了生死关头，非彻底把敌人打退不可。是的，非彻底把敌人打退不可，村子里的大孩子这么说，把粮食家具藏在山里，随时把被袄卷在一堆，白天不敢走近河边来的大人们也这样说。那真不是玩的。夏天逃到山里去的时候，有一夜下着好大的雨。二小和许多人挤在一座峭壁底下，可是还免不了受淋。他用好大的气力想把石头挤进去一点，挤着，挤着，仿佛挤出一张石床来了，躺在上面，浑身酸软，忽然被近边一头骡子叫醒，仿佛被人从水里拉起来，好容易睁开湿漉漉的眼睛在看，发现自己还坐在石头旁边。是的，不能再退了，后面就是石头。让人家说"你不及老鸦"倒还不要紧，退到山那边就连自己的村子都看不见，不要说退到黄河以西了。小虎还有他的外婆家，二小的外婆家却就在北边的捉马村，那里全村房子在夏天被过河的日本兵烧光了。他们烧房子据说是为了发见村子里一垛墙上写了每个字都有桌面大的标语："打倒日本帝国主义！"因此西村小学校一个最淘气的学生发明了一种离奇的问答，简直是一句歇后语："为什么烧掉捉马村？——打倒日本帝国主义！"从此孩子们中间就常用这句问话领导喊口号：一个大声嚷"为什么烧掉捉马村？"大家就喊"打倒日本帝国主义！"大家并不喜欢这个口号，可是喊出去，正像吐出去一根骨头——

"打倒日本帝国主义！"

"马鹿！"

小虎因为二小顽抗不退，本来有点生气，这一下骂出去，觉得真是在骂仇人，应声而向对方头上挥出去的高粱杆也含了最大的猛劲，仿佛要给对方一个致命的打击，可是马上收住手，因为忽然想起对方无非是二小，而他恨的是日本——他自己所取的角色，于是觉得又该让自己失败了，转身退却，让二小在他背上用高粱杆乱抽。

这一回打败了，小虎并无快感，没有向地上滚，而不耐烦的，回过头来说："够了，还不住手！现在你做日本！"

看见他涨红的脸面，二小也认真起来，有点生气，当即回答说："狗才做日本！"

"偏要你做！"

二小不甘受压迫："偏不！你真像日本！"

"你才是日本，你不讲理！"

"你日本！"

"你日本！"

两个孩子各把高粱杆向地下一摔，互相睁圆了眼睛。

日本既各在面前，只有一拼，两个孩子各抱必胜决心，眼看就当真要打起来了。

可是小虎再睁眼一看，对方又只是他的表弟。然而他就释然了吗？

不，他更加觉得不痛快了。因为玩得没趣的缘故？他自己也不知道。他挺前了一步。他伸出右手去，可是并未打去，而把二小伸出来预备抵抗的左手拉住，用变了一点的声调说："来"，转过身来，用左手指指河那边。二小仿佛一下子就懂了他的意思，跟着走去。走到了刚才坐的河岸上，他们一齐举起了右手，向对岸喊了：

"打倒日本帝国主义！"

应着他们的口号，或者只是应着他们的手势，对岸的日本哨兵就毫不客气的打过来一枪。

只一惊，两个小孩子刚转过身来，就看见前面的李老太婆倒在田里了，身边从篮子里翻倒出来的一地白棉花上溅了许多大点小点的红斑。

到这里，儿戏是完了，当然。

女人，女人①

一

手从左颊上斜扫下去，到嘴底下把尖尖的下颔在"虎口"里夹一会儿，然后像从悬崖上跳下去，宛然一头残忍的贪婪的小兽，向领口硬钻下去。"啊！"她叫着，可是没有声音。手还是土拨鼠一般狠狠钻下去。她又叫着没有声音的"啊！"全肺部的气仿佛都压缩到那只手坚持要去的地方，等到手一碰到那里，气就爆出了，轰然一声——"啊！"她终于听到了自己的声音。

心还在那里直跳，她发觉自己的右手滑离了左胸前的乳房。

这叫做"检查！"她咬咬牙齿。

她仿佛又听见呢："快解开钮扣！"

她不记得抬起头来看过，可是知道说话的有一副浓眉毛方面孔。

"饶了她吧，先生。"

在旁边说话的老人是村子里的黄老爹吗？好像是。

"一定得检查！"

"到底是女流之辈呀！"

"尤其要检查！"

她不知道自己和黄老爹怎么都懂□□②话，或者他们两人都是讲的中国话吧？可是老人清清楚楚的用中国话接下去嘟嚷了一句，显然是不一定要那个□□兵听懂：

"哼，倒像自己家里就没有娘儿们的！"

□□兵还是懂，回答说：

---

① 本篇连载于香港《星岛日报》副刊"星座"第 719 期（1940 年 9 月 27 日出刊）、第 721 期（1940 年 9 月 29 日出刊）、第 722 期（1940 年 9 月 30 日出刊），署名"薛理安"，卞之琳的笔名。本篇从未入集，《卞之琳文集》也未收此篇。此据《星岛日报》本录存。

② 此处"□□"是香港当局书报检查机关删去原文的留空符号，删去的原文可能是"日本"，下同不另出校。

"你还要多嘴，老不死！"

她又懂了，接着更丝毫无疑的听懂了立即接上来像给这句急话打最后一个有力的拍子似的一声"拍！"——黄老爹挨了一个耳光。

打耳光的手随即转落到了她的左颊上，不作猛击，而如此残忍的——

她不忍想下去了，只觉得脸上像被一条大蜈蚣爬过似的热辣辣，还在发烧——烧得更厉害了，仿佛要遮羞似的。她翻过身来，把左颊深深的埋到枕头里去。

好在没有人看见。不用睁开酸溜溜的睡眼，他[1]就知道这间小屋里的小炕上，只靠窗一套睡具由她自己充实了，另外两套被袱是被卷起了堆在角落里；她的姐姐和十二岁的妹妹到二姨母家里去了还没有回来，现在即使哭一下，睡在隔壁的父亲也不会听见，可是她不由得要笑了：根本就没有这回事呀，只是一个梦。

现在她是清清楚楚的在梦以外了。可是狰狞的事实比这个噩梦还要可怕。她已经红过多少次脸，直红到耳根的听说了许多。那些上了年纪的女人们说话尤无忌惮，描述不避详尽，若不是痛苦的经验使然，一定该说是疯了。既然村子离□□兵驻守的城市只有五十里，而且被他们侵占过两次，大家耳闻了、目睹了再加以身历的种种可能性自然很大。她还能用泛泛的概念淹没城[2]里刺人的□□的尖角。可是昨晚在妇女会接受分派的工作，领十双鞋料的时候，也去领鞋料的彭全福老婆讲了一则城外五里铺的新闻以后的结论又崭然浮现出来了：

"检查到底还不算一回事。最可怜，银花，像你这样又年轻又长得一副好模样……"

"算了！"她说，生气了；可是当时截断了彭全福[3]的饶舌，现在却压不住许多零碎印象的涌现：被撕裂的衣服……算了！缢死他们的缠脚布！远近传说的这条缠脚布的观念果然生效，把那些蠢乱的可怕的光景

---

① 此处"他"是原报误排，当作"她"。

② 原报"城"字处漫漶不清，暂录待考。

③ 从上下文看，此处"彭全福"当作"彭全福老婆"。

连同那些□□□□①一起了结了。

那个女人如果没有死，以后一定也不再缠足了。现在不是大家都开通了吗？上次江姨母到陈南庄去参加县妇女会的时候，走到一处，见山水发了，遮断了山沟里的去路，就首先脱去了鞋袜，涉水而过——"看我！"她还嚷呢。江姨母真有意思，她不知道从什么时候起开始放了足。她自己很庆幸家里向来开通，从小她们三姊妹就没有缠过脚。因为已经去世的母亲向来尊重从前常跑北平天津的母亲②的意见，前两次逃难进山，父亲就更有了得意的机会："她们都行！"那些乡下老顽固也改变了原来的偏见，甚至于改变了审美观念。父亲却转被引起了一点忧愁，"尤其在这种兵荒马乱的时候。"他叹息着，"你们这样……"他照例不讲完，可是三姊妹都懂他的意思。

年青，好模样……与人家有什么相干呢！她想到这里，忽然觉得受了什么委屈似的终于滴了两颗眼泪在枕头上。刚才那个恶梦又使她不但感觉受了侮辱，而且感到犯了罪似的，对不起谁似的羞愤，于是枕头上的泪渍扩张到手掌这么大了。

再翻过脸来，她忽然发觉一夜的大风已经不知道从什么时候起就已经③停了。这是什么鸟的声音呀，又不是斑鸠？她张开眼睛。太阳已经照满了窗纸，一片金黄上划着格子的黑纹，还横着树枝的黑影，连带着一些大黑点——院子里那株杏树在几天的不留意中竟开了花了。

她坐了起来，整理胸衣，禁不住又想到如果梦里是另外一只手呢……

可是她猛然停住了思索，因为面前急射过一道金光。原来她仿佛要试验一下手指的力量似的，莫名其妙的用右手的食指使劲的钉穿了窗纸上的一点花影。

他④离炕到一面镜子前一看，刚才那一阵炽烈的脸红还没有退了多

---

① 此处"□□□□"所删除的原文可能是"日本鬼子"。

② 从上下文看，此处"母亲"疑是原报误排，或当作"父亲"。

③ 此处"已经"重复使用，当是作者笔误。

④ 此处"他"是原报误排，当作"她"。

少。今天真古怪！

二

现在村子里差不多走空了，仿佛应了春天的太阳的召唤的蜂房。早上大家乱纷纷闹了一阵。他们是应了农民会的号召：出发十里外的黄土坡开荒。近村已经种了麦子以外的田地规定明天以后才开耕，今天先由代耕团动员十个农民五条牛代耕五家抗战军人家属的二十亩小米田和玉蜀黍田。村南半里外的大路口，昨晚已有决定，下午由儿童团担任放哨，上午由妇女会担任，两个人分两班，第二班由十点钟光景到正午时份就轮到她，银花。幸好她派到了这第二班，不然她已经误了事了。她将怎么回答呢，如果人家问她为什么来得这么晚？

今天她的确起来得太晚了。当她早上走去开鸡埘的时候，她的哥哥已经在院子另一头切谷草，父亲也已经开始○①骡子和黄牛。骡子今天要由她的哥哥带去三十里外送差，黄牛则等代耕团派人来领了备用。鸡在埘内似已等得不耐烦，你挤我嚷的闹做一团，等她一拔开埘门的木板喂就一拥而出，在院子里乱奔一阵，拍着翅膀。两只母鸡在飞奔中，撞在一起，学公鸡预备打架的姿势，相对伸直了颈项，随即敷敷衍衍的相扑一下，咯咯的笑几声，掉头各向打麦场那里去追赶大队。这时候，恰好一群羊，后边跟着看羊的和狗，在场外小路上，叫着，跳着，正向村外去……

现在该是时候了吧？她从打谷场的石碾上站起来，打量一下树梢头的太阳的高度。

几株白杨的苗条的细干，拦在东北方，却只像走廊的柱子挡不住麦田送来碧色。紧接麦田，半里路外一片黄土上聚着的一堆蓝布身影也随之入目了。两条牛也看见了。这是黄老爹家里的一块田，她知道。多少人几条牛聚在一起耕一块田真有点不同的味道，看他们在那里有说有笑的，好像听得见声音呢。黄老爹也在那里吧？可是他，坐在地上的那一

---

① 原报此处用○号代替一字，可能是"牵"字。

位？他又该说什么话了？记得去年秋天他在村公所里说得多高兴呵："一个儿子出去打仗了，就有许多人来给我们收割了。"她有空一定要偷偷的到那块田里去拔几根草，如果在夏天，因为她不知道为什么特别爱起这块田来了，可惜有些抗战军人家里没有田……

可是彭全福家里是有田的，她想，因为她看见彭福全老婆从村巷里出来，走到了打麦场前面的小路上来，后边跟着她的孩子挑着两小桶米汤。她们互相的招呼了以后，那个中年妇人，半停了下来，让孩子赶了前去，不等银花问"你上哪儿去？"就自动指指白杨树外说：

"代耕团自己还带饭，我想总该送点米汤去。我自己也想去看看。他们人手多，说黄老爹那块田只消一管烟工夫就可以犁完，现在快完了吧。往后就轮到我们那一块，正好也就在旁边……看那边多热闹！跟我一块儿去吧，拿了你的鞋底，看我也带在身边，想到那边去扎呢。"

"不，我要去放哨。"

"噢，我忘了。那么好，回头见。回头看你花儿朵儿似的大小姐在路口抓住一个嬉皮笑脸的小流氓……"一边笑着说她一边迈起新放的小脚连跑带摆的逃了。银花从地上捡起一块小石子，可是又掷下了，只望望她的背影，骂一声：

"拖你的尾巴去吧！"

彭全福的"尾巴"并没有给老婆拖住，可是提醒她当日的丑态总可以窘她一下吧，尤其在此刻这股得意劲儿对照之下。那天她在村公所前面披头散发哭嚷着"老婆儿子都不救，还救什么国呀！"当时彭全福回答的话也未免太粗了一点："什么，要我留在家里专等□□□□①来把我绑在一边看他们把你玩吗！"当时也在场的黄老爹批评的对："你不是没有道理，彭全福，只是不该这么乱说。你说的这种事情真难保不会有，我们已经听够了，见够了。等人家真正做了我们的主子以后，虽然不见得天天会这样乱来，'人为刀俎，我为鱼肉'，不在明里，就在暗里，一切

---

① 此处"□□□□"所删除的原文可能是"日本鬼子"。

却^①得由他们摆布，那就没有话说了。大家留在村子里当自卫队也不是办法，总得有人出去打才行，何况我们这里是四面受敌之区，难道老等在核心里挨打不成？"边区政府派来附近村子里扩大新战士的人员提出过一个条件：肯离开家乡到处走。战士家属农会另订有优待办法。彭全福已经和部队上的同志谈过话，什么都决定了，现在就是给老婆缠得好苦。恰好那时候"反对老婆拖尾巴"运动新传到这里，好容易经过妇女会两天的努力说服，彭全福老婆听话了，并且明白了事实上丈夫留在家里也不大能养活家小。第三天，当新战士预定出发入队去的时候，在村子中集合的另外五位新战士和全村人终于看见彭全福笑嘻嘻走来了……于是银花不由得又想起一个竭力不想起的名字，因为彭全福当时在说了"好了，好了，你们都来了？"以后，就唤出了那个名字，接着就说"你倒没有给拖一下？""我没有尾巴。"对方回答这句话以前先在人丛里偷看了一下银花的眼色。她很得意当时看那一抹可笑可怜的目光扫过自己面上来，遇到自己的眼睛的那一霎，她不曾露出一点任何感情。

"你真没有'尾巴'吗？我不拖你罢了。"她当时想。的确没有尾巴，为什么他老喜欢腾出时间来跟她到水塘边陪她，甚至于帮她洗衣服，直到最后她说了他："你倒还有工夫来管闲事，现在是什么时候了！"他当时掷了一块石子到水里，激起了许多水花，说了："现在是打仗的时候！"

他们现在打到什么地方去了呢？他们不在一起，有的写信回来说他们要绕到北平东边去了，说他们行踪不定，告家里不必写信，可是他们尽可以写信回来的呀，而银花是没有接到过一封信。他连信都不敢写给她，为了村子里人说闲话，其实她倒不怕呢。可是她自己未始不曾鼓励他这样做，到现在没有人知道也好。让她们女人家得意去吧，在逢年过节的时候，在村公所里领受优待抗战军人家属的东西：鸡啊，羊啊，粉条，白糖……光荣的丰富。可是由此有人说可惜有些抗战军人没有家……

然而村子里的妇女仿佛有所知的存心来窘她，当着她面前，总喜欢唱

---

① 此处"却"是原报误排，当作"都"。

她们新学到的这首由旧调改成的新歌：

　　"一把锄来四两钢，

　　哥哥当了大队长末呵嗨……"

　　她总不好意思学它，不等人家唱完就转身走了，可是调子她已经很熟，简直随时都可以脱口而出。她心中总不免有些得意。他不会当什么长的，可是她信得过他。

　　他当真没有"尾巴"吗？"尾巴"本来就在她手里，她很得意，她偏不曾拖一下。可是她既然也不讨厌他跟她到水边洗衣服，不讨厌他给她摘一朵野花，当时何妨也拖他一下"尾巴"只是不要把他拖住了不好吗？风筝没有人接住线会飞得高吗？于是早上穿衣的时候一想起脸就发烧的那只手又叫她脸红了。

　　得，得，现在是放哨去的时候了！她抬起头来看穿出身边那株榆树顶的太阳，女人，女人，她仿佛恨谁似的想了，只能拖拖"尾巴"和反对反对"拖尾巴"吗？狠狠的，仿佛为了使自己感觉到自己似的，她紧捏了一下手里的鞋底。她要放哨去了。

三①

　　春天示人以更新的力量；春天却又叫人心软。柔嫩的绿色透出了灰黑的树皮，细草穿出了石缝；可是它们使树枝和石块失去了遒劲与□□□□□□②一朵花，一对蝴蝶……

　　女人家怪想也真多。前些日子不知道从什么地方传来的新花样，妇女会给军队捐送慰劳品的时候，要捐送工织洗脸帕的妇女刺上自己的名字□□□□□□③。这是春天吗？田野在等着种子，为什么许多播种能的

_____

　　① 此节续刊于香港《星岛日报》副刊"星座"第 722 期（1940 年 9 月 30 日出刊），但香港中文大学所藏这期"星座"在当年就被人剪去了一块，致使本节文字残缺不全，而又一时难以找到备份报纸，所以下录文字不完整。

　　② 原报此处被人剪去了一块，缺文约 300 字，待补。

　　③ 原报此处被人剪去了一块，缺文约 300 字，待补。

手①、老手，却拨着枪机、发着枪弹？为什么花可以在路边开而鞋底上不能刺一朵花？人长得模样不难看有什么不好？……问题的解答不是不可能就是简单到不值得解答，然而她总想问，不知道为什么心里总像下雨前积着满天云，哭一场一定会痛快些，可是她太骄傲；女人就没有直接行动的力量吗？

好，事情来了：路上有人骑来了一辆自行车。

她站到路中间，说："对不住，路条"。

自行车停了。

他②打量从车上跨下来的那个人：有点面熟，年龄也正是老在她心里与日俱长的那个男子的年龄。可是头发光光的，怪不顺眼，像狗舐了似的，她想出这句现成的比喻来刻薄他一下。其次，眼像是老鼠的眼睛……眼睛却又那么别扭的钉③着她，使她一接触到像触电似的全身起可厌的寒噤，停止了她的端详，于是简单的重复了一句："路条。"

"我忘记把它搁在什么地方了。"

话倒是平常，可是说话时嘴为什么那么裂着，带那么一副要滴涎的样子？谁要你笑呢？一样坏，虽然不像那副方面孔，她想起了早上噩梦里那副浓眉毛，想起了梦里在路口受日本兵的"检查"。他会是一个汉奸吧？她厉声的说了："找出来！"

"你来找好了。"

他一说，把身体挺前来，凑近她身边。她立即倒退了几步，可是说不出话来，想起自己身后边应该有一个人，应该有无数人，

骑车的真从容，向四边望望，银花也想④四边望望，近处可不见一个人，半里路外的村子里冒出了几股午饭的炊烟。

"我没有路条，你说怎么办？"

"那就不行！"

---

① "能的手"是原报误排，当作"的能手"。

② 从上下文看，此处"他"是原报误排，当作"她"。

③ 此处"钉"通作"盯"。

④ 此处"想"疑是原报误排，或当作"向"。

她口里硬，心可在直跳。当真面前就是一个小汉奸了，至少是一个坏蛋。他要怎样呢，她又要怎样？

"不行，那我偏行给你看！"

他一说，右脚就踏上了车镫。

"看你走得成！"

一边说，银花把穿鞋底的长针刺进了自行车轮前的橡皮胎，立即响起了一声"砰！"宛然像开了一枪。

五月四日

年　画①

　　掜一把锁好比从枯树根上摘一只木耳。那还不容易！偏不进藏东西的屋子。已经冻够了——你听外边，风，风——黑妞儿，好妞儿，你也愿意我到藏人的屋子里去暖和一下吧，可不是？对，你笑了。好过了一点吗？还发烧吗？笑，笑什么？闲话少说。我便一闪闪进了最里边的院子。糟，撞到了灯光。可是很淡，亮在正房西头上一间的窗子上。东厢房有人打鼾，一个老妈子打鼾，打鼾是"人不犯我，我不犯人"的表示，不要紧。偏去探探那灯光。一只眼睛贴到一条细缝上一看，呀，是你吗，黑妞儿？躺在那里，看样子怪不舒服的，被也没有盖好。真的，简直就是你。跟你在我刚才出去的时候差不多，一样。女人，你莫非也病了？唔，这间是闺房，连接的那间准是书房什么吧。我进去了。

　　哼，你看我胡子一把——笑什么？我想我真有这样一把胡子哩，捋给你看——哼，久经沙场的，如今到了这个安全地带，温柔乡，且让我舒服一下再说。我就摸到了一张沙发上仰天一坐，嘿嘿嘿，真不错——呃，这张破藤椅可真不中用，怎么，早就拐了一条腿了！

　　闲话少说，且让我用电棒来照一照看。像这样。像这样。黑妞儿，这儿顶篷上几时裂了这么两个大窟窿了，叫怪风钻在里头玩什么把戏？

　　闲话少说：

　　向右边，电棒照亮：镜框，灰的，黄的。

　　向左边，电棒照亮：镜框，灰的，蓝的。

　　向后边，电棒照亮：镜框，灰的，绿的。

---

　　① 本篇原载《水星》第1卷第4期，1935年1月出刊，第386—388页，署名"卞之琳"。按，《水星》刊发的作品在目录上不标文体，只在正文里以类相从。《年画》排在老舍、张天翼、万迪鹤、靳以的小说之后，带有明显的虚构叙事特点，所以《年画》也当是小说。本篇从未入集，《卞之琳文集》也未收录。此据《水星》本录存。

让我细看一看，到底装的什么：

向后边，一道光：海。

向左边，一道光：海。

向右边，一道光：海。

哎呀，怪了，今回迷入了什么阵了，四面都是海！自然，我还清楚，前边是窗子，可是窗外这时候黑沉沉一片，大白天多半是蓝蓝的一片，不也是一角海吗，还好，"四海之内皆兄弟"，这时候如果有人一把抓住了你的领子，你就说哥哥，如果有人一把抓住了你的袖子，你就说弟弟。唉，你叫我弟弟，还是哥哥，黑妞儿？对，多肉麻，闲话少说。

我想起了人家说有些痴心人会成天都坐在窗口看海，想东想西，想人。譬如你，坐在这儿，沙发上，向蓝天，想东想西，想我：哎，人呢？东京。西京。什里吉里。格拉达拉。……哎，海上黄昏了。哎，白鸥。哎，白帆。……

这个女人一定是一个多情的，和你差不多，一样，黑妞儿。干脆更进一层，钻进锦匣去细看一看这个宝贝。

嘿，橙色的纱罩底下一个白嫩的脸蛋，一片红晕，害羞吗？发烧吗？还发烧呢黑妞儿，额上还烫手哪，可是不要紧，不要紧，你会好的，别哭。哎，你多心吗？你怪我瞎闯人家的闺房吗？唉，都是为了你呀。我把躺在那边的宝贝当是你了。你看，白泥炉的火光不像笼了纱罩的灯光吗？

是的，你躺在那儿，嘴上挂一小行口脂，像熟桃子溢出了一点汁。一定甜。紫被上乱漂着三四张白信笺，白鸥？白帆？哎，人呢？

不是吗？床头一张像片，好一个漂亮小伙子。这是我，这是我。躺的是你，黑妞儿。

"唔——"唔，嘴唇动了，"可以回来了……"

不是梦话，是你说的话呀！你口渴了。你不能起来拿开水壶，真的，深更半夜谁给你拿。你嘴唇都焦了，你要我。

"是，宝贝，"我说，"我回来了。"

"哎——"哎呀，女人醒了！

所以，宝贝，我就回来了。

说故事的说：这个乖贼的故事完全是向壁虚构了哄那个病榻上的小妍头。这一夜他出去是出去过的，不过出门不远就听得半空里一声夜鸟的怪叫，认为不吉利，唾了一口痰就回来了，看女人已经醒了，就这样瞎吹一顿。喂，小子，你看火都要灭了，给我住口吧。

笔者按：说故事的原来是一个逃债的浪子，大年夜躲到乡下一个破庙里，同一个伙伴挤坐在一块儿，傍着一堆柴火守岁，现在他已经睡着了，不知又做了些什么梦。

转前去①

我们跨出去一步，

造谣家说是走回头路。

阿猫去告诉阿狗，

阿狗也不看看左右，

告诉老李说，"不得了，

大家赶快向后跑！"

老李跑去拖老林，

抓破了他的背心。

老林翻过一个身，

一个人向车站直奔，

一心想逃上西安，

就胡乱进了东车站，

看别人到得还要早，

就胡乱抢了一张票，

只见月台上人真挤，

有的喊，有的摇旗，

车厢里人脸儿都通红，

一个个都非常激动，

大家说，"赶快，赶快！"

老林也直叫，"快开！"

火车开出去一枝箭，

老林还急得要上天，

---

① 本篇原载《北大周刊》1950 年 12 月 2 日第 60 期第 6 版，题上标为"韵文小说"，署名"卞之琳"。本篇从未入集，《卞之琳文集》也未收录此篇。此据《北大周刊》本录存。

一日夜眼皮才阖上，
睁开眼就见了"沈阳"！
满车跳下来志愿队，
抢上朝鲜去打老美！
老林想起了老婆
丢家里怎么过活？
老婆就出现在眼前，
她就在志愿队里边！
她对老林只笑笑，
用手远远的招招。
谁也不会走回头路，
我们又跨出去一步！

十一月二十日

四　散文杂文拾遗

　　卞之琳有散文集《沧桑集（杂类散文）1936—
1946》（江苏人民出版社，1982年8月出版）和《人与诗：
忆旧说新》（生活·读书·新知三联书店，1984年11月
初版；安徽教育出版社2002年10月出版的《卞之琳
文集》中卷所收《人与诗：忆旧说新》增订本，以及安
徽教育出版社据《卞之琳文集》于2007年4月所出《人
与诗：忆旧说新》单行本，因其与文集本全同，所以此
本不再列入校本）。作为"散文钞"（1934—2000）的《卞
之琳文集》中卷所收即以上述两书为主，再加上上卷
所收的两部报告文学集《第七七二团在太行山一带》《晋
东南麦色青青》，则卞之琳的散文也颇为可观。在这些
结集的散文之外，卞之琳还在各种报刊上发表了不少散
文及杂文，至今散佚在集外，现在都尽可能辑录于此；
而最为难得的，乃是卞之琳初中时期的数篇文言作文稿
（由卞之琳的二姐卞锦绣精心保存下来，由卞之琳的外
甥施祖辉提供），也得以收入此辑。凡所辑录以原刊和
原稿为准，编排则按写作或发表时间为序。

中学作文稿（五篇）[①]

交通与文明

交通者，文明之本也。盖交通便利之区，其地必文明。文明之区，其交通未有不发达者也。若东西文明各国，其水陆交通不发达者，未之有也。盖交通发达，则他地有所新发明及设备创作之新法者，皆随而灌输之也。于是对于工厂、学校、政治、商业，皆得删其弊而改良也，对于[②]人民知识则增高之，对于便利及公益之设备，则效而行之。由于此生品精良，交易畅盛，秩序整洁，人民知识日高，设备愈善，文明日进。吾国百余年前交通未开，无所谓电灯、电话、汽车、汽舟及各种机器，今则各大埠皆有之矣。由此观之，交通之与文明之关系，顾不大哉！

（一九二四秋）

秋郊晚眺记

课余无事，乃闲步郊外，一赏秋野莫[③]景。

时西风摇树，田野辽阔，大半为萎黄之色；独菜畦麦垄含有青青之色；而农夫二三点缀其间。小溪则芦花如雪，覆于其上。村落间枫叶鲜妍，若欲与夕阳争红也。倏焉炊烟四起，袅袅于疏林之际。碧空中归鸟纷纷。斯时快心何如耶！而夕阳无情，已藏于远树影下矣！

吾乡但平畴广野，无山川之胜，斯时之景趣若是。不知他地将若何耶？（一九二五秋）

[①] 这五篇文言短文是卞之琳的初中作文稿，由其二姐卞锦绣保存下来。此据卞之琳外甥施祖辉提供的复印件录存。

[②] 原稿"对于"二字字迹漫漶不清，此据上下文理、句式，勉强臆测，录以待考。

[③] 此处"莫"通"暮"——正唯"暮景"所以"晚眺"也。

国庆纪念之感想

国有可庆之事，而后可庆。自有国庆纪念以来及今未有正式之宪法；且内乱纷纷，无岁无之。历年之国庆之日，有何可庆而皆依旧庆祝，如诚无为极矣[①]。

噫！不知国庆纪念者，因前者是时，有可庆之事，故我侪当于是时庆祝纪念；使永永勿忘。然于国家危难之时，当庆祝更甚！盖使人处危难之中境[②]而庆者，欲激励其志气，使人奋起而救国。使国永永可庆也。是则前数年之国庆，可谓庆人民之知内乱也。而今岁之国庆当更足可庆，以今岁有五卅等之惨案也。盖民国以来，外患之急，人知者鲜；始至今岁乃有明显之五卅惨剧；从此人皆可知外患之急矣。故今岁之庆，不啻庆吾民知外患之急与帝国主义之侵略也。我人于此庆祝声见国旗高悬，而思及五卅及内乱之事；对之能不悲愤发指，而为之泪下哉！

我侪青年学子，当亟以救国为心，以勤学为务。使将来入社会，不复如今日之军阀政客之为外人之走狗；而努力救国，则将来国庆纪念恐不复得如今岁之欢呼庆祝也！ （一九二五秋）

改革乡土陋俗之我见

我国各地之乡间陋俗，不可胜计，为害颇大。如欲求疾病之痊愈，愚者皆忽医治而从巫觋之言。如婚姻之事，多以占卜以定行止。他如深信鬼神靡费金钱等等，笔难尽述。凡此种种之陋俗，其乃于社会前途之一大障碍；若长此以往，则社会将何以进化而文明耶？故对于此事，当有积极之改革。

今推其陋俗之源，则皆惑于迷信之故。故当首以破除迷信为事。欲破除迷信，则良教育尚矣。

平民学校、义务学校及通俗教育馆等，乃普及教育之最良利器。故当多多设立，则民知开而迷信破矣。更组织演讲团，随时至各村镇间讲

---

① 按古文句例，此句疑有漏写和笔误，或当作"如此诚无谓极矣"。

② 原稿"中境"之"中"字字迹模糊，勉强录为"中境"，疑是作者抄写笔误，或当作"境中"。

演。学生放假回里，于村间父老童稚谈话间时加以说明，以宣传迷信之妄，则民众必觉悟，而迷信之妄谈，不予攻击而自破矣。陋俗势必归汰矣。（一九二六春）

北京民众请愿悲剧

自内战云[①]四起后，鲁张（宗昌）即遣渤海舰队袭击大沽，以侵国民军之侧面；故国民军乃锁封沽口。而日本抱其助奉军以增长吾国内乱之素志，遣鑑只驶[②]近沽口，无理与该处炮台互击；复联合各国致最后通牒以恫吓我国，而惨剧随之起矣。

北京市民众因此种待遇之可恨，聚集各团体，开反对八国通牒国民大会于天安门。赴国务院请愿，严重驳复通牒，不稍让步。至门高呼反对帝国主义之口号。而府卫队则即先放空枪，继以实弹，以致爱国志士伤亡枕籍，惨不可言。而分队至执政府者，复亦遭卫兵刺刀之伤，重者不少。而政府复藉口共产党煽惑扰乱，通缉国民党要人，此三月十八日事也。

噫！此痛心之事，当归咎于民众之暴动扰乱乎？夫请愿之权国民有之，则此事恶得为暴动！恐请愿而不加注意，故聚众以示其激昂之情，此爱国心所使也，恶得谓之扰乱乎！且此种帝国主义压迫之淫威，使我堪[③]，此神人共愤之事，吾国同胞苟非木石，能大愤[④]

---

① 原稿"云"字前疑有漏抄，或当作"风云"。

② 此处原稿抄写有误，"鑑"当作"艦"，"驶"字原稿写作左"舟"右"史"，字典无此字，有可能是"驶"的误写或异体，故此暂录为"驶"，疾驰之义。

③ 从上下文看，此处"使我堪"疑原稿有漏抄，或当作"使我何堪"。

④ 原稿至此结束，但句子显然未完。按上下文语气，原稿在"能"后或许漏抄了"不"字，句末漏抄的可能是"乎"字——如此则这一句或当作"能不大愤乎?"至此就算完稿了，所以本篇所缺也就一两个字。

卞之琳自誌[①]

之琳，现藉[②]江苏海门，卒业于三益初中后，来浦校忽忽两载。

---

① 此则"自誌"原载《浦东中学第十一届高六级级友录》，1929 年夏印行，第 16 页。张松《卞之琳浦东中学师友简录》(《卞之琳纪念文集》，海门市文史资料第 18 辑，2002 年 12 月印行，第 230 页) 和张薇《卞之琳先生与浦东之缘》(《文汇报》2022 年 9 月 20 日第 8 版) 先后过录了这一段"自誌"，后者还附录了原文照片，此据照片录存并改题为《卞之琳自誌》。
② 此处"藉"是原刊误排，当作"籍"。

流　想[①]

　　人心之不同如其面焉。这一句我小时候在《左传》里读了，觉得有些神秘。原来《左传》里有许多话含有极深的诗味。只是简单的几个字，就把原始的永远的东西象征化。但是与刚才举出的这一句的意思仿佛相反的现象也有。偶然遇见一个人和自己以前认识的人相似，这是人人都有的经验吧。倘若与自己并不十分相关切，那也就平平的过了。不然则不免多少受些影响。因为人的心遮掩不了，如同空中的暗电两两相遇就会发光。或是如同什么地方的一个深潭上面悄悄的掠过一片云影，那也是心心相印。有些人确实是不错，但是他的鼻子使我想起小时候我所不喜欢的一个人，于是这个先入主就牢不可破，被蜂刺过的人，见蜂就怕。可是偶然在露天的茶席上，邂逅了一个人与自己所关怀的人相似，那可不好处了。何况他还要与自己打什么交涉，似乎他就是另外的那人的影子。在动摇的水中累累的照出来的月亮的影子。科学家研究什么部分的因果，但是从艺术的见地看来，世界简直是一团影子，或是一片茫茫的东西，水天相宜似的，而从这里面又呈出光怪陆离的现象，丝毫不紊乱。怪了，他的神气越看越像，尤其是在眉宇之间，如晨光的熹微。如果我们遇见这样的人，最好，或只好叫他和他做兄弟了。

　　痴痴的呆望着山房的北窗——那里仿佛有什么神光。实际，在那里盛夏的白昼的阳光如同新月的银光逗留在明亮的部分上，快要溢出来。他到底望什么，不是在望我吧。然而总之他确实是在凝视着，是在恍惚的

---

　　① 本篇原载《骆驼草》第 17 期，1930 年 9 月 1 日出刊，第 133—134 页，署名"大雪"，"大雪"乃是卞之琳后来使用过的笔名之一。另据卞之琳晚年回忆，"大约 1930 年废名和冯至同志办《骆驼草》（开本像早期《语丝》的小刊物）。我出入北京大学第一院（即今旧"红楼"），在大门东侧小门房，每期必买（一期只化几枚铜元），开始欣赏其中经常刊登的几章《桥》或《莫须有先生传》及别人的一些诗文"（《〈冯文炳选集〉序》，《卞之琳文集》中卷，安徽教育出版社，2002 年 10 月出版，第 335 页）。本篇笔调模仿废名的文章风格，而又包含着初步的象征主义意趣，疑似卞之琳之作，但还不能确证。此据《骆驼草》本录以待考。

心境中，至少，他的眼界的周遭里闪着我的影像。人是喜欢旁人看的。这是人类的亲和力罢。假使没有这个，恐怕人人都要如同灰尘，七零八落的飞散在空中。因为它和地心的引力，有同样的效力。

夜间看不清楚海棠的花，就愿意在温和的空气里闻它的浮荡的馨香。太阳落了，但是月亮上照出来的反光岂不是如同回忆中的光景，加倍的柔和而可爱。明明知道他是住在那个地方，不过视线射不到，声音传不到，但是大风一吹起，就如同架空的蜃气楼，广播的无线电，于是他的相貌声音居然在眼前了。天到处与人方便，但是必须善用它，桥梁是给人过河的不是久住的。

为什么这里不热闹。因为太热闹，所以反而不热闹。在盛夏的卓午[①]，试走到开旷的平原里，坐下想想。不是非常寂静吗？热气从地底蒸出，化成闪烁的光波。地面膨胀到了极度。马蚁和许多的细虫都被热和光蒸发得乐极了。有些在热狂的盲目的工作，有些沉湎在恍惚的梦中。小河汤汤的流着，在凉爽的微风里。绿阴阴的细草都在烂漫的睡眠中，有时摇摇头。但是四围的寂静，一点一点深化起去，沙砾，土壤，草木，流水，云气，一切都在炎热的世界中，合奏着寂静的交响乐。

看人以第一次的印象为最准，虽然也有例外。低着头走路，上凸的一字形的嘴巴生得特别。年纪也不大轻了。看他的后面又有点驼背。说不出那里，总有些清寒气。但是怪了，请你从新对过面吧，他另是一个人了。好像修理得很整齐的圆树一样菶菶的幢幢的绿荫底下有一双明星似的眼睛闪烁地开阔着，那是智慧的门户。长椭圆形的颜面也是聪明的象征。越发使得你冷清清地沉静下去，只感到自然的创造的神秘。这眼前的人不就是他吗。他似乎恢复了少年时的美貌在新的环境里，无意识地努力显出自己的最美的颜容。如同在晚春的晴朗阳光里柔嫩平滑的水面消失了一切的皱纹。原来在小孩子的脸上也可以看见老人的雏形。我觉得最令人不满意是他太过于稚气，幸亏他的好友是耐磨性的母性的人。他们真是如同鱼水的相得。

---

① "卓午"，指正午。

人生的欢乐也似流水不绝的消逝。干涸的河床，渺茫的沙漠又那里是水的绝对的消灭。桃源的纹石一沾水就醒活了。华丽的莹澈无碍。何况温馨密润的美玉呢。

人格的灵秀的辉映使得水彩的瓜果也化为高原的粹玉了。在上界的缥缈的紫氛里出浴着朗朗的慈祥的新生的明月。神州的灵气浸淫到山国的境内了。在这地球毁坏之先，文化的曙光须照遍一切的地方。

四海之内皆兄弟也，但是隔壁的邻人不是更可亲爱吗。虽然是那里移来的，但本来而且到底是这里出产，而且况且这是先天的预定呢。鲜红的粉白的小桃夭夭的垂在潇洒的淡青的脂白的桌上，把这桃儿一口吞了罢，在这迷离恍惚的电灯光的白霭里。而且跳舞起来吧，合着圆舞曲的声音，忘掉那烟雾浓浓，火光冲天，轰声动地之中的飞舞腾跃的骷髅。

"一日不见如三秋兮。"但是纵然二万四千岁不相见也毕竟如同昨日才别离了一样。柏拉图说现世是过去的回想。若加以科学的解释，这大约因为人在母胎中最是幸福，自出生以后，就追慕那过去的理想乡，或极乐世界，但是它有更深甚的意义。

斜阳送来一抹淡红的火热的反光，房子里面仿佛变成了打铁的工场。茶几上放置着牧羊神的铜像似乎带起君临四围的辉映的紧张的光景的神气。向来非常阴凉的红炼瓦的走廊也受着微黄的烘烈的光线的直射另外显出了一个世界，开拓了新生面，使人禁不住高兴地连叫几个哈哈。人生除了劳动和享受之外，还有什么可求。离开了生活，这世界就等于零。执着在生活上哪，尤其是在磅礴的大块的地土上。在薄暮的闇光里回来，遇着一个穿淡青色竹布上衣的姑娘，腹部的曲线鼓起来特别惹人，原来是那一个农家的哑姑娘。走过了几步她回头向我叫了几声哑哑。不具①的人反而比较真挚。于是这一段朦胧沉默的处所从地心发出歌笑来了。西方的天边还有浓暗的红霞，是许多地方的人人的留恋的所在，也是一些远国的欢欣的方向。

---

① "不具"，不齐备、不健全之义。

卞之琳启事①

鄙人二十年度入学证遗失，申明作废。

———————
　① 这则小启连续刊登在《北京大学日刊》第 2786 号（1932 年 3 月 10 日出刊，第 2 版）、第 2787 号（1932 年 3 月 11 日出刊，第 2 版）、第 2788 号（1932 年 3 月 14 日出刊，第 1 版），原文无标点。此据《北京大学日刊》录存。

我的“印诗小记”①

“我与文学”。“我”是什么？——低下头来我看见胸上罩着由一位朋友传下的蓝灰色大褂。“文学”呢？——桌上有刚从北平图书馆借来的 Logan Smith 的 *Trivia* 和 *More Trivia*，从另一处借来的 Euvres de A. Samain 和 P. Louys 的 *Crepuscule des Nymphes*⋯⋯有了，前几天不是写了一篇《印诗小记》吗？记的算得是“我与文学”的一段姻缘吧。现在把全文抄在下边，算是登广告也可以：——

“不管当时怎样的兴奋，怎样的苦恼，尽力想恰当的表达自己的感应（本想说经验）或根据了经验，造出了境界。置身其中而自寻的哀乐，不管写出后怎样的如释重负，怎样的高兴，在我，隔了几天我看见自己写成的诗，不论哪一首总好像看旧日的玩具，等到编成了册子，大部份的兴趣也就只在印书上了。

“第一本诗我有希望印的是《群鸦集》。这部份诗是民十八年秋天北来上学，做了一年好学生，把最难排遣的黄昏大半打发在图书馆里后，第二个冬天忽然荒唐了起来的收获。冬天将过，徐志摩先生回北大教我们书，一时高兴，抄了几首诗给他看，结果说是要选登《诗刊》，他把我没有喂火炉的二十几首都要去了带到上海，当时完全不相识的沈从文先生在上海见到了，就给写了一封不短的信，说是他和徐先生都认为可以印一个小册子。不久在《创作月刊》上意外的发见了从文的一篇《〈群鸦集〉附记》，看了才知道自己的小册子名字也有了。到夏天徐先生和新月书店说妥，决定印行。从夏天到秋天又写了一些，陆续寄去，附在后边，另成一辑。徐先生来信说愿意作序，书‘迟至十一月总可出版’。可是接着

---

① 本篇原载《我与文学》（《文学》一周纪念特辑），郑振铎、傅东华编，生活书店，1934 年 7 月出版，第 144—147 页，署名“卞之琳”。按，《文学》杂志是在上海出版的左翼外围刊物，由郑振铎、傅东华出面主编；“我与文学”是《文学》杂志举办的一次征文活动，文章最后结集为《我与文学》。本篇从未入集，《卞之琳文集》也未收录此篇。此据《我与文学》本录存。

就碰到九一八，十一月徐先生遇难了，《群鸦》不吉利，出版也无望了。然而还没有绝望呢。二十二年一月回南时路过上海，见到邵洵美先生，据说《群鸦集》快付印了。可是几天后又碰到一二八。从此虽然还不时得到出版的消息，却始终只见到了一次预告。

"于是第一本印成的诗就算《三秋草》了。去年春假，卖掉了十首旧译的《恶之花》给《新月》（当时为叶公超先生主编），路费有着，到青岛去找孙大雨沈从文两先生玩，谈起印诗事，从文说他出钱给我印一本。虽然我曾见到他抽屉里有几张当票，他终于做了一本小书的老板了。回北平后，经当时《清华周刊》总编辑马玉铭兄介绍到某印刷局印我在二十一年秋天三个月内写成的十八首诗，即《三秋草》。印刷局里人不大瞧得起这个小册子，说起来总是'那本小书，那本小书'，我却偏要麻烦，要穿钉，要不裁边又要齐整……最麻烦的还是纸。当时（现在恐怕还一样）在号称文化区的北平，印新式书最讲究的纸就只是重磅洋宣纸和道林纸了。罗大刚兄陪我走了许多家纸店，找到的也只是这两种。有趣的是：在前门外一家纸店，拿一本象牙色纸的书给伙计看，问他有没有那种纸，他说有，拿出来一看，还是洋宣纸，听我们说一黄一白，怎么会一样呢，他就带了一副瞧不起外行人的神气说'那不过旧了点'。比较中意的是在一家找到的毛道林，可是只有八十磅的，印这本小书怕薄得不成样子。多亏大刚异想天开，想出了一种纸，拿去一试，果然很合适，结果化钱不多，印出来的三百本小书却不十分寒伧，师友们见到了都说印得很好，纸也很好，却不知道是什么纸。上海《时代画报》主人邵洵美先生也来信说好，竟说将来要托我替他在北平印一本诗。就在不久以前还听说某印刷局见了人家拿去当样本的我这本小书说这种纸北平没有。而这种纸却在北平买的，不过是一种较有韧性的薄渗墨纸罢了。

"我的豪兴不仅在印自己的东西，去年夏天还替一位朋友印过一本诗集，为另外两位印过两种'诗片'就是（在明信片大小的卡片上印诗，一首一张）。我自己想再印《群鸦集》以及《群鸦集》后边那部份，叫作《隔雨篇》，完成诗三卷。去年年底从保定回来时还计划和朋友李广田何其芳二位合出《汉花园丛诗》。

"然而心情毕竟一天天老起来了，这种兴致越来越淡，现在把过去删剩的五十五首诗，不再挑剔，一起装在《芦叶船》里，由书店摆布，无心再多事麻烦，但愿早日出版，给几位朋友了却一笔诗债就得了。"

纪念玮德①

正在译一部传记，手头不时的碰到"死"字，幸亏到这种地方，文章倒不难译，得以很轻松的对付过去，忽然接到远方的来信，提起玮德，底下也加了一个"死"字，想信手写几行，这一下笔头可老是拖不下去了，停顿又停顿，以至今日，算起来已有半个多月。

玮德与"死"的观念，在我，从没有联在一起过，直至今年二月十六日（?）②有事等梦家③，只等到一封信，信上说玮德病危——"病危"不就是"死"的边沿吗？当时我暗自思忖。我以前对玮德抱那种观念，道理也平常，年轻自然是其一，但并非因为强健，他并不强健，恰好相反，我倒以为常常叫苦喊痛像我这种人倒不容易完结。而且他素有生气。也就因此，后来同友人到医院看了他以后，我有点笑梦家神经过敏，原来玮德虽然躺在床上，脸上苍白消瘦——仿佛也不如看护他的某女士来的憔悴可怜——他精神还是很好，依然有说有笑呢。

有说有笑，不错，我所知道的——熟识而不常在一起的——玮德是向来如此。他是热闹一路人。同他谈天，你不会有沉闷的机会，可以呆看窗外的云天；你也决④不会看见他笔端笔整⑤的坐在椅子上，你会看见他坐在椅子背上，桌子角上，你会看见他来回走动，一转身擦落桌子上一本书。也会提起这个人，那个人；他并不幽默，却善于开玩笑，他会讲

---

① 本篇原载《北平晨报》1935 年 6 月 11 日第 11 版"北晨学园"第 821 号"玮德纪念专刊"第 2 号。方玮德（1908—1935），安徽桐城人，现代诗人，著有《玮德诗集》，1935 年 5 月 9 日病逝。《北平晨报》副刊"北晨学园"于 1935 年 6 月 10 日和 11 日两天连刊"玮德纪念专刊"，后来又将专刊上的悼念诗文以及未刊之作印成《玮德纪念专刊》单册。本篇从未入集，《卞之琳文集》也未收录此篇。此据《北平晨报》本录存。

② 此处"（?）"，原文如此——作者可能借此表示记忆不很准确之意。

③ "梦家"指陈梦家（1911—1966），浙江上虞人，现代诗人、古文字学家，著有《梦家诗集》《殷虚卜辞综述》等。

④ 原报此处一字漫漶不清，疑为"决"字，录以待考。

⑤ "笔端笔整"意同"毕端毕整"。

人事如故事，譬如，从前住在某一位主张浪漫内容，古典形式的可敬的先生处，常常半夜醒来，见隔室灯光，知先生尚未就寝，忽听得拍的一声，喃喃的一阵，拍的一声，又是喃喃的一阵，原来先生在那里独自忏悔也。他说的时候，自然手在脸上拍给你看——当然轻轻的，"拍"声发自口中。你虽然不必相信他，（他也并不要你相信他），却不能不觉得真切，而且有趣。可是你且慢点高兴吧，他就讲你自己的故事了，说在某地，某次席间听到说你如何，如何，你得涨红面孔，气的站起来了，不过他早就说明他也不相信，大家都知道一定是开玩笑的谣言。而且，你回头一想，如果你的生活向来是平凡的，说不定会感激他的渲染吧：究竟，你心里说，枯索的人生何妨添一些生动的颜色。

现在，他留下来的颜色就是他的亲友们所保有的一些鲜明的记忆，以及几十首诗。

想到纪念物，我不无空虚之感，除了他送给我的一个小册子《丁香花的歌》，我并未保留什么。说来也怪，我们从民国二十一年秋天在北平第一次会面而熟识以来，始终没有通过信，因为他很洒脱，这几年忽南忽北，飘动无定。我更觉得遗憾的，我这次离开北平，原是从从容容，临走时却仓仓卒卒，弄得十分狼狈可笑，也来不及向他告别——那该是死别了！现在完了。如今他的音容笑貌，我虽不难于追思中约略得之，可是我觉得多么需要一个确实的保证—— 一本《方玮德诗集》。

六月二日，高原町。

“当毕” [1]

　　法文中有一句话，两个字：Tant pis! 近来我正在译一本法国小说，不时的碰到它。一碰到，精神就一振，非常痛快，单听声音也觉得够爽脆了。这自然是就原文而言，译起来可麻烦了：有时候要译作“活该”，有时候“管他”，有时候“算了”，等等。然而这句话对我总是一服兴奋剂，或者简直是一管强心针。因为，我最近受遭了人力所不能挽救的打击，人力所自召的折磨，仿佛被流配到了精神上的天涯海角（我此刻窗外的确有一角海），天天看幻影一点点掉地如门外冬街上我天天独自践踏，愈踏愈少的落叶，而天天逼自己伏案八小时，十小时，叫笔尖像蜗牛似的慢慢的爬稿纸，弄到心身交瘁了，因为怕吸烟，又不能老是嚼几块朱古律，只好搁笔长叹，向椅背上一仰，眯着眼睛耽看有时候（因光线关系）权充写字台的梳妆台镜子里搁着一个死人下颌，这时候忽然使我挺身而直坐起来的就是一声 Tant pis！的确，这是我的救星。作“活该”讲：既然自取了，Tant pis，工作啊！作“管他”讲：笑骂由他笑骂，Tant pis，工作啊！作“算了”讲：到头来都是一场空，Tant pis，工作啊！我简直想今日若有人想发奋用功，当劝他不必学古人用锥戳大腿了，学外国人说一句 Tant pis！如何？

　　Tant pis！是消极的顶点，积极的起点。这是否定到肯定，破坏到建设的桥梁。这是革命的，前进的。这好比跳远的时候，脚向地一蹬——Tant，pis——人就耸出去了。这是塞翁的失马。这是蝉蜕。你要出外，你得离家。旧的不好，Tant pis，来新的！失败了，Tant pis，重起头！“残冬已至”，Tant pis，“阳春宁尚迢遥”！不过，这是一把快刀，切菜切手指，

---

　　① 本篇原载 1936 年 12 月 11 日北平《世界日报》副刊“明珠”第 72 期，署名“卞之琳”，其所写当与恋情受挫有关。本篇从未入集，《卞之琳文集》也未收录此文。吴心海整理此文重刊于《现代中文学刊》2016 年第 4 期。此据《世界日报》本录存，录入时参考了《现代中文学刊》重刊本并有所订正，不出校记。

全看你怎么用。

今晚我仿佛又悟道了。今晚我又受到一点轻轻的碰击，虽然轻轻的，可是对于我一切的绝望，如同对于一杯过饱和的溶液，只一点就点得全体沉淀了——所谓死心塌地吧？我看不起自己，我否定自己的存在价值，我自暴自弃。万念皆休。万事皆休。已矣哉！可以休矣！"当毕!"善哉！这是恰好译的 Tant pis！可不是？善哉！又是你，"当毕!""当毕!"我的救星！我的神！我绝处逢生。我感激涕零。我俯伏在你足前了。我把满心的沉淀物（这是你要的供品）统统都倒在你面前了。我从此愿日日新，又日新。我要把你的名字当作座右铭。我从此，如同每一篇祷告末尾有一个"亚门"，要在我每一篇文字末尾加一个"当毕!"就从这一篇起头吧：当毕!

十二月二日夜

"睡在鼓里"[1]

有一句俗话，叫做"睡在鼓里"，意思大致是说一个人事已临头，而还糊里糊涂，什么也不知道。不管有何出典，单就字面的意义上说来，实在好玩：想想看，怎么睡法？今天为了功课的事情，走到一处办公室，遇见赵先生，承嘱写文章给一个新办的刊物——《战鼓》，只一下又给敲动了我的鼓思了。

今年暑间小住浙南雁荡山某寺，每在一天八小时埋头工作，握管凝思中，宛然如梦醒来，被惊起于冬冬冬的急鼓（"渔阳鼙鼓动地来"吗?）原来隔壁佛堂，三数小和尚，厌弃了念阿弥陀佛，常偷来把鼓乱打一阵子，口里哼着"大抵大大抵大大抵……"当时正在卢沟桥事变以至平津失陷的期间。那边虽也有公路与外界相通，消息总到得非常慢，令人不堪忧闷，我与一位同来的朋友向外边写信的时候总想起"山中方一日"，而我还对朋友在信上说我们住在这个谷中犹如闷在一只葫芦里，其实还不如说在鼓里，听小和尚在隔壁乱敲。和尚做法事敲的钟鼓或可以敲醒世人的迷梦吧。而小和尚擂的战鼓，仿佛又在敲醒另一种梦，想起来非常滑稽，而在当时亦只有苦笑。

原定在山中住两个月，结果只住了一个多月。在一连好几天大暴风雨，与外间完全隔绝了一星期以后，就提早出来，辗转坐轮船汽车于八月十四日经过绍兴，看当地报纸，才知道上海已开战。当日到杭州，台北敌机也就[2]跟来了，真仿佛"世上已千年"。回到上海，住在租界里，只听见炮声，飞机声，炸弹声，却一看[3]没有听到战鼓。可是往往深夜梦

---

① 本篇原载成都《战鼓》创刊号，1937 年 12 月出刊，第 8 页，署名"卞之琳"。陈建军在《从〈战鼓〉中卞之琳的〈"睡在鼓里"〉说起》（2015 年 5 月 13 日《中华读书报》）中已整理重刊此文。本篇从未入集，《卞之琳文集》也未收录此文。此据《战鼓》本录存，录入时参考了《中华读书报》重刊本并有所订正，不出校记。

② 原刊此处一字漫漶不清，疑是"就"，暂录待考。

③ 从上下文看，此处"看"疑是作者笔误或原刊误排，或当作"直"。

断，猛听得黄浦江中敌舰所发的高射枪炮，密过于联珠，宛然鼓声，不由得又想到这个好笑的比拟：睡在鼓里。

到了四川，接得身陷北平的一位南中朋友 [①] 的来信，据说他现在与一位僧人同租了房子，安贫乐道，禅定智慧都有精进，但说到成都可又怪了，他想起的是当年诸葛孔明六军驻马的风度！小和尚擂战鼓果然是偶然的，只能说有点象征的意味，而我这位朋友的这一点矛盾却不能说没有意义了。

于是乎我：想今日之下，欲在鼓里睡，而且睡着，不亦难乎。

十一月二十四日 [②]

---

① 这位"南中朋友"可能指废名（1901—1967），湖北黄梅人，现代作家，著有小说《桥》《莫须有先生传》等。全面抗战爆发之初，废名失去北京大学教职，交不起房租，便到雍和宫的喇嘛庙里与寂照和尚（湖北老乡）同住。

② 据《战鼓》创刊号出版时间，此处所署时间当是 1937 年的 11 月 24 日。

"日华亲善"①

　　"日华亲善"，和其余一切日本法西斯统治者对本国老百姓和中国老百姓所巧立的许多名目一样，是十足②污辱了文字。亲善自然是好事。③我几年前④曾经以一个中国老百姓的资格在日本住了几个月，觉得周围的老百姓都很可爱，不用口头说⑤，自然亲善。我在那边最讨厌的是警察，而日本老百姓最怕的也正是警察。除了法西斯统治者的这些走狗⑥以外，我在日常⑦里所接触到的一切，我都愿与之亲善，至于侵略者所口口声声提出的"日华亲善"，则我与全中国人民一样，已⑧看得很穿了。可是"日华亲善"的具体表现我们当真都想像到了吗？前几天⑨翻阅了去年四月间长乐村战斗中⑩八路军缴获的日本一〇八师团二十五旅团一一五联队的一个未署名的士兵的日记，我才愕然的发

---

　　① 本篇与短篇故事《渔猎》一同发表在《文艺突击》1939 年新 1 卷第 1 期（1939 年 5 月 25 日出刊）第 31 页，文末附注"武安下站，一月二十三日至二十四日一九三九"，但《"日华亲善"》在《大公报》（香港）1939 年 6 月 1 日第 8 版"文艺"第 628 期单独发表时附注"武安下站二月二十四日，一九三九"，《渔猎》在《大公报》（香港）1939 年 6 月 6 日第 8 版"文艺"第 633 期发表时附注"武安下站，四月二十三日，一九三九"，在《大公报》（重庆）1939 年 8 月 28 日第 4 版"战线"第 351 号发表时附注"武安下站，四月"。据此可知《文艺突击》本所署写作时间不准确，本篇应作于"一九三九年二月二十三日"。本篇从未入集，《卞之琳文集》也未收录此篇。此据《文艺突击》本录存，并与文字比较清晰的《大公报》（香港）本对校。

　　② 《大公报》（香港）本（以下简称《大公报》本）在"十足"后多一"活"字，这可能是原报编者改稿时在"沾污"和"污辱"两词之间选择，不意修改出错，多了一个"沾"字，而排字工又将"沾"误排为"活"。

　　③ 此处"。"，《大公报》本作"，"。

　　④ 此处"几年前"，《大公报》本作"前几年"。

　　⑤ 此处"说"，《大公报》本作"提"。

　　⑥ 此处"狗"，被《大公报》本删削而以"×"代替。

　　⑦ 此处"日常"，《大公报》本作"日常生活"。

　　⑧ 此处"已"，《大公报》本作"已经"。

　　⑨ 此处"前几天"，《大公报》本作"前些日子，"。

　　⑩ 《大公报》本在"中"字后多一"被"字。

觉自己想像力太不足了①。那个被日本军阀打发到中国来一路胡闹（从日记②中可以见到）的士兵很痛快的为我们道破了③"日华亲善"的真谛。

他在去年一月十二日在临清写的日记中有如下的一段：

> "归队途中，往大队医务室，④将内山大尉所托带之信交与小泉军医，并谈及与军医部取种种联络之方法。来时见花柳病之多令人吃惊。在顺德时军医部亦有此类事，且⑤曾有一次送去二十名者。回分队途中，巡视各处，因系不战市街，颇为美丽的女子也见到了。可是为了日华亲善的目的？…"

在同地一月十七日（小雪）⑥他又写着：

> "午后协进乐（原文这两字字迹甚模糊）⑦伍长，寺内上等兵等上街散步，主要是往日华亲善那方面去。一看，这里也完全是中国风气。'？'⑧也很多，其中很美丽的也见⑨到了。我也日华亲善了一下。四时回中队…"

读者也许要以为那个"？"⑩，那个"日华亲善的目的"⑪大约是指的中国妓女吧，那个荒淫的士兵在日记里有时也提到朝鲜女人以至日本女人⑫。可是我往后又读到了三月二日五日在⑬封邱写的这一段

---

① 《大公报》本此句作"我才愕然发觉自己的想像力太不够了"。

② 此处"日记"，《大公报》本作"全部日记"。

③ 《大公报》此处衍一"。"。

④ 以上两句，《大公报》本简化合并为"归队往大队医务室"一句。

⑤ 《大公报》本无"且"字。

⑥ 《大公报》本此处无"（小雪）"字样，但加了"，"。

⑦ 此处括号内文字被《大公报》本删去，改作"'？'"。

⑧ 此处"'？'"，《大公报》本作"（？）"。

⑨ 此处"见"，《大公报》本作"看"。

⑩ 《大公报》于此处"？"后加了一个"号"字。

⑪ 《大公报》本此处引文外无引号，但于引文后加了"，"。

⑫ 此句里两处"女人"，《大公报》本均作"女子"。

⑬ 此处"三月二日五日在"，原刊排印有误，《大公报》本作"三月二十五日他在"。

日记：

"…今天又和一个五十六岁的老妇○○（原文如此）了，[①]和年轻的女子也没有什么大分别。"

五十六岁的老妇当然不会再卖淫了。这更证实了兽性[②]的日本兵确乎把中国所有的女子[③]都当作了[④]"花姑娘"，都当作了[⑤]他们"日华亲善"的对象。

当然，"日华亲善"最方便的来源还是汉奸的家里。这本来已经是谁都知道的事实。我在八路军缴获的许多重要文件中发现一方不重要的废纸。一方比中国普通信笺还小一些的连史纸，对折着，一面用铅笔歪斜的写着中国字"王少甫家姑娘名字"，一面用毛笔画了到卫生饭庄的路径图，旁边写了两行中国字，其文曰："王少甫在卫生饭庄""大太太君请吃饭"。谢谢一○八师团[⑥]那个士兵启发了我的想像，我现在像想到很多了[⑦]：王少甫大约是某地的一个有钱的大汉奸，[⑧]一个日本军[⑨]的什么队长一流人，[⑩]先把王少甫找到了卫生饭庄，[⑪]用铅笔写字问一个小汉奸王少甫家里有什么花姑娘，[⑫]大致听了回答说"少甫家里就算大太太最漂亮"，[⑬]

---

① 此句《大公报》本作"…今天和一个五十六岁的老妇○○了"。

② 此处"兽性"，《大公报》本作"×性"。

③ 此处"女子"，《大公报》本作"女性"。

④ 此处《大公报》本无"了"字。

⑤ 此处《大公报》本无"了"字。

⑥ 《大公报》本自此句另起一段，并在"谢谢一○八师团"后加了"的"字。

⑦ 原刊此句排印有误，《大公报》本作"我现在也想到很多了"。

⑧ 此句《大公报》本改作两句："王少甫大约是某地的一个有钱有势的大汉奸，说不定已经做了维持会长。"

⑨ 《大公报》本此处无"军"字。

⑩ 《大公报》本此处无"，"。

⑪ 此处"，"《大公报》本作"。"。

⑫ 此句《大公报》本作："他用铅笔写字问一个小汉奸'王少甫家里有什么姑娘'，"。

⑬ 此句《大公报》本作："听了回答说'王少甫家里就算大太太最漂亮'，"。

于是打发人去叫大太太出来陪酒。他们^①"日华亲善"的方式不会仅止于陪酒吧？可是^②够了，我把我染了污秽的想像的去路断然在这里截住了^③。

武安下站，一月二十三日至二十四日一九三九^④

××礼赞①

> ×× 哲学已经成了我们的国粹。②

××是不平常的东西，我赞美××。

这是我抄茅盾先生《白杨礼赞》书中《白杨礼赞》篇的第一句话，只是××在原文中是"白杨树"而已。我为什么要抄这一句话呢？原因是我见了《生活导报》的"××新闻"那一项目，禁不住想叫好或"喝采"一番——对××本身，却不知道礼赞文章该怎么着手，恰好在朋友桌上见到了《白杨礼赞》，于是一下子学会了开头。我倒要自夸青出于蓝了，因为《白杨礼赞》这个书名，虽然已比改作"白杨树礼赞"在神经过敏的读者一定觉得含义要大一倍，还远不如我这个题目含义无穷：××尽读者随意填去得了，可以代表一切。而且这样一讲，我头上这一句已经不费吹灰之力，全然变成了我的独创，可以因之而自成一家，全不犯一点抄袭罪，××可真神通广大！

××的神通也许就系于它的神秘。记得多年以前一位英国朋友和一位朋友合译了一些中国新诗，作为一集，在伦敦出版以后，送了几本给我们，让我们发现了一个很可笑的刊误，就是，③朋友何其芳先生的一首诗被分成了两首。原来其芳照西洋常用的办法，在诗中某一半行以后，把下半行另排一行，从下行的半中腰起始。结果叫英国手民误认为是另一首的题目，另起一面，于是平空多添了一首诗。后来在北平那位译诗的朋友遇见了一位英国的游客，大概也是作家一流的人物，偶然谈起了

---

① 本篇初载昆明《生活导报》第 22 期，1943 年 4 月 24 日出刊，署名"卞之琳"，重刊于上海《月刊》第 1 卷第 2 期，1945 年 12 月 10 日出刊，署名"卞之琳"。本篇从未入集，《卞之琳文集》也未收录此篇。此据《生活导报》本录存，并与《月刊》本对校。

② 这句话是文章前面的题词。

③ 此处"，"《月刊》本改作"："。

这一点刊误而表示不满①的时候，那位英国游客就回答说："这样更好，增加了一点神秘的美②。"

我们那位中国朋友是生气了，我却觉得他太不懂英国人的幽默，我现在更觉得那句话也合③义颇广，因为我想起了另一桩关于译诗的公案。

事情是这样。一九三八年春天从英国来了两位善意的青年作家，也许是我们抗战期间，到现在为止来过中国的外国人中最聪明的两位，一位是极有希望的小说家伊修乌德（Istherwood）④，另一位是被许多人认为英国当代第一名诗人的奥登（Auden）。在汉口一次文化界名流招待他们的茶会上，由于某先生即席吟了一首诗（大概是七绝罢），请另一位先生译成英文来读了，奥登就答读了先一日以一个死了的兵士为题材而写就的十四行诗，其文曰：（为了减少排字的麻烦，仅把我的译文抄在这里。）

> 他用命在远离文化中心的地方；
> ××××××××××，
> 他在一条棉被底下把眼睛阖上。
> 而从此消失了。他以后不会被提起，
>
> 尽管这一次战争编进了书本：
> 他没有从脑里丢了切要的知识，
> 他的笑话是陈腐的：像战时，他沉闷；
> 他的姓名就永远跟面容而遗失。
>
> 他不知道也不会挑选善，却教了大家，
> 给大家增加了意义如一个撇点：
> 他变泥在中国，为了叫我们的女娃

---

① 此处"满"，《月刊》本改为"满意"。

② 此处"神秘的美"，《月刊》本作"神秘美的"，当是《月刊》误排。

③ 此处"合"是原刊误排，当作"含"，《月刊》本同误。

④ 伊修乌德（Christopher Istherwood, 1904—1986），英国小说家，卞之琳翻译出版过他的小说《紫罗兰姑娘》。按，由于《生活导报》本纸张粗糙、字迹模糊，所以此处及下文的外文参照《月刊》本录出，不出校记。

好自由自在的爱土地而不再受尽

污辱而委诸群狗；为了叫有山，

有水，有房子的地方也可以有人。①

与奥登一样被誉为英国当代诗坛三杰之一的史本特（Spender），在翌年曾说过，奥登在中国写的那一套十四行诗，也许是到那时候为止，奥登所写的诗中最好的一部份，而依我个人的浅见，这一首亲切而严肃，朴实而崇高，更是②替中国抗战捧场的最好的一首诗。当时，有一位先生立即为奥登译成了中文，次日汉口各报就遍登了出来，奥登他们遇见某报新闻记者来访的时候，就请他重新把这首诗的中译文一个字一个字译成英文给他们看，于是他们有了一个大发现。我前面打××的那第二行原文是：

Abandoned by his general and his lice.

而以中译文译出的英文是：

The rich and the poor are combining to fight.

尽管大家抱善意，这当然不由③不叫人苑④尔了。我觉得即席译这首诗的那位先生未免太忠厚了。他为什么不为了增加一点"神秘的美"，而像我一样的打上××，读起来也可以把×读如"叉"，根据行中韵律的需要而加以四声的变化，如我们初学做旧诗的背诵"仄仄平平仄"诸类呢？

而这首诗中有一点也给了我一个很大的启迪。作者说那个兵士的工作等于打一个撇点（，）打撇点既⑤是渺小者的工作，在历史上写字还不见得太高，正惟打××者才最能完成其伟大。我很高兴。

---

① 以上这首十四行诗，《月刊》本连排而未分节。

② 此处"是"字，《月刊》误排为"有"。

③ 《月刊》本改"由"为"得"。

④ 此处"苑"字是原刊误排，《月刊》本同误，当作"莞"。

⑤ 此处"既"疑有误，或当作"即"，《月刊》本同作"既"。

我也实在不能不沾沾自喜。譬如我们的一些硬骨头的大学教授，既然无法与拉洋车的竞存，颇有些揭出润例[1]，规定若干元一首卖诗的，我相信这些前辈先生也就不能跟我这个后生小子竞赛，如果我也来干这一行，因为我有一个法宝，就是××哲学。靠这个法宝，我就可以大量生产，而且当真可以一挥而就，人家如果要我写一首五言绝句，我就可以全然不假思索，[2]在纸面上写下了平韵或仄韵的五言绝句的平仄公式。我就可以告诉顾客说，这比任何一首五言绝句都值钱，因为古往今来任何最好的五言绝句，差不多全跳不出这个如来佛的手掌。这个圈套，直可以说万物皆备于此矣。自然用"平仄"还不爽快，我可以更进一步而纯用××（这也正符合少用脑子多拿钱的尺度）。

　　××实在也是最方便的东西。我上边来那么一整行××的办法，其实还是从一位先生译诗的办法学来的一点乖。那位先生在译一首诗时，译到一行颇费解的诗句就来了一行虚点。[3]我觉得虚点不如××更耐人寻味，而责任又可以推诿给别人。我自己也有过这么一点经验，我有过一次在一篇纪[4]实文字里忘记了一个确实的地名，一时无从查考，觉得若单说"某处"似又会令人感觉太不确切，太不负责了，于是我深深感觉到打××的方便，而埋怨我一向的执拗脾气太不合我们的民族精神。

　　因此我也就觉得奇怪，多年来尽有人在那里提倡国音罗马字，提倡拉丁化新文字，却从没有人提议汉字××化，××既然深得了我们民族精神的精英，成了我们的国粹，或如蛮夷之邦的日本人说的那么俗气的"国宝"，一般老百姓只要教会认××就得了。而我也可以个别为外国人开汉文速成学校，××既容易认，又容易念，只消半分钟工夫我就教会他们一通百通，就可以给文凭或[5]授学位了。

　　不错，退一万步言，这些速成班毕业学生至少可以读报章，读杂志，

<hr>

　　① 此处"例"，《月刊》本误作"列"。

　　② 此处《生活导报》本标","，并注明"下接第三版"，《月刊》本转载时改","为"。"，并误将下面的句子另起一段。

　　③ 此句末的"。"，《月刊》本改为","。

　　④ 此处"纪"，《月刊》本误作"记"。

　　⑤ 此处"或"字，《月刊》本改作","。

因为时势所趋，报章杂志，也许为了竞存起见，终将尽成××。事实上，目前已有这一个现象：一种报章或杂志，××愈多，销路愈广。报馆和杂志社现在应该重订稿费的价目了。例如，普通稿费每千字假定为五元，××稿费就该加倍，一个刊物采用了一篇文章，如果登出来尽是××，刊物的销路一定会增加一倍。如果登出来只是一片空白呢？那比××更应该多给稿费。因为如果这一期因之而卖不出一份，那样更好，下期一定会增加十倍的销路，五倍的赢利，如卖牙膏的从每条售价二十元的时候，开始来一个空白（或者说××一下，××很像贴两张封条），然后再拿出来卖，一条就可以卖一百二十元了。[①] 然而连空白也不得[②] 又怎么办呢？不要紧，你不妨来一行字曰："此地并无空白一块"，这在效果上就等于写"此地无银三百两"。[③] 所以办法是无穷的，只要你一通了××哲学。

最后，还是让我扳起面孔来说[④]。我在这里并非只是开开玩笑，实在是想阐发一种深奥的哲理，供我们的哲学教授们参考。我用来作我的理论根据的，让我随便想一想，就有"无之以为用"[⑤]，"无为而无不为"，"无言而教"，西洋的象征主义，等等，等等，××，可不真包罗了万象？"满纸荒唐言"，我不觉又想以抄书作结了。这一次抄的是《红楼梦》，可是下句怎么办呢？我现在正得意忘形，全无"辛酸泪"啊！得了，得了，我"一××××"。

我赞美××。

---

① 《月刊》本删去了"如卖牙膏的从每条售价二十元的时候，开始来一个空白（或者说×× 一下，××很像贴两张封条），然后再拿出来卖，一条就可以卖一百二十元了"几句。

② 此处"得"字，《月刊》本改作"登"字。

③ 此处"。"，《月刊》本无。

④ 此处"说"字，《月刊》本改作"谈"字。

⑤ "无之以为用"出自老子《道德经》第三十一章，《月刊》本误为"知之以为用"。

意见，意见，还是意见

（读奥登《新年信》附注偶记）①

在中国，事实是从来不会错的，错的就是意见。②

一　意见与事实

W.H. 奥登在他的近著长诗《新年信》附注里有这样一条：

> 一位准备做哲学博士的学生，跑去对一位哲学教授说："我正在把美国的课程标准作一个比较研究。我的办法是比一下各重要科目的必读书的页数。先生可以告诉我贵学院的哲学一门里，有多大的数目？"
>
> "可是，当然，"哲学教授说，"五十页希腊文的亚利士多德，跟五十页的通俗哲学史并不一样啊。"
>
> "那，"学生回答说，"只是一种意见，页数是一种事实。"

这是他所注的诗中的这一句话："可量的东西管着量东西的人。"读了这条注，再看这一句话，我觉得正好切中了我们的时弊。粗粗看来，我们中国人却似乎轻质而重量——数目愈小愈好。③例如昆明市面上，就不要量多的毛钱　票，×××××××××××××××××××××××××××。④大家最要的是某一种硬东西，可是那种硬东西不是只一点点吗？一两的那种硬东西只是一而已，一万张毛钱票却是多大的数目！我们究竟是泱泱大国，大国民的气度。可是大国民实际上还是做了数目字的奴隶。因为

---

① 本篇原载昆明《生活导报》第 24 期，1943 年 5 月 8 日出刊，署名"卞之琳"。本篇从未入集，《卞之琳文集》也未收此篇。此据《生活导报》本录存。

② 这两句话是文章前面的题词。

③ 从"数目愈小愈好"回看上文"轻质而重量"，疑是作者笔误或原刊误排，或当作"轻量而重质"。

④ 此处 27 字被检。

我们是爱结实的具体的东西吗？我们实在是爱抽象的数目字。目前我们大家的努力似乎都集中在加速数目字，繁殖数目字，一切努力似乎都无非在用同一撮饵来钓更多的数目字，由一百增加到一万，由一万增加到——谁也不知道多少，而数目字又是放在无底的篓子里，一下子又溜到水里，化为无数倍。大家都在提炼数目字，大家都在不断的"抽象"，循环的蒸馏，想把盐水剩给人家喝，事实上自己只是在争取领导地位，领导大家喝盐水止渴，而终于大家渴死，谁说中国人缺少西洋的那种追求无尽的精神，浮士德的精神！中国在这一方面所表现的追逐自己的影子的精神，当为全世界其他人种所不及。于是就难怪我们在泽边上钓鱼中，就不知不觉坐到了高山的金顶——昆明的金价不是曾一度成为全世界的最高峰吗？

"你这是一种意见，"大家听了马上会回答，"万数是一种事实。"

这样天下倒就相安无事，各得其所了。奥登诗注里也正好有这么一段：

> 他的父亲是一个自由主义的政治家，极反对纳粹。他的母亲，早和他的父亲离了婚，常住德国，极反对闪族人。可是当他和一个有钱的犹太女人结婚的时候，他的父亲就大为震怒而他的母亲则十分高兴。

由此看来，意见是意见，事实是事实，两不相干。

可是在中国就如此两不相干吗，尤其是自己造成的事实与别人发表的意见？在中国，事实是从来不会错的，错的就是意见。一个人做错了事情，若有所责怪，就责怪人家为什么发现他做错了事情。所以大家在那里做追逐自己的影子这一类事情的时候，要相安无事，只有视若无睹。《新年信》附诗[①]里恰好又让我抄到一节：

> 当他四岁的时候，小约翰养成了曝露狂的习惯，晚间让安排就睡以后，老爱赤身裸体的来到餐厅里跳一圈。他的父母一心想不用大惊小怪来把他弄得更糟，认为最好的办法是不注意他。有一晚，他们请了一些客人来吃饭。他们就说明小约翰或许又要来这么一套，就请他

---

① 从上下文看，此处"诗"疑是作者笔误或原刊误排，或当作"注"，此文开篇所引"附注"可证。

们不去理他。果然他又下来了，绕屋子跳了一圈，才回去上床。

两天以后，他到祖母家里去小住。"婆婆"，他说，"你知道那天怎么了？妈妈的房间里有一盒 Vanishing Cream，我老想知道那是什么玩意儿，所以前两夜，我就用它涂个一身，在妈妈请客的时候，下了楼去。果然灵验，没有人看见我。"

雪花膏在英里[①]叫 Varnishing Cream，被小约翰看丢了一个 R，当成了"隐身膏"。我还是担心：如果被外边人撞见呢？或者，我们有一个事实，被外国人撞见了说闲话呢？

"那，"我们也可回答，恬不为耻，"只是一种意见，事实是事实。"

二　艺术与科学

奥登在《新年信》附注里来了这六行打油诗：

> 每个人对于食物
>
> 都采取科学态度；
>
> 想要吻他的太太，
>
> 他就上政治舞台：
>
> （这道理大致不差）
>
> 孤独时就做艺术家。

虽然是一句老生常谈了，第三点，也许因为和前两点是排在一起的缘故吧，还是令我禁不住要问：孤独时一个人怎么做艺术家呢？于是，我还是从奥登的诗注里转抄到一个回答，在前面另一处与此不大相干的一条注：

> 高尔基在日记里讲，他有一天撞见了托尔斯泰正在那里凝神的注视一只蜥蜴在一块石头上晒太阳。"你幸福吗？"托尔斯泰问蜥蜴说。然后，回过头来看准了没有人在旁观看，他十分机密的说了，"我并不。"

---

① 此处"英里"，原刊漏排一字，当作"英文里"。

可不是，一个人在那里这样子自言自语不就是艺术生活吗？然而，还是不行，正如奥登在附注中别处说到的，托尔斯泰的作品，并不像杜思妥依夫斯基那样的是寂寞人的文学。而我们都知道他的大著《战争与和平》，世界上最伟大的小说，更不是产生在孤独中，而写在新婚生活的美满中。至于和蜥蜴对话当是后话，不能断定他写那部小说的时候也要作如此的独语。尽管大家不提，这总是一个例外，而且是那么重大的例外。所以有了如意的太太并不是藉以为不做了艺术家的理由，只能反过来说知识分子或文化人总不大能满足于自己的太太，至少叫市井人看来是如此。

十字街头人（对不起，原谅我心直口快，）
　　对于人生倒看得很清楚，
一听到智识份子这名词他们就猜
　　是一个不忠于太太的丈夫。

这也是奥登诗注里的一节随感诗。对不起太太也许也就是一种艺术生活，不过在中国似乎不成立，因为在中国的传统里，丈夫对于妻子倒大多是抱的一种科学态度。反过来在礼义之邦，一位先生决不会艺术化到这般地步：为了要吻自己的太太而去做官，因为太太是自己的所有物，对之作任何动作，不管她愿意不愿意，还不是听便，何须绕那么大的圈子？如果把这两行诗解释为欲得一位太太而吻之而就去做官，在中国还可能，不过去谋官的时候，一个男子大致心里也只是想做了官可以得到许多东西，一个如意的夫人也只是许多物件中之一而已。懂生活艺术的决不会过艺术生活，例如傻傻的对一只蜥蜴告诉自己的不幸福；所谓怡情养性，不在任何事物上吃一点亏，实在是最讲究科学的生活。推而广之，中国传统里男子对于女子实在都持的科学态度，例如李笠翁在《闲情偶寄》里研讨女子的皮肤，可不是跟研究食物中一块肘子适不适于红烧没有什么两样吗？

当然卫道的读者马上会反对我这一番话，而可能说上一大堆，比我的好听得多，那我也可以回答说："老兄的也只是意见而已。"

伏枕草：洒脱杂论①

在今日，像魏晋人那样洒脱得虎虎有生气，笑便笑，哭便哭，骂便骂的，都够资格送进疯人院。②

一　责任以外

超乎责任以外，一个人就会做到洒脱罢？我现在问③了，④因为我向来不大懂洒脱。这大约⑤因为我不大病倒的缘故。我近来唯有一点足以自豪：不吃药，不打预防针，不忌饮食，也从来不病倒。当然，伤风，咳嗽，头痛，在我也司空见惯，⑥可是顶多叫我在不该躺在床上的时间内在床上躺个半天，⑦又不得不让我起来了。我们以为这种体格是我们老大民族的标准体格。⑧可是说来奇怪，也就因此，我现在明白，我才学不到我

---

① 本篇初刊昆明《生活导报》第 28 期，1943 年 6 月 6 日出刊，署名"卞之琳"；复刊于成都《燕风丛刊》第一集《一个军曹的礼物》，1944 年 5 月，第 8—12 页，署名"卞之琳"；又与《夜起草：前进两说》一并题为《草草两篇》，重刊于上海《月刊》第 2 卷第 2 期，1946 年 9 月 20 日出刊，第 17—20 页，署名"卞之琳"。《月刊》本在《草草两篇》之首并有卞之琳的一则题记云："最近三年来在昆明，除了教书，闭门工作，好像与世相遗的样子。但三年前（一九四三年春夏），忧国忧时，联大同人大家给当地小报（性质与上海一般的不同）发表杂感的时候，我于礼赞'××'之余，也一连写了些文字，昆明以外，极少知道。这些有关世道人心的文字，针对某一时，某一地，某些事的，自然无功于日后的'胜利'，于来日的和平更不会有什么贡献。可是，在另一方面，说来也怪，时过境迁了，我自己翻一些出来一看竟还感觉兴趣，没有什么要修正的意见，即检出'草草两篇'，交给索稿的朋友，想感觉兴趣的也许还不止周围几个人。六月十六日，上海。"本篇从未入集，《卞之琳文集》也未收录此篇。此据《生活导报》本录存，并与《燕风丛刊》本、《月刊》本相校。

② 这段话是文章前的题词，《燕风丛刊》本和《月刊》本没有这段题词。

③ 《燕风丛刊》本此处也作"问"，《月刊》本误作"闲"。

④ 《燕风丛刊》本此处也作"，"，《月刊》本作"。"。

⑤ 《月刊》本此处也作"大约"，《燕风丛刊》本作"大概"。

⑥ 《月刊》此处也作"，"，《燕风丛刊》本作"。"。

⑦ 《月刊》本此句全同，《燕风丛刊》本则作"可是叫我在不该在床上躺着的时间内躺上半天，"。

⑧ 《月刊》本此句全同，《燕风丛刊》本此句作"我以为这种体格，是我们老大民族的标准体格，"。

们民族的这个标准德性；①洒脱。可不是，我现在连躺几天中就多少尝到了一点这种德性的滋味。②尤其在昨天，在空袭警报声中。不"跑警报"也算是洒脱罢③？不，我近年来所以出此，只是因为懒，因为不肯吃苦。而且我还不尽释然，万一炸死，我总有点对不起人家的地方：至少我不该就④抛下我尚待完成的小说⑤。而昨天好了，当我躺在床上的时候，警报长鸣，我就十分心安，⑥一切责任不在我！而且死就等于解脱了一切责任。对于自己一条腿⑦最荒谬的挂在邻家高楼的檐角⑧，这种最洒脱的行为，死者也不担当任何责任。这样一想，我实在自觉够洒脱了。

洒脱可不一定舒服。我常常想如果我害到需要躺在床上静养的什么病，我准不会好，因为我躺不住，我是一个不安定的灵魂。现在我果然就躺不住。尤其在最洒脱的时候，就是在晚上⑨发高烧的时候，我不但⑩对外卸却了一切责任，对内也摒除了任何⑪意志的约束，⑫无奈我⑬朦胧中觉得自己的身体就像未死的龙虾⑭在油锅里一样的转侧难安。⑮而头脑里更像沸锅一样，多少观念，意像，在那里上下翻腾。仿佛阿诺尔德⑯曾

---

① 此处"；"是误排，当作"："，《燕风丛刊》本同误，《月刊》本改正为"："。

② 《月刊》本此句全同，《燕风丛刊》本此句作："我现在连躺几天中，就尝到了这种德性的滋味。"

③ 《月刊》本此处同作"罢"，《燕风丛刊》本则作"吧"。

④ 《燕风丛刊》本此处无"就"字。

⑤ 《燕风丛刊》本此处也作"小说"，《月刊》本则改作"工作"。

⑥ 此处"，"，《燕风丛刊》本和《月刊》本都误作"；"。

⑦ 《月刊》本此处同作"自己一条腿"，《燕风丛刊》本则作"自己的腿"。

⑧ 《月刊》本此处同作"邻家高楼的檐角"，《燕风丛刊》本则作"邻家的高楼檐角"。

⑨ 《燕风丛刊》也作"在晚上"，《月刊》本则作"晚上"。

⑩ 《燕风丛刊》本此处同作"不但"，《月刊》本则作"不想"，当是刊物误排。

⑪ 《月刊》本此处同作"任何"，《燕风丛刊》本则作"一切任何"，可能是排字工未看清作者的修改所致。

⑫ 《燕风丛刊》本此处同作"，"，《月刊》本则作"。"。

⑬ 《月刊》本此处同作"我"，《燕风丛刊》本则作"我在"。

⑭ 《燕风丛刊》本此处同作"龙虾"，《月刊》本改作"大虾"。

⑮ 《燕风丛刊》本此处也作作"。"，《月刊》本作"，"。

⑯ "阿诺尔德"可能指 Matthew Arnold（1822—1888），通译马修·阿诺德，英国诗人、批评家。

经在读了① Wuthearing Heights② 以后，写过几行诗说那些坟墓里该还扰攘着不安定的灵魂。我的头脑正就像这样的一个坟墓。由此我（也正因为在高热中，思绪脱了羁，③）不由不有点④相信迷信中所说的人死后，尤其是冤死后，尽管三魂渺渺，七魄悠悠，还会纠来缠去，在世界上游荡。⑤不行，我还是想不开。

那么还是让我以毒攻毒，索性不放任思绪，把它们集中在洒脱问题上，于是床倒黏得住我了。而且这样做，纯由于自私自利，不为人家打算，不负任何责任，我又（至少暂时的）感到了洒脱的好处。⑥真正的所谓"洒脱"⑦，我想庶几近之罢？

二 观赏与赞美

洒脱的另一方面也许正就是基尔克戛特⑧所说的"观赏的态度"（Aesthetic Attitude）。不过这位丹麦思想家⑨把这种态度特别应用在自己对于灾难的处置上，正合我们的"逆来顺受"，而我们的洒脱却似乎更习见于观赏人家的受灾难而无动于中，甚至拍手叫好。

数星期前，有一天下午我经过 ××⑩ 路，忽然听见前面有一种奇异的军号声⑪，多少人从两旁店铺涌出来站在道旁，⑫于是我看见前面来了

---

① 《月刊》本此处同作"曾经在读了"，《燕风丛刊》本则改作"在读"。

② Wuthearing Heights 通译《呼啸山庄》，英国女作家艾米莉·勃朗特（Emily Bronte，1818 — 1848）的小说。

③ 《月刊》本此处同作"思绪脱了羁，"，《燕风丛刊》本则作"思绪脱了轨"。

④ 《月刊》本此处同作"不由不有点"，《燕风丛刊》本改作"不由不"。

⑤ 《月刊》本此处同作"。"，《燕风丛刊》本则作"，"。

⑥ 《月刊》本此处同作"。"，《燕风丛刊》本则作"，"。

⑦ 《燕风丛刊》本此处"洒脱"二字无双引号。

⑧ 基尔克戛特（Søren Aabye Kierkegaard，1813—1855），通译克尔凯郭尔，丹麦哲学家，存在主义的先驱。《燕风丛刊》本将"戛"误排作"傻（优）"，《月刊》本将"戛"误排作"憂（忧）"。

⑨ 《燕风丛刊》本此处有"，"。

⑩ 《月刊》本此处同作"××"，《燕风丛刊》本则作"武成"。按，武城路是昆明的一条街道。

⑪ 《燕风丛刊》本此处同作"军号声"，《月刊》本此处则作"号声"。

⑫ 《月刊》本此句同，《燕风丛刊》本此句作："多少人从两傍店铺里涌出来，站在道傍。"

一队人马①押着两个囚犯，原来是枪毙人。那两个囚犯，一个垂头丧气的坐在洋车里，另一个却红着脸（大约是喝过酒），站在洋车上向左右吆喝着："我自从×××事变就参加××的啊！"我赶紧低头走开。我并不是心软得认为那一个②红脸大汉不应该死，他大概死有应得；我是心硬得恨多少该枪毙几次的都不见挨到一次。③我非常不洒脱。而且随即发现街边一个捧着一碗饭的店伙却边看边吃，津津有味，显然这一景颇能为他佐餐，④有如报上的一幅漫画⑤在西洋绅士的早餐桌上。

"看杀头"在中国是由来已久的一种制度⑥。看一切像看戏样⑦原是一种洒脱的态度。不过还能"看"当然是看别人。现在这一个场面在两旁看戏⑧人一定还觉得不够精彩。如果那个红脸大汉，不那样吆喝而代之以泰然的扬言："再过十八年就是一条好汉"！⑨那么大家一定会拍手叫好了。

不错，那个大汉实在不够洒脱，那样给自己辩正⑩也许正是怕死的表现，而洒脱的观⑪赏家总特别欣赏人家以洒脱的态度来对待临头的"千古恨⑫难惟一"的死。⑬

希腊悲剧《阿格门农》中女先知嘉桑诺瓦⑭，知危不避，听到合唱队

---

① 《燕风丛刊》本此处有"，"。

② 《燕风丛刊》本此处无"一个"二字。

③ 《月刊》本此句同，《燕风丛刊》本此句作："我是心硬得很，多少该枪毙几次的，都不见挨到一次。"

④ 《月刊》本此句同，《燕风丛刊》本此句作："显然这一景，颇能为他佐餐。"

⑤ 《燕风丛刊》本此处有"，"。

⑥ 《月刊》本此处同作"制度"，《燕风丛刊》本改"制度"为"风气"。

⑦ 《燕风丛刊》本作"看一切像看戏，"。

⑧ 此处"戏"，《燕风丛刊》本同，《月刊》本改为"剧"。

⑨ 《燕风丛刊》本以上三句作："不过还能'看'，当然是看别人。现在这个场面，在两傍看戏人一定还觉得不够精彩。如果那个红脸大汉，不那样吆喝，而代之以泰然的扬言：'再过十八年又是一条好汉'！"

⑩ 此处《燕风丛刊》本有"，"。

⑪ 此处"观"，《月刊》本作"解"。

⑫ 此处"恨"是原刊误排，当作"艰"，《燕风丛刊》本同误，《月刊》本改正为"艰"。按，"千古艰难惟一死"出自清代邓汉仪的七言绝句《题息夫人庙》。

⑬ 以上长句《燕风丛刊》本作："而洒脱的观赏家，总特别欣赏人家以洒脱的态度，来对待临头'千古恨难'惟一的死。"

⑭ 《燕风丛刊》本作"嘉桑诺氏"。

说她"有耐性，有勇敢的精神"，就回答说："凡是幸福的都不不^①会受到这样的称道。"

这句辛酸话^②也应只是更博得一声"说得好"而已。^③否则观众就^④不够洒脱了。

三 人与人情^⑤

完全放纵人情^⑥也就是洒脱罢^⑦？

我们的寄宿舍向××报社经常订有一份报^⑧，可是并不见经常的会送来。平时多送在外边××日报早就叫卖完了的午间。^⑨有时^⑩就第二天补送，有时则干脆补都不给补。最近我们发现了其中也有规律：我们最需要看报的时候让我们最看不到报（有警报日子自然不算）。^⑪星期日送报有时也放假。^⑫报到午饭后送来，我们所得到的新闻自然已是旧闻了。例如，前些时^⑬登北非战事结束，北非德军总司令被俘的那个消息的一天，又如上月十五日^⑭市空空战敌机被击落九架或十五架的次日，果然都证了实我们所发现的规律不：送。^⑮为什么呢？就因为那两天大家最爱看报，报纸销路好，送报的把人家定的报在外边卖了上算，回家去拿了

---

① 此处第二个"不"字为衍文，《月刊》本同衍，《燕风丛刊》本已纠正。

② 《燕风丛刊》本此处有"，"。

③ 《燕风丛刊》本此处作"，"。

④ 《月刊》本此处同作"就"，《燕风丛刊》本则作"也就"。

⑤ 《燕风丛刊》本此节题目作"人与人性"。

⑥ 此处"人情"在《燕风丛刊》本和《月刊》本均作"人性"。

⑦ 《月刊》本同作"罢"，《燕风丛刊》本作"吧"。

⑧ 《燕风丛刊》本此句作"我们的寄宿舍，经常向××报社订有一份报"。

⑨ 《燕风丛刊》本此处作"，"。

⑩ 《月刊》本同作"有时"，《燕风丛刊》本作"有时间"。

⑪ 《燕风丛刊》本此处作"，"。

⑫ 《燕风丛刊》本此处作"，"。

⑬ 《燕风丛刊》本此处有"，"。

⑭ 《燕风丛刊》本此处有"，"。

⑮ 此句有误排，其中"证了实"当作"证实了"，"："的位置也误置；《燕风丛刊》本作"果然都证实了我们所发现的不规律，送"，其中"不规律，送"仍是误排；直至《月刊》本改正为"果然都证实了我们所发现的规律：不送。"

不劳而获的一堆钞票①叫老婆儿女多高兴，多合乎人情！至于订报的人家呢？管他！

"管他呢！"不错，也正是洒脱的又一种表现。②

可是若然，空军人员到星期日也应该③不警戒，临到敌机来袭，也应该跟大家一样留在地上看热闹了。④

人之异于禽兽者，也就在人还知道顾到人家的人情。专放纵自己的七情六欲，凭本能生活，则所谓人情真无异于兽性⑤。

四　洒脱在那里

毕竟我身上余热未退，话里还满是火气，而说了半天，结果像只是证明了洒脱是坏东西，是自私自利，是"拆烂污"，是麻木不仁，是"管他呢"主义。这些也许都是⑥假洒脱，可是真洒脱在那里？

魏晋时代也许是真洒脱的时代罢⑦？不错，我们后世的洒脱似乎就是抄袭的魏晋人⑧。送报而不负责送到，可不就是学习《世说新语》里的殷洪乔。殷老先生真是洒脱之极，把人家托带的信一起抛在江里说让它们去，"沉者自沉，浮者自浮"，⑨白白的叫等信人望穿秋水。可是他还没有把那些信拆开了读人家的情书⑩给大家开心，没收珍物，或把信笺信套拿去卖给人家⑪包装花生米。现代人却只抄⑫了古人的一方面，而且即在消

---

① 此处"票"《月刊》本误排为"禁"；《燕风丛刊》本此处作"一堆不劳而获的钞票，"。

② 以上两句另为一段，《燕风丛刊》将这两句与上一段连排，当是误排。

③ 此处"应该"，《月刊》本同，《燕风丛刊》本则改作"是"。

④ 《月刊》本将以上两段连排为一段。

⑤ 《燕风丛刊》本此句作"则所谓人性直无异于兽性"，《月刊》本作"则所谓人情直无异于兽性"。

⑥ 此处"都是"，《月刊》本同，《燕风丛刊》本作"多是"。

⑦ 此处"罢"，《月刊》本同，《燕风丛刊》本作"吧"。

⑧ 此句《月刊》本同，《燕风丛刊》本作"我们后世的洒脱，就是抄袭的魏晋人"。

⑨ 《燕风丛刊》本此处无"，"。

⑩ 《燕风丛刊》本此处有"，"。

⑪ 《燕风丛刊》本此处有"，"。

⑫ 此处"抄"是误排，《月刊》本同误，当作"抄"，《燕风丛刊》本改正为"抄"。

极的洒脱这一方面还没有抄到家。[①]

那么洒脱也还有积极方面吗？对了，我想起看人家送法场而悠然吃饭也像是学《世说新语》里的王大将军，他让石崇连斩二[②]个行酒的美人还是不肯饮酒，颜色如故，而对劝他的王丞相说"自杀伊家人，何预卿事！"王敦的这种态度能说是执着吗？要说是洒脱，洒脱也自有其积极性了。他不动声色就是一个有力的抗议。而进一步，也照[③]《世说新语》讲，王子猷见人家有好竹，就"迳造竹下，讽啸良久"，简直不理主人；王子敬听说人家有名园，"不识主人"，当主人大宴宾客的时候，就闯进去，"游历既毕，指麾好恶，旁若无人"。现代的洒脱人做得到这样吗？这些魏晋人都洒脱得虎虎有生气，笑便笑，哭便哭，骂便骂，在今日都够资格送进疯人院。（其实《世说新语》这部书在我们今日看来也就是一个疯人院）所以，在大家鞠躬起来都还顾到对方的地位高低而[④]酌定度数深浅的世界，洒脱究竟在那里？[⑤]

---

① 此句《月刊》本同，《燕风丛刊》本此句作"而且在消极的洒脱这一方面去还没有抄到家！"。

② 此处"二"是误排，当作"三"，《月刊》本已改正。据《世说新语》："石崇每要客燕集，常令美人行酒。客饮酒不尽者，使黄门交斩美人。……每至大将军，固不饮，以观其变。已斩三人，颜色如故，尚不肯饮。"

③ 此处"照"，《月刊》本误排作"能"。

④ 此处"而"，《月刊》本误排作"面"。

⑤ 《燕风丛刊》本没有自"那么洒脱也还有积极方面吗"至此这一大段。这可能因为《生活导报》初刊本将这一段另排一页，《燕风丛刊》转载时没有注意到，漏排了这一段。

夜起草：前进两说[①]

一　"时间，前进呀！"[②]

不管怎样讲，喊"时间，前进呀！"总无甚用处，有时可能是最无聊的事情。[③]

前些日子我在书店门口看见了一方纸上大书特书着"时间，前进呀！"进门去一看，原来是一本苏联小说的中译名。著者卡泰耶夫的名字我还熟悉，只是我到今还只从英译文里读过他的一两篇短篇小说，那还远在十几年前，现在第一次听说到这个书名字。当时在书店里我只是把书翻一翻，也就让它过去了，然而回来了我就对于这个书名字愈想愈觉得奇怪。这是一个命令式的句子，可是时间不像人，催不催都一样，总是不舍昼夜的流逝着或者前进着，实在用得着人在旁边呼喝吗？于是我跟朋友们探讨着这句话到底怎样讲。结果大家认为这句话倒是只有在目前的中国人心里才喊得最响，最普遍。签签到，看看报的公务员在办公室里会不耐烦的喊着"时间，前进呀！"久候的旅客在车站上会焦灼的喊着"时间，前进呀！"等月底发薪的大学教授会忧愁的喊着"时间，前进呀！"估计战事三年五年就结束，想恢复当年的好日子的流亡人会喊着"时间，前进呀！"在苏联怎么也会有这样的叫喊呢？不得其解。

过了几天，我经过书店的时候，又进去翻了一翻这一本小说，摘读了一下卷末一位先生的介绍文，于是多知道了一点：这本小说是一种工厂

---

① 本篇最初连载于昆明《生活导报》第 34 期、第 35 期，1943 年 7 月 18、7 月 25 日出刊，署名"卞之琳"；后来又与《伏枕草：洒脱杂论》一并题为《草草两篇》，重刊于上海《月刊》第 2 卷第 2 期，1946 年 9 月 20 日出刊，署名"卞之琳"。本篇从未入集，《卞之琳文集》也未收录此篇。此据《生活导报》本录存，并与《月刊》本对校。

② 《月刊》本此节排在后面，所以题为"二'时间，前进呀！'"

③ 这段话是此节的题词，《月刊》本没有这段题词。

史，是写苏联第二个五年计划的，写工人竞赛打破成绩的最高纪录，以响应国家领袖的号召——"加快速度"，而"时间，前进呀!"原来是玛雅柯夫斯基的一句诗。

可是，这句话究竟怎样讲呢? 我还是不得其解。"加快速度"，当然并不是叫时间，是叫人。那么人还唯恐赶不上时间。与时俱进，还用得着催时间前进吗? 也许读了全书我自然会明白，无奈全书这么厚，要我读，我至少暂时总得要连连喊"时间，慢点走罢!"于是一位朋友就为我解答说也许"时间"两字底下得另加一个惊叹号，表明还是对人讲的，意思是："别忘掉时间，时间过得多么快，你们快前进啊!"这倒较为近情理，可是总不免太曲折了;直捷一点还如改为"时间在前进啊!"那也就可以收警惕的功效，可是又缺少了新奇，突兀的力量。而这样简单的字句，虽然不知道原文是什么，我们想也总不至于译错。不过那位先生的介绍文里也曾说到凡拖住时间的就是落伍，时间，同样的，又怎能拖得住呢? 唔，我现在想起奥登在汉口，对于那些过着忧郁的室内生活，以吃喝，饶舌，打牌度日的白俄人，曾经说过这句话："他们的钟都停在一九一七年。以后一直是吃茶点时间。"那么"时间，前进呀!"也就简简单单的只是一个文学的说法，譬喻的说法而已。时间也未尝不可以代表时代，这也就是我早已在《慰劳信集》的最后一首里说的[1]：

> "等前头出现了新的里程碑，
> 世界就标出了另外一小时。"

这里的"另外一小时"也就相当于奥登的诗集名字"另一时"（虽然我写那首诗的时候—— 一九三九年十一月——并没有先想到要这样解释，也还没有听说奥登同年出版了一本新诗集叫《另一时》。）

不过，把那本小说名字这样讲也还是太不切实了，而想像也总该自有其逻辑。再想一想，我觉得"时间。[2]前进呀!"这一个叫喊在实际上也

---

[1] 此句在《月刊》本里改作"这也就是我早已在上引的那一篇诗里所说的"。按，所引诗句出自《慰劳信集》第20首《给一切劳苦者》。

[2] 此处"。"当是误排，《月刊》本已改正为"，"。

可通，也会合乎苏联的精神。例如要达到一个数目，自信每小时都不会白费，都会有若干件东西造出来，那么叫时间快前进就等于叫件数快增加了。又如，美国相信到一九四三年底可以把飞机架数增达到若干万，美国人也大可以理直气壮的喊"时间，前进呀！"在英国也未尝不可以这样喊。不错，这是一个苦难的时代，全世界都会喊"时间，前进呀！"而实在极少人会像浮士德最后对现刻说："你这样美好，停住罢！"（发国难财的暴发户也不会这样说的，而也会热烈的叫喊"时间，前进呀！"因为他们的财会与时俱进，佳境也总永远在前头。）照《浮士德》讲起来，要时间停住就是恶，尽管我们的哲人向往于"日长如小年"的境界，究竟我们大多数都感觉到"度日如年"啊。可哀的是，我们中国尽管站在一边跟我们"盟国"一起喊"时间，前进呀！"时间过去了，各得其报，却不会有什么报答空空的呐喊。

然而不管怎样讲，喊"时间，前进呀！"总无甚用处，有时可能是最无聊的事情。时间总是非人力所能催得快的，一个人至多能把自己表上的记号拨快而已。我想倒还是上引的我自己的那两行语不惊人的平凡诗里所讲的办法似较合实用：你走到看见前头一块新的里程碑了，世界就自然而然，不知不觉的进入了一个新时代。这可不是正合我们走路的经验吗？钟表的原理也就是如此，发条旋开一转又旋开一转，旋到一定的长度，钟铃就响起了一个新的数目或者表面上就跳出了一个新的数目字。是的，眼前也即是一例：我现在中夜无眠，只能想想病人痊可后也许会静静的吟味着"病后清宵细细长"①，自己心里却只想喊"时间，前进呀！"而时间总是那么迟迟不前，可是等我披衣起坐，不再催时间而埋头写完这二三千字，才抬头一看，倒好了，表上早已轻而易举的已我标明了四点②，离破晓当真就不远了。

---

① 此句《月刊》本作"只能想想别人也许会静静的吟味着'卧后清宵细细长'"。按，"卧后清宵细细长"出自唐代李商隐的《无题·重帏深下莫愁堂》，《月刊》本据李商隐原诗改正了《生活导报》本的误记。

② 此句中第二个"已"重复使用，可能是原刊误排或作者笔误，据上下文第二个"已"也许当作"为"或"给"；《月刊》本此句作"表上早已轻而易举的已给我标明了四点"，当是作者改"已"为"给"，却被《月刊》一并连"已"也误排上了。

二　"行行重行行" [①]

　　"不怕进几步也许要退几步，
　　四季旋转了岁月才运行" [②]

　　"行行重行行"这一句诗，在英国翻译中国诗译得最好的魏莱先生（Arthur Waley）的笔下就成了"on and on, always on and on"。这初看起来 [③] 在英文里的确新颖，对于原文也十分忠实，但早就叫我跟朋友们开玩笑说了："ON 应该倒过来，改为 NO——no And no always no and no，因为我想想又觉得不对，总还是想想又觉得不对。"

　　"行行重行行"，既然后边紧 [④] 接了"与君生别离"，显然是欲行又止，走走又停停，走走又停停，全然依依不舍的意思。果然詹姆士·乔也思（James Joyce）在他的早期小说《青年艺术家的画像》里甚至于进一步而全用了 ON——"on and on and on and on"，效果非常动人：书中的主人公看着许多女孩子在海里戏水，一个人在海滩上踽踽独行 on and on and on and on，何等凄凉，殊不下于"与君生别离"的"行行重行行"。然而"on and on, always on and on" [⑤] 译到中文里究竟还是"前进又前进，总还是前进又前进；如果节去"又"和"总还是"，稍稍改一下节奏，就成了我们《义勇军进行曲》里的"前进，前进，进，进，进！"这样一来，与"行行重行行"恰正失之千里了。叫西洋人了解"行行重行行"，最简便的方法，也许无过于请他陪一位中国旧绅士一块儿散步，如果不挽着手臂，不谈着话，他就不能不走了一会儿又得回过头来等一等，于是走走又停停，走走又停停——对了，"行行重行行"的步伐也就像这样。

---

　　① 《月刊》本此节排在前面，所以题为"一 '行行重行行'"。按，《行行重行行》是《古诗十九首》第一首。
　　② 这两句诗是此节的题词，《月刊》本没有这段题词。按，所引诗句出自《慰劳信集》第 20 首《给一切劳苦者》。
　　③ 《月刊》本此处有","。
　　④ 此处"紧"，《月刊》本作"紧紧"。
　　⑤ 此处《月刊》本作"on and on, always on"，漏排了末尾的"and on"。

如此说来，我说该把 ON 改成 NO，倒也像不是全然说魏莱先生译得不对，而另有其正确的意义："no and no always no and no"正是"不走罢，总还是不走罢"的意思。说"不走罢"，无可奈何，并不是不走，还是走。一本英国新出版的小说讲到美国人在上海照例喜欢买一种绸衣物回国送女朋友，其中有些上边绣着"no, no, no, ① a thousand times no!"这里的否定实在多么富于肯定的诱惑！当然，这一点瞎扯来未免太不经，也比得太不伦了，可是这正好说明了"不走罢，总还是不走罢"在行动上尽可以就等于"还是走，总还是走"，于是"no and no, Always no and no"倒传出了"行行重行行"的神情。

这当然还是笑话，可是把"行行重行行"这样的一解释，我们对于历史的步伐或进行的方式，倒又可以得到一个明白的观念。"行行重行行"，断章截义的说来，也可以是一个曲线的进行。历史在终于复合以前，正中必有反，而我们的旧说"周而复始"现在大家也知道最好应解作"螺旋式"而并非"圆圈式"，所以反中还是正。我在《新的粮食》中译本前头的序文（即《纪德和他的〈新的粮食〉》一文见《明日文艺》第一期）②里，讲到"浪子回家"的时候，曾经说："浪子回来而他的弟弟出去——这里包含了永久性，可是这不是尼采所谓的'永久的回复'。浪子的弟弟是年轻一代人，他如果再回来总是跟浪子不一样的回来，而他自然也有更年轻的弟弟。不错，明年的春天会再来的，可是总是另一年的春天了，园子里的花木会一样的开花，可是多少总是改变了一点，增加了枝叶或者相反的衰老了一点，而衰老了一点也是让下辈多舒服一点，总之，不能不算是进了一步。"

这也就是我早已在《慰劳信集》（见《十年诗草》）的最后一首里说的：

> "不怕进几步也许要退几步，
>
> 四季旋转了岁月才运行。"

---

① 《月刊》本此处无"，"。

② 《月刊》本删去了此处的这个文内夹注。

当初（将近四年前）在大家乐观的顶点，倒还亏我也想到"也许要退几步"，可是我如今却心惊于这"不怕"二字了。"不怕"是好的，应当的，怕只怕光是"不怕"。附着或推着车轮走，一度又一度的向后转，果然是前进所少不了的步骤，可是有些泥块或手从轮边上摔退了出去也就永远摔掉了。世界历史上不正有多少民族就这样一蹶不振或永远灭亡了吗？自然，这种民族的衰落，灭亡，从全处和大处看来也未尝不公平，也未尝非世界之福，可是走上这条向下的道路去的民族自己总不能那么释然。以前，远在战前，吴稚晖先生似乎说过"天下本无不亡之国"，道理寻常，天下也本无不死之人，可是那句话里充满了多大的沉痛，多大的愤慨。

自然，进退也许是全凭主观的说法，你说是退，也许人家就以为进。而且从大处说来，我们向西康走，向昆仑山脉走，也未尝不是回上海的旅程。甚至于"我们的地球上也本无所谓上下，"如我在那篇序文里说的，"我们全是在某一点或面上相对的立下了标准，"可是"也只有从此出发，我们才有可为。""冬天既然要来了，春天会太远吗？"雪莱 ① 说得果然不错（见《西风歌》），可是西风后边带来的现实究竟是冬天。我们总不该以迎春的办法——减穿衣服——来代替入冬的准备——加穿衣服。又如此刻夜已过半，黎明果然就在前面，可是若在昨日下午就如此说，把入晚当破晓，到夜里代睡眠以起坐，像我现在一样，又岂得谓正常，岂得谓通？

所以，"on and on，always on and on"究竟不等于"no And no，Always no And no"，退不等于进，正不等于反，是不等于非。

---

① 此处"雪莱"，《月刊》本作"雪来"。

衣修乌德《柏林日记》抄[①]

报纸终于也掩不了血渍。[②]流眼泪不足以尽哀,佩黑纱不足以志痛。话不知从何说起。电影院正在上映《会师柏林》倒正好显示了深长的意义。电影说希特勒以纵火上台,请看下场——火烧柏林!电影里用了德国旧片子作为对照,现在倒像电影被用来插在现实里作为对照,历史好像颠倒过来了。我不由不想起当代作家衣修乌德(C.Isherwood)写德国纳粹上台那一段日子的《柏林日记》。

请看当年的柏林是这样:

> "在一家咖啡店里偶然听到:一个年轻的纳粹跟他的女友坐在一起;他们正在讨论党的将来。那个纳粹是醉了。
>
> '哦,我知道我们会得胜的,一点也不错,'他不耐烦的嚷了,'可是这还是不够!'他用拳头打桌子:'血一定得流'!"
>
> "那个女孩子抚摩他的手臂,安他心。他[③]设法使他回家去。'可是,当然,血正要流呀,亲爱的,'她温慰的作喁喁软语,'领袖在我们的程序里早答应下这一点了。'"。

当年的柏林是这样,在纳粹在街上逞凶,作出了所谓"怪现象"(queer sights)以后:

> "现在有几十个人在旁观。他们似乎惊讶了,可是不怎样震骇——这种事情发生得太司空见惯了,如今。'无奇不有……'他们

---

① 本篇原载昆明《时代评论》周刊第 7 期第 3 版,1945 年 12 月 13 日出刊,署名"卞之琳"。本篇从未入集,《卞之琳文集》也未收录此篇。此据《时代评论》本录存。

② 1945 年 12 月 1 日,国民党特务和军人围攻西南联大和云南大学等校,毒打学生和教师,甚至投掷手榴弹,炸死西南联大学生潘琰和李鲁连、昆华工校学生张华昌、南菁中学青年教师于再等 4 人,重伤 29 人,轻伤 30 多人,造成震惊中外的"一二·一"惨案。本篇写在"一二·一"惨案后第三天,当是有感而发。

③ 此处"他"疑是原刊误排,或当作"她"。

低声说。二十码以外，在波茨坦街角，站着一队全副武装的警察。挺着胸，手握着枪带，他们堂堂皇皇的不理这一整回事件。"

当年的柏林是这样：

"今早我走过比洛街的时候，纳粹们正在袭搜一家开明的和平主义的小书店。他们开来了一辆大卡车，向里面堆着这一家书店的书。开车的含讥带讽的向观众朗读一本本书的名字：

"'Nie Wieder Krieg'（'不再要战争'）！他嚷着，把一本书从封面角上提起来，非常憎恶的样子，仿佛那是一条毒蛇。"

最后，杀的杀了，关的关了，希特勒上台了以后，在光天化日下，衣修乌德说：

"不。即在此刻我还不能完全相信这一切当真发生过。"

抄了这几段我简直糊涂了。我当然更不能相信我自己的耳朵和眼睛，因为这里是本领不如人家的，组织能力不如人家的，"精神"也不如人家"文明"的中国。希望我们不会想用"神州陆沉"的代价做一个千古的大笑柄。

十二月三日

帝国主义的如意算盘^①

这一次，美帝国主义者好像非常"科学"的打了他们的如意算盘。他们打发一帮傀儡发动战争，想得真上算，既可以摧毁朝鲜的人民政权，扩大而占领全朝鲜，又可以含血喷人，藉口侵占我们中国的台湾，明目张胆的阻挠菲律宾、越南等国的人民解放斗争。现在事实已开始证明他们的算盘打得非常不科学。任他们找藉口也罢，不找藉口也罢，社会主义国家的人民，人民民主国家的人民，甚至帝国主义国家的人民，都看得清清楚楚：帝国主义会出什么花样。即便他们发急了，穷凶极恶，撕下联合国旗当遮羞布也是枉然，亚洲人民，全世界人民毫不吃惊。现在反而只有叫美国记者招认他们自己的害起了"吃惊病"。

他们怎能不吃惊？他们以为开出了第一枪，几天之内就可以占领朝鲜人民的临时首都平壤，可是三天之内反而李承晚匪帮被逐出了他们所盘据的朝鲜首都汉城，他们当然吃了惊。送军火接济匪帮还是丧师失地，他们当然又吃了惊。派飞机兵舰来行凶，结果被打落的打落，打沉的打沉，还是阻止不了人民军的反攻前进，他们当然又吃了惊。派自己的地面部队来打，一败于乌山，再败于平泽，三败于天安，被歼的歼，俘的俘，终于大规模使用坦克作战，又败于乌致院，被歼被俘得更多，还是挽不回颓势，他们当然又吃了惊。以后当然还有一大串要叫他们吃惊的事情。他们以为宣布侵占台湾就可以吓昏了我们中国人民，可是我们不但不吃惊，而且更普遍深入的痛恨了美帝国主义者，更加紧的从事准备，更具迟早解放台湾的信心，他们当然又吃了惊；我们要叫他们接二连三吃惊的事情还在后边。菲律宾、越南各国的人民也不但不吓昏，而

---

① 本篇原载《文艺报》（半月刊）第 2 卷第 9 期"反对美国侵略台湾朝鲜"特辑，1950 年 7 月 25 日出刊，第 8 页，署名"卞之琳"。本篇从未入集，《卞之琳文集》也未收录此篇。此据《文艺报》本录存。台湾指中国台湾地区。

且也准备叫他们吃惊了又吃惊。战争制造者们，等着个个惊疯了，学福莱斯特跳楼①吧！片面的"科学"算盘，不顾真理，不顾人民的力量，永远会打错：全世界的人民定叫你们事事不如意！

---

① 福莱斯特（James Forrestal，1892—1949），1947 年 9 月 17 日至 1949 年 3 月 28 日担任美国首任国防部长。他 1949 年 3 月 28 日辞去了国防部长之职，随即住进了皮斯达海军医院，5 月 22 日在该医院跳楼自杀。

粉碎想钻我们空子的任何敌人 [1]

长期伪装革命而实际一贯反对革命的胡风集团的罪恶活动一再被揭露出来了，五月二十五日中国文学艺术界联合会主席团和中国作家协会主席团联席扩大会议的五项决议是绝对必要和非常适时，我完全拥护。

胡风反动集团，阴险毒辣，无孔不入，在我们阵营里到处乱钻，危害性极大，值得我们大张旗鼓来对它进行坚决彻底的斗争。我们并不满足于仅仅拔除它的"集束手榴弹"或定时炸弹，我们一定要彻查底细！

我刚去过农村，深切感觉到隐蔽的敌人，在我们社会主义改造和社会主义建设事业里钻空子所造成的严重危害性。彻底揭露和严厉制裁胡风反革命集团的阴谋活动，对我们任何方面的工作者，对我们全国人民，的确都有极大的意义。

这次对胡风反革命集团进行的斗争也给我们指出了：我们必须在党的英明领导之下，加强理论学习，掌握批评和自我批评的武器，提高政治警惕性，准备随时粉碎想钻我们空子的任何敌人！

---

① 本篇原载上海出版的华东文联机关刊物《文艺月报》1955 年第 6 期关于胡风事件的批判特辑（内收巴金、许杰、靳以、傅雷、柯灵、王西彦、张瑞芳、周小燕、王文娟等二十多位文艺工作者的表态性批判短文），第 18—19 页，署名"卞之琳"。本篇从未入集，《卞之琳文集》也未收录此篇。此据《文艺月报》本录存。

生平与工作[①]

我于 1910 年 12 月 8 日出生在江苏海门的一个江边小乡镇。国民小学四年毕业后，曾进过一年私塾补习国文，才上二年制高级小学。初级中学三年，我在本县上了三个学校，因学潮失败而随同学转了两次学。1927年秋我到上海进浦东中学高中部，两年就毕业；1929 年靠借钱和亲友资助，北上进北平北京大学英文系，1933 年毕业。

旧文学是我从小在家里找到的一些旧书中自己学了一点，后来才接触到新文学。我在高级中学的时候，在读《思想》杂志等和一些进步文艺论著的译本感到难懂的同时，开始从原文接触到了一些英国诗；上大学一年，稍懂了一点法文，就又从原文读了一些法国诗。我在浦东中学悄悄写了一个短篇小说《夜正深》，大约在 1930 年修改后署名"季陵"，发表在北平杨晦编的《华北日报》副刊上。1930 年秋后到冬天，我在苦闷中暗暗地写了一些诗，第二年初，被刚回北京大学教我们英国诗这门课的徐志摩知道了，要去，到上海和沈从文一起读了，没有跟我打招呼，就分发给《诗刊》等刊物发表，而且亮出了我的真姓名。自后我和李广田、

---

① 本文是卞之琳应徐州师范学院《现代作家传略》编辑组之约所写的自传。卞之琳在 1978 年 12 月 23 日写出第一稿，以《卞之琳（自传）》为题收入徐州师范学院《中国现代作家传略》编辑组所编《中国现代作家传略（第二辑）》，1979 年 1 月印刷，第 4—10 页；本文则是《卞之琳（自传）》的修订稿，收入公开出版的《中国现代作家传略》（上集），四川人民出版社，1981 年 5 月出版，第 69—75 页，文前有卞之琳手写签名和照片一帧。按，《书屋》杂志的编辑周实在《卞之琳先生》（收入其所著《老先生》一书，华夏出版社，2015 年 4 月出版，第 18—27 页）中提到，"当时的《书屋》（上个世纪九十年代）曾经得到了一套只在内部发行的、七十年代铅排的印数也是非常少的《中国当代作家自传》，打算就此开个专栏，连载这些作家的自传，其中就有卞先生的"，"后来，我在网上搜索，也没查到这篇《自传》，《卞之琳纪念文集》中也没收入这篇《自传》，《卞之琳年表简编》里也没提到这篇《自传》"，周实乃在《卞之琳先生》一文中照录了卞之琳的这篇《自传》之全文。检点周实文中所附《自传》的内容及其末所署写作时间（1978 年 12 月 23 日），可知它就是这篇自传的第一稿。《生平与工作》则是《卞之琳（自传）》的修订稿，叙事翔实、表述准确，是此后卞之琳所有"自传"文字之祖本，所以特别重要。本文从未入集，此据《中国现代作家传略》（上集）录存，并与《中国现代作家传略（第二辑）》里的《卞之琳（自传）》（以下简称《卞之琳（自传）》本）对校。

何其芳等写诗同学过从日密，跟清华、燕京等大学的一些写诗同学有交往，和外地的臧克家从通信中相熟，并接触了师辈闻一多等人。1933 年我在大学毕业前，把上年秋天写的一些诗编成一小本集子《三秋草》，印行了三百本①。

大学毕业后，我两度在中学教书。一次是在保定育德中学教了一学期（1933 年下半年）；另一次是在济南省立高级中学教了一学年（1935—1936 年）。

到 1937 年全面抗日战争起来为止，文学翻译就是我谋生的职业。1934 年上半年，我在北平为天津《大公报》等零星翻译西方作品（大部分收入 1936 年商务印书馆出版的《西窗集》，其中保尔·福尔的《亨利第三》和译全了的里尔克的《旗手》后来在昆明文聚社合并出了单行本）。1935 年上半年我曾去日本京都住了五个月，主要是特约为中华文化基金会译完英国现代文学传记作家斯特莱奇的《维多利亚女王传》（后来在商务印书馆出版，被截头去尾，不见了前言、附录等），同时自己译完了后来在上海文化生活出版社出版的纪德《浪子回家集》的所余各篇，还译了阿左林的一些作品。1936 年秋后，我在青岛住过三、四个月，为中华文化基金会特约译出纪德长篇小说《赝币制造者》（回北平交了稿，以后下落不明）。1937 年春天，我南下在上海、杭州，自己译出了贡思当小说《阿道尔夫》（后来在文化生活出版社出版）、阿左林的另一些作品（编成《阿左林小集》后来在重庆国民图书出版社出版）、纪德在一度左倾期间写的《新的粮食》（后来在桂林明日社出版）和再为中华文化基金会约译的纪德《〈赝币制造者〉写作日记》（稿佚）。当年夏天继为中华文化基金会译出纪德小说《窄门》（后来自己交文化生活出版社出版了）。

其间，从 1934 年秋天到 1935 年春初，我在北平还做过半年的编辑工作。我协助靳以在郑振铎主持下编辑《文学季刊》，特别是它的附属小型创作月刊《水星》。

由于编辑工作，更由于作为编委的郑振铎、巴金两位热肠人的影响

---

① 此处"三百本"，《卞之琳（自传）》本原作"百多本"。

下，我从学院到文坛，从北平到上海，开宽了一点眼界，开广了一些交游。戴望舒在上海编《新诗》月刊也要我挂名当了编委。

写诗我还只是偶一为之。1934年郑振铎为上海商务印书馆编一套创作丛书，要我出一本诗集，我自嫌太单薄，就和何其芳、李广田同属早期的诗作，合编成《汉园集》，到1936年才出版（而且印丢了一小篇题记）。在出版这本诗合集以前，1935年我为巴金在文化生活出版社编的《文学丛刊》第一辑凑成了自己的一本小诗集，叫《鱼目集》，当年就先出了。我在1937年春天，主要在江南游转的时候，又写了一些诗，编成一小集，没有来得及出版。

"八·一三"后一、二天，我和芦焚从雁荡山赶回到上海后，自己一个人经武汉于10月初到成都，在四川大学外文系当讲师。在那里我又先后重逢了一些经过离乱的旧识，也新识了沙汀等作家。我和何其芳、方敬以及四川大学的同事朱光潜、罗念生、谢文炳等自费用土纸出了几期小型半月刊《工作》。

大势所趋，我在1938年暑假前也有点思动，但只是想通过延安到敌后作战的八路军和抗日根据地去转一转，访问和生活一番。由于何其芳的积极活动和沙汀的积极联系，我随他们终于8月底到了延安。

我在另一个世界里，视野大开，感觉一新，也读了一点理论，若有所得。在大庭广众里我见到过许多革命前辈、英雄人物，特别是在周扬热心安排下，和沙汀、何其芳一起去见了毛泽东同志[①]。后来在前方太行山内外的部队里和地方上还接触过一些高层风云人物，特别是在十八集团军总部见过朱德同志[②]，还有许多英勇的各级领导和军民[③]。

还在延安客居期间，我写过一、二篇听来的小故事，发表在刘白羽编的小刊物《文艺突击》上，也写过一个短篇小说《石门阵》，发表在延安周扬主编的《文艺战线》上。1938年底跟吴伯箫等在总司令部停留一阵的时候，我写了几篇连贯性的报告文学，总名《晋东南麦色青青》，寄回

---

① 此处"毛泽东同志"，《卞之琳（自传）》本原作"毛主席"。

② 此处"朱德同志"，《卞之琳（自传）》本原作"朱总司令"。

③ 《卞之琳（自传）》本此句原作"还有许多各级英勇的领导和军民"。

延安，也在 1939 年《文艺战线》上连载了三期。1939 年初，我还在太行山东南一个农家的磨石上信手写出了一个短篇小说《红裤子》，寄到西南"大后方"朋友处，被交给昆明西南联合大学的《今日评论》上发表了（还被译成英文，发表在英国《生活与文学》杂志上，其后被收入英、美出版的两种中国短篇小说集）。

　　将从延安出发去前方的 1938 年 11 月初，我响应号召写"慰劳信"（"慰劳"一词当时用起来等于今日我们用的"致敬"），就用诗体写了两篇。我在前方陈赓旅第七七二团随军生活了几个月，回到延安，在鲁迅艺术学院文学系临时任教一短期的时候，写出了《第七七二团在太行山一带》一小本报告文学的头两章。1939 年 9 月初回到成都，随四川大学搬去了峨眉山，我在那里的雷音寺续写完《第七七二团在太行山一带》，随即一气又写了十几首诗编成一小本《慰劳信集》。这两本稿子都被朋友陈占元带到香港，于 1940 年出版于明日社。1942 年我让桂林明日社出版了自己的诗汇集《十年诗草，1930—1939》，把《慰劳信集》全部收入了，只是删去了各诗的题目，接着想再删去二、三首，却已经来不及了。

　　1940 年暑假，我转往昆明，在西南联合大学任外文系讲师，三年后升任副教授，1946 年再定级为教授，5 月底即离开昆明，但迟迟①至 11 月才复员到天津南开大学教课，第二年暑假前就南下准备出国。

　　皖南事变后，我妄以为在统一战线问题上没有什么好谈了，就从 1941 年暑假起不问外事，课余一心埋头写我的一部定名为《山山水水》的长篇小说，自以为我只有写出它，才对国家和人民会有点用处。1942 年初，我曾因私事到重庆，被周恩来同志②知道了，承邀去亲切晤谈并留吃晚饭，深为感动。但我回昆明后，仍固持先写完小说再去考虑其它问题。1943 年 8、9 月我写完全部草稿后，又想用英文来译改，这更没完没了。后来，从昆明到天津去以前的 1946 年夏秋，我先后在无锡太湖边的古庙和朋友钱学熙的西乡老家，完成了上篇的英文初稿。抗战期间我就只在

①《卞之琳（自传）》本此处也作"迟迟"，第二个"迟"疑是衍文。
②此处"周恩来同志"，《卞之琳（自传）》本原作"周总理"。

1945 年译了一本小书，即衣修午德的《紫罗兰姑娘》。

1945 年英国文化委员会决定邀我第二年以"旅居研究员待遇"去英国住一年，后来把行期推迟至 1947 年暑期。我在 1947 年 9 月到了英国，与牛津大学拜理奥学院取得联系，作为那里教师席上一星期吃两次饭的常客。我在那里无非还是继续修改我的半部小说英文稿。一年期满后，我还留下来，迁居到牛津以西几十公里外的中世纪山村，继续埋头写作。但在冬天的重雾里，忽然天天从大报的头条新闻上看到了淮海战役的消息，如梦初醒，我才搁笔，于年底乘船回国，四星期后到香港。候船北返期间，我曾从英文稿译回两章小说，交周而复编的《小说》月刊发表（小说上篇中文稿未带出国，后来回国找到了，就跟上①篇一起自己处理了）。1949 年 3 月中旬，我和戴望舒等数人乘货船北上，经塘沽直接回到了北京。

我回到北京后不久，就被北京大学找去在西语系任教。1952 年院校调整后，成立北京大学文学研究所（后改属中国科学院），我就改任该所研究员；1964 年另成立外国文学研究所，我也就改属新所（即今日的中国社会科学院外国文学研究所）。

解放后我出席过全国文代会，被选为历届作家协会理事，先列名《诗刊》编委，后改列名《世界文学》编委。

经过十一年不写诗后，我在 1950 年抗美援朝运动开始期间，又一口气写了一些诗，分别在各报刊发表后，差不多都收入了诗集《翻一个浪头》（上海平明出版社出版）。虽很快完成任务，但绝大多数经不起回头再读，主要是缺乏真实生活气息。

我后来多次下乡，时间有短有长。1951 年初春我参观和参加江苏吴江土地改革运动，回来就写了两篇报道文章，一篇《两种光景的交替》，发表在《新观察》上，一篇《两种文化的消长》，发表在《文艺报》上。1953 年我在浙江新登参加农业合作化试点工作，多次出入苏州农村交流经验，快到年底回京，写了《秋收》五首诗分别发表在 1954 年初的《人

---

① 《卞之琳（自传）》本此处同作"上"，从上下文看，"上"疑是误排，或当作"下"。

民文学》和《文艺月报》上。1958 年的热潮里我主要写了《十三陵水库工地杂诗》这几首，见当年 3 月份《诗刊》。

解放后我出国两次。一次在 1955 年 11、12 月间往波兰出席密茨凯维支纪念会并访问各地共一个月。一次在 1961 年 5 月随张光年列席东德作家大会并访问各地又共一个月。

我于 1956 年 6 月加入中国共产党。

解放后我写的论文，主要有《莎士比亚的悲剧〈哈姆雷特〉》（《文学研究集刊》第二册，1956）、《莎士比亚的悲剧〈奥瑟罗〉》（同上第四册，1956）、《〈里亚王〉的社会意义和莎士比亚的人道主义》（同上，新第一册，1964）、《莎士比亚戏剧创作的发展》（《文学评论》，1964），《巴尔扎克和托尔斯泰创作中的思想表现》（《文学评论》，1960）、《布莱希特戏剧印象记》（《世界文学》，1962）；主要译品有莎士比亚悲剧《哈姆雷特》（人民文学出版社，1956），悲剧《里尔王》，去年译完，尚未准备出版。

我的诗汇集《雕虫纪历，1930—1958》即将在人民文学出版社出版。《布莱希特戏剧印象记》修订单行本年底将在人民文学出版社出版。①

一九七八年十二月二十三日

（一九七九年九月修订）②

---

① 《卞之琳（自传）》本没有这最后一段文字。
② 《卞之琳（自传）》本没有这一行附记。

学习《邓小平文选》心得随记^①

《邓小平文选》所表现的思想，是毛泽东思想的继承和发展。

学习必须联系实际，放在历史背景里学，也必须联系个人的实际，因此容许我先谈一些好像不直接相干的废话。

（一）《文选》1975 年部份，我读来似曾相识，现在我记忆力不好，不记得其中是否有公开发表过的，但是，作为党员，我至少听到过一部份传达。当时在四人帮统治下，我感到耳目一新，大开茅塞，所以 1975 年下半年起，"反击右倾翻案风"和"批邓运动"，我只报以沉默。

回想"文化大革命"时期，我问心有愧，且不比别些著名"抵制"烈士，也远不如故友李广田同志，他觉悟高，勇气足，在这十年动乱初期，被迫写交代，就在"交代"中批驳四人帮，终于遭毒手致死，还被抛入莲花池，反诬为投水自杀，自绝于党，自绝于人民。我自己水平低，一开始很不"理解"，但遵守组织性、纪律性，即使被戴上"三反份子"（因为是党员，比"反动学术权威"罪加一等）这顶帽子，还是唯"中央"之命是从（当时"中央文革"不是"中央"吗?）记得 1966 年秋起，我们所住的这栋宿舍，十之八九的户主，被列为"牛鬼蛇神"，每天清早摸黑罚扫大院、清后院垃圾（然后八点到所清扫场院、厕所，等待随时叫去挨批斗），都从不缺席。最初三、四十人，还热热闹闹，后来一个个都不干了，最后只剩文学所唐棣华、近代史所钱宏、我们外国文学所戈宝权和我一共四个党员坚持到十二月中，因为无人管，我们四个一起商量，终于由唐棣华同志建议，我们另三个同意，坚持到 1966 年的最后一天。至

---

① 本篇现存手稿 8 页在网上拍卖，确属卞之琳的手笔，是作为中共党员的卞之琳上交党组织的学习体会文字，真实反映了他在"文革"时期的遭遇和 20 世纪 80 年代的思想状况。原件可能是中国社会科学院外国文学研究所清理积存文件时流散出去的。本篇从未发表，从未入集。此据手稿照片录存，后附手稿照片一页以为存证。

于写"交代"，只是写事实，照当时所谓的"认识"给自己"上纲上线"，在压力下，强暴威胁下，对别人作"揭发"或"外调"，知之为知之，不知为不知，即使交出够不上政治问题的事实，也只讲事实，拒不加油加醋，决不妄为"上纲上线"。四人帮挑动群众斗群众，军宣队进驻学部，查历史后，我算基本上没有问题了，下干校，专整"五·一六"，群众都被整过了，我和其他原"牛鬼蛇神"一起，承本所军宣队看得起，归入了"积极份子"行列，但不给交底，只见领导左右摇幌，想"紧跟"也总是跟不上。1972年周总理把我们全部调回北京，我才多少看出学部军宣队是一边倒向四人帮了，可是我顶不住压力，只好抱消极态度。到1974年我才基本上看清了"文化大革命"是怎么一回事。接着迟群、薛岳珊带"两校"工宣队来进行整党，我到1975年初，经过多少次检讨，才好容易恢复了组织关系。邓小平同志一度重被起用，学部迟群领导的工宣队被迫撤走，人心大快。可是下半年"批邓运动"和"反击右倾翻案风"又起，我总算没有附和一句。1976年初周总理逝世，我写了四首悼念七律，在本所黑板报上发表了第一首，"四·五"运动开始，我却没有去天安门，事后区公安局（派出所？）把我们宿舍作为清查重点，公安领导人在楼前大院召集住户全体听训，不点名指出有多少人去过天安门，最后还申斥说："还有，人没有去，心是去了！"话说得怪，说得妙，也说得对。我也真就这样，犯了"心罪"。到"四·五运动"，所里两派同志（除个别例外）倒团结一致。各研究室开会，人人得发言表态，我也免不了，就说了这么一句故意模棱两可的愤激话："1949年建国大典，我坐在天安门前，听毛主席说'中国人民从此站起来了'，看五星红旗升起了，二十七年后，就在这广场上竟然发生了这样的事件，我感到痛心！"大约1975年底开始，学部奉命分批指令各所人员参加"学习班"，批邓，反击右倾翻案风。我一再推诿，终于逃不了，轮到九月底开始的最后一批（与文学所毛星同志在一起）。大家拿了"反面材料"（好像主要是1975年符合邓小平同志意见的几篇报告，不记得是否也有现在收入《文选》的当年邓小平同志自己的若干篇讲话稿）感到无可"批判"。我后来翻到附件，大概是"梁效"才子的示范"批判"，感到人家真有办法，就找字面外的、行间的、没有提到的，作为"反动"意见来"批"，无中生有，作诛心之论。事实上四人帮确是心虚，也敏感，早看出邓小平同志，如现在收入《文选》1975 年这些讲话，大抓各项工作的"整顿"，确是及时的企图拨乱反正，正是和他们作针锋相对的斗争。幸而两星期的集中"学习"，还没有进入第二阶段，四人帮垮台了，我们终得免此一关。

现在学习《文选》，也就这样领悟了，只是倍感亲切，确是实践检验了的真理。

《文选》1977 年到 1982 年党的十二大开幕词的部份，是以《"两个凡是"不符合马克思主义》这篇谈话开始。这确是党和国家历史上一个重大转折点开端的文献。"两个凡是"说，我看可以称为林彪"句句是真理"说的翻版。从当时情况说，四人帮虽然倒了，"文化大革命"的险恶局面，还并未扭转，从思想上说，一度被许多人称为"第二次解放"，实质上，正有待于这一批判。这些话传来，比 1976 年四人帮被抓的消息传出，虽没有敲锣打鼓，在全党、全国人民心中更欢欣鼓舞。

现在，除邓小平同志 1975 年言论已如上述，作为（一），结合回顾，谈了自己的切身体会以外，1977 年至 1982 年部份，就以批"两个凡是"开始，略谈自己的三点领会，关于（二）反对"两个凡是"，"坚持四项基本原则"，（三）民主集中制，（四）三项任务四个保证。

（二）从 1977 年的《"两个凡是"不符合马克思主义》，通过 1978 年的《完整地准确地理解毛泽东思想》《解放思想，实事求是，团结一致向前看》等① 篇，到 1979 年的《坚持四项基本原则》，这是辩证唯物主义和历史唯物主义的正确阐发。当时② 社会上，党内党外，听到"坚持四项基本原则"说，确相当流行过一种窃窃私语——又"收"了。其实这里既无所谓"放"，亦无所谓"收"。这是辩证统一，是根据历史实际的结合。不反对"两个凡是"说，也无从"坚持四项基本原则"，反之亦然。我

---

① 原稿此处有褶皱，字迹被遮挡，一字看不清，疑是"等"字，录以待考。

② 原稿此处有褶皱，字迹被遮挡，一字看不清，疑是"时"字，录以待考。

自己水平不高，心中也有过短促的一幌，随即明瞭，只是对于一些流言蜚语还未能以道理来批驳。现在重读了这些篇，自感更理解了其中的真谛。

（三）邓小平同志在《文选》中一再突出毛泽东思想的"实事求是，群众路线"，这对解决民主集中制问题，有很大贡献。毛泽东同志提出"群言堂"反对"一言堂"，提倡"调查研究"是完全正确的，只是到晚年并没有身体力行，招致一些严重的错误。《文选》各篇中坚持实事求是，反对"过份"，反对绝端（在四人帮的形而上学的头脑中，如果他们还有头脑的话，就会认为折衷主义、"中庸之道"，而不了解或不愿了解"过头"就是"错误"），坚持群众路线，把"民主"和"集中"统一起来，阐明"民主"愈重视，"集中"愈有力。这在我学习结合中国革命实际的马克思主义文献很不够的粗浅知识中似还是首见。邓小平同志自己在党的领导工作里如何集思广益，我当然无从亲见。但是我也有过一点小小的目击事实。《在中国文学艺术工作者第四次代表大会上的祝辞》第三段开头有"文化大革命前的十七年，我们的文艺路线基本上是正确的"一语。我参加了那次大会，亲聆了这篇祝辞，亲见了它的原来文本，其中本没有"基本上"三字。听、读这篇祝辞后，我所属的作家协会的一个分组中进行讨论。讨论中大家一致同意"十七年"文艺工作决非如林彪、四人帮所污蔑的"黑线专政"，但是有不少同志提出这"十七年"我们的文艺路线也有这样那样的缺点和错误，不能说完全正确，所以应该加"基本上"三字。当时有的同志说领导上已经说了，不应有异议。我向来反应迟顿，在分组讨论会上也很少及时发言，这时我却胆敢发言说：大会还刚开始，这篇祝辞也还不是定稿，我赞同不少同志的意见，应加"基本上"，不妨反映上去，让领导上决定这是否更为确切。我不知道别的分组讨论结果如何。大会结束发下的文件似乎（现在记不清了）就有添上"基本上"三字的这篇祝辞。从此可以看出邓小平同志如何从"群众路线""实事求是"到解决民主集中制问题自己作出了光辉的范例。

（四）《文选》最后一篇里提出三大任务——"加紧社会主义现代化建设；争取实现包括台湾在内的祖国统一；反对霸权主义、维护世界和平"①——必须有四项保证，这是物质上精神上互相促进的最明确的远见卓识。四项保证中的整党工作现在就摆在我们的面前，所以整部《文选》的认真阅读、领会，就给我们，包括我自己，提供了最好的准备。

1979②年9月28日

11月2日交支部

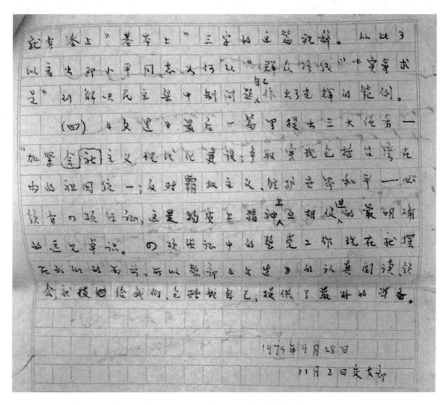

《学习〈邓小平文选〉心得随记》手稿之一页

---

① 提出这三大任务的最后一篇文章是《中国共产党第十二次全国代表大会开幕词》，见《邓小平文选（一九七五——一九八二年）》，人民出版社，1983年7月，第370—373页。

② 此处附注写作年"1979"疑有笔误，因为《邓小平文选（一九七五——一九八二年）》是人民出版社1983年7月出版的，卞之琳不大可能在"1979"年就写出这篇学习体会。

何其芳与《汉园集》①

　　何其芳同志一九七七年七月去世，我未能及时写悼念文章。我的哀思却一直压在我的心上，象一块沉重的石头。去年其芳逝世五周年快到时，七月初我有机会去大连小休，就准备找一个题目写一篇纪念性文章。可是应一个刊物的催索，我又另外写了一篇对当前更有迫切需要的文章②（内容实际上也涉及其芳生前所关怀的一个问题，其芳今日如还在世，应更喜见的一种成就，可惜文章因系赶写，一写完就托人带回交卷，未留副稿，原件被压在印刷厂，至今八个月过去了，还问世无期），四星期后回京，我面对纷繁的工作与义务，又无暇构思纪念文章。《新文学史料》要发表一组何其芳回忆文字，恰好澳大利亚何其芳研究家杜博妮（Bonnie Mcdougall）女士又亟欲从我了解何其芳思想发展史上的一个重要转折点史实，我就驾轻就易，去年十一月赶写了一篇资料，叫《何其芳与〈工作〉》（《工作》半月刊现已找到六期，只差一、五两期了，已经发表在《新文学史料》今年第一期上）。在这以前，我关于其芳的回忆已散见《李广田散文选》（1980）和《李广田诗选》（1982）两篇序文中。现在应《何其芳研究资料》要求，就从这两篇序文里摘录有关的字句，并加修订和补充，写了上面的题目，作了一点说明。

　　广田、其芳和我最初相识，是在北平沙滩。我在《李广田散文选》序（写于 1979 年 8 月 22 日）的开头部分写到：

　　　　沙滩是北京大学文学院所在地，办公室和教室就是在迄今还屹立

---

　　① 本篇原载《何其芳研究资料》第 3 期，万县师范专科学校何其芳研究室编印的内部刊物，1983 年 7 月印行，署名"卞之琳"；后收入《何其芳研究专集》，四川文艺出版社，1986 年 3 月出版，第 32—36 页，署名"卞之琳"。此篇从未入集，《卞之琳文集》也未收此篇。此据《何其芳研究专集》录存。

　　② 据张曼仪《卞之琳著译研究》"附录四"《卞之琳生平著译年表》，此处当指卞之琳 1982 年 7 月在大连棒棰岛休假期间为《诗探索》赶写的《读胡乔木〈诗六首〉随想》，发表于该刊 1982 年第 4 期（迟至 1984 年初才出版）。

的"红楼"，楼西是东斋宿舍，楼北越过操场，墙北是松公府的一片颓垣废井。我在一九三〇年入学一年后，住进了东斋，和广田住屋，相隔只几排小房子。我们虽然是同学……因为不同班，最初并不相识。还是到了一九三一年以后，我们彼此读了分别在不同刊物上发表的诗创作，才开始有了来往。

当时，每天清晨，我注意到在我们前边的有小树夹道的狭长庭院里，常有一位红脸的穿大褂的同学，一边消消停停的踱步，一边念念有词的读英文或日文书。经人指出，我才知道这就是李广田。同时，在"红楼"前面当时叫汉花园的那段马路南边，常有一个戴着深度近视眼镜，一边走一边抬头看云，旁若无人的白脸矮个儿同学，后来认识，原来这就是何其芳。……他们两人，据我所知，最初是在以戴望舒为旗帜的《现代》文学杂志上发表诗作的，其芳就用他自己改成的这个名字；广田是用笔名"曦晨"，在别处他常用"洗岑"……

其芳和我相识后，就和我谈过，他最初写诗学《新月》派，但始终没有给我看过。现在方敬同志复印给我看了其芳在《新月》（1931？）某两期上用不同笔名发表了一篇小说《摸秋》和一首较长诗《莺莺》（写于清华大学）。所以这里应改为"他们两人是在……《现代》……上发表诗作为人注意的"才对。

我向来不善交际，在青年男女往来中更是矜持，但是我在同学中一旦喜欢了那一位的作品，却是有点闯劲，不怕冒失。是我首先到广田的住房（当时他是和邓广铭同志合住）去登门造访的；也是我首先把其芳从他在银闸大丰公寓北院（当时到最后一院罗大冈同志那里去所必经的甬道拐角处）一间平房里拉出来介绍给广田的。其芳在大学办过一个同人小刊物叫《红砂碛》，格式仿《语丝》和《骆驼草》。广田较后办过一个同人小刊物叫《牧野》。两个小刊物的名字叫人看得出各有家乡风味。我把两位主编拉到了一起，我们三个人当中，在为人处世方面，还是广田不愧为老大哥。

这里说广田和邓广铭同志合住一房，是我记错了。后来想起邓（笔名"恭三"）和广田不同住，虽然和他同办《牧野》。说其芳"在大学办过《红砂碛》"也不甚确切；这个小刊物是办在他清华大学生活和他北京大学生活的空档里，就是一九三一年上半年，可是在北京大学一院传达室里买得到。

> 我们三个最初以诗会友。……一九三四年十月，郑振铎编《文学研究会创作丛书》，要收我一本诗集，登了预告，我正好把其芳、广田到当时为止的诗全拿来凑成一本《汉园集》（这本书后来被商务印书馆拖到一九三六年才出版，错排很多，而且印丢了我写的短短数行的题记）。

预告在《文学季刊》上刊出，是我的诗集《芦叶船》，因此至今外传我出过这本诗集，实际上后来由《汉园集》代替，改归商务出。这本合集算是我编，实际上集内三部分，都是我们三个人自编。其芳的部分叫《燕泥集》，是我按内容给他取的名字，其芳在一篇文章里好象提到过，但好象没有指名。广田的叫《行云集》，我的叫《数行集》（内容与我一九三五年下半年交给文化生活出版社在当年出版的《鱼目集》有些重复）。错排的例子很多，可笑的是我的一首短诗叫"大车"，印出来不仅目录上是"火车"，而且正文前的题目也是"火车"。还漏排了整篇题记。出书后我自印了一张书签，一面是勘误表，一面是题记，夹在我们送朋友的书里。《李广田散文选》出版后，朋友（忘记是谁了）从旧书店买来送给我的一本《汉园集》里，我无意中发现了这张书签。所以我在《〈李广田诗选〉序》（写于一九八一年七月八日）当中补选了这篇题记全文：

> 这是广田、其芳和我自己四、五年来所作诗的结集。我们并不以为这些小玩意儿自成一派，只是平时接触的机会较多，所写的东西彼此感觉亲切，为自己和朋友们看起来方便起见，所以搁在一起了。我们一块儿读书的地方叫"汉花园"。记得自己在南方的时候，在这个名字上着实做过一些梦，哪知道日后来此一访，有名无园，独上高

楼，不胜惆怅。可是我们始终对于这个名字有好感，又觉得书名字取得老气横秋一点倒也好玩，于是叫《汉园集》①。

这段引文以后，我在序文②里接着写：

> 题记的末尾我署名后注的日子是一九三四年十月。

> 那些诗就写在这种光景和情调里，而重历其境，如今使自己感同隔世③。

> 值得一提的是：因为广田、其芳和我合出了这本《汉园集》④，别人往往把我们看成一派。其实，我们自己的诗风也各有不同，而我们彼此能够欣赏。广田在度量上尤为突出。也就在广田这点感染下，我们在一九三四年和一九三五年间，和经常往返北京、上海之间的郑振铎、巴金两"大"家（"大"气魄，"大"气量作家）相处得很好。当时在这两位挂帅下，由靳以独力编辑《文学季刊》及其附属月刊，我有时也找广田和其芳协助他看诗稿和散文稿，就没有利用刊物当时的一定影响，排除不同诗风，抱门户之见。

后来，戴望舒办《新诗》，要我帮他组稿，我把其芳写的《〈燕泥集〉后话》交去发表了。

1983 年 3 月 23 日

---

① 在《〈李广田诗选〉序》（《诗刊》1981 年第 11 期）中，这句话原作"于是乎《汉园集》"。
② 这里的"序文"指《〈李广田诗选〉序》。
③ 在《李广田诗选〉序》中，这句话原作"如今使我自己也感同隔世"。
④ 在《〈李广田诗选〉序》里，这句话原作"有一点往事，也许还值得一提。过去因为他、其芳和我出过一本《汉园集》"，并且卞之琳在所引的这句话前省去了原序的另六段话。也就是说，卞之琳的引文本应作"……值得一提的是：因为广田、其芳和我合出了这本《汉园集》"，但卞之琳忘记在前面加表示删节的"……"了。

卞之琳简历[①]

祖籍江苏溧水，1910 年生于江苏海门。

小学和初中在家乡上完；高中毕业于上海浦东中学。1929 年考入北平的北京大学英文系，1933 年毕业。

两度在高中教书：1933 年下半在保定育德中学；1935 年下半至 1936 年上半在济南山东省立高中。1934 年至 1935 年二、三月，协助靳以在郑振铎、巴金挂帅下编辑《文学季刊》及其附属创作月刊《水星》。抗日战争前，主要以文学翻译为生。1935 年在日本京都五个月，1936 年下半在青岛，1937 年在上海、杭州、雁荡山到"八·一二"为止，都从事译书。

历任四川大学外文系讲师（1937—1938，成都；1939—1940，峨眉山），昆明西南联合大学外文系讲师（1940—1943）、副教授（1943—1946），天津南开大学外文系教授（1946—1947）、北京大学西语系教授（1949—1952）。1952 年起在中国社会科学院外国文学研究所（前身为北京大学文学研究所、中国科学院文学研究所、中国科学院外国文学研究所）任研究员。

1938 年秋至 1939 年夏访问延安并在鲁迅艺术学院文学系临时任教一期，访问太行山区并在陈赓旅一个团和先遣游击支队随军生活并参与临时性工作。1947 年至 1948 年底应英国文化委员会邀往英国，以旅居研究员身份，住牛津及其远郊中世纪山村共一年半。

1951 年初参观和参加江苏吴江土地改革运动。1952 年在中国作家协会集中学习后，参加江浙农业合作化试点工作，以浙江新登为基地，一

---

① 本篇原载《当代文学翻译百家谈》，北京大学出版社，1989 年 5 月出版，第 71—73 页。据该书编者后记所述，"应约撰稿的每位翻译家都亲撰一篇谈翻译的文章和一篇自传"，可知这份简历当为卞之琳自撰，撰写于 1983 年 4 月。《当代文学翻译百家谈》所收卞之琳谈翻译的文章题为《译诗的经历和看法》，由摘录《英国诗选·前言》和《译诗艺术的成年》两部分组成，两文已见《卞之琳译文集》和《卞之琳文集》。这篇《卞之琳简历》从未入集，此据《当代文学翻译百家谈》录存。

度至江苏金山，两度至江苏吴县交流经验，1953 年底回京。1964 年 9 月至 1965 年 5 月在安徽寿县参加农村"四清"工作。1970 年夏去河南息县，继转明港，住"五七干校"两年。

建国以来，曾于 1955 年 11 月访问波兰一个月（并参加密茨凯维支纪念会）；1960 年 5 月，与张光年访问民主德国一个月（并参加民主德国作家代表大会）；1980 年秋冬间应邀与冯亦代访问美国两个月；1981 年 11 月，应邀访问荷兰十日，参加雷顿大学学者汉乐逸（Lloyd Haft）研究本人的专题论文获得博士学位的授与典礼。

从小由《千家诗》开始，在家中耽读词章。进初中才接触新文学，1930 年秋冬间一度着力习作新诗后，于翌年被署真姓名发表诗作。1933 年在大学毕业前出版第一本诗集。

高中时代试译过英国柯尔立治《古舟子咏》；大学一年级从班上所读英国诗中试译大量原作并用诗体译完莎士比亚《仲夏夜梦》喜剧，都是练笔，随译随弃。第二年开始从法文试译象征派以来的法国诗。

主要著作：

(1)《十年诗草 1930—1939》(1942 年桂林明日社出版，包括三十年代出版的《鱼目集》、《汉园集》中的《数行集》、《慰劳信集》等大部分或全部，解放后香港有翻印本)

(2)《雕虫纪历 1930—1958》(1979 年人民文学出版社初版，今年将据 1982 年香港三联书店增订版再版，内容差不多包括了《十年诗草》全部)

(3)《第七七二团在太行山一带》(纪实，1940 年香港明日社出版，1980 年香港广角镜出版社新版，北京三联书店总店今年将出最新版)

(4)《沧桑集 1936—1946》(杂类散文，1983 年江苏人民出版社初版)

(5)《山山水水》(小说片断，香港山边社今年将出版)

(6)《布莱希特戏剧印象记》(1980 年北京中国戏剧出版社初版)

(7)《莎士比亚四大悲剧论集》(五、六十年代在各刊发表的较长论文的修订和补充，在准备中)

主要译品：

（1）《西窗集》（现代欧美诗文选译，1936年上海商务印书馆出版，1981年江西人民出版社修订版，改为现代西欧英国各类散文选译）

（2）《英国诗选 附法国诗十二首》（湖南人民出版社即出）

（3）莎士比亚：《哈姆雷特》（1956年北京作家出版社初版，1957年、1958年人民文学出版社重印两次；将与已译出的《里亚王》、《麦克白斯》及尚待译出的《奥瑟罗》，合成一卷，已列入《外国文学名著丛书》项目）

（4）斯特雷契：《维多利亚女王传》（1940年香港商务印书馆初版，被截头去尾，特别是少了重要附录和众多参考书全名原文及中译文；上海商务印书馆曾据此残缺本重印；现应北京三联书店约，将重行校订，补足并写新序，暂时还无暇进行）

（5）衣修午德：《紫罗兰姑娘》（小说，1947年上海文化生活出版社初版；湖南人民出版社即出修订新版）

（6）贡思当：《阿道尔夫》（小说，1948年上海文化生活出版社出版）

（7）纪德：《新的粮食》（1943年桂林明日社出版；现拟重行校订，增写新序）

（8）纪德：《浪子回家集》（上海文化生活出版社，1937，1947）

（9）纪德：《窄门》（上海文化生活出版社，1947）

此外，英文讲稿《中国新诗的发展及其受西方的影响》已发表于今年美国出版的《中国文学》论评半年刊（简称 CLEAR）；英文自译诗二、三十首，作为一小集，将在美国 BOA Editions 出版。[①]

1983年4月

---

① 据张曼仪《卞之琳著译研究》（香港大学中文系，1989年8月出版，第223页）附录四《卞之琳生平著译年表》所记，"BOA editions（A.Paulin 夫妇出版社）订约出版卞自译诗一册。（次年因译稿被修改太多，终不成事。）"

学习新党章思想小结①

（1983 年 7 月 7 日）

  我们党的路线、方针、政策，从十一届三中全会到十二大到今，反映在批评"两个凡是"说，提出"实践是检验真理的唯一标准"说，等等，深得人心，即使提出"四项基本原则"似曾引起过一些波动，现在也为极大多数群众所理解，所接受。目前整党的准备，将在全国范围内，从上到下，从下到上，根本扭转党风，对于进一步恢复党的威信，发挥党的作用，促进社会主义现代化，至关重要，非常迫切。作为普通党员，我自也应重新学习新党章，衡量自己合不合党员标准。

  回顾过去，即在"文化大革命"初期，我也被打成"三反份子"的时候，一方面被搅糊涂了，还认为党总是正确的，共产主义终于会胜利的，只是自己，作为时代的渣滓，被清除在党外而已，另一方面，一听到自己被称为"三反份子"，而看周围只有党员才够得上这个称号，还感到有点光荣。"四人帮"倒台，人心大快，但是紧接着"伟大领袖"被"英明领袖"继承，还搞个人崇拜，曾在私下和个别人议论说，"伟大朝代"接上来"英明朝代"，下一代叫什么呢，不成一代不如一代了？三中全会给我解开了思想疙瘩。目前我感到问题是：党的路线、方针、政策，经过一层层领导的贯彻、执行，中间表现的做法和作风及其在社会上的影响，还有些地方令我不解，我嘴上不说，心里还打了一些问号。我自信这不是和党不是一条心，也不是与中央不一致，但是在这些具体方面，我感到实在难起先锋作用，积极带头。要作自我批评，我目前心中还打了一些问号，也就是我目前的主要问题。

  我自己初步想，我的问题，表现在两个方面。

---

  ① 本篇现存作者手稿 5 页在网上拍卖，确属卞之琳的手笔，是作为中共党员的卞之琳上交党组织的学习体会文字，曲折地表达了他对当时政治形势的微妙反应。原件可能是中国社会科学院外国文学研究所清理积存文件时流散出去的。本篇从未发表，从未入集。此据手稿照片录存，后附手稿照片一页以为存证。

一方面，在基本理论问题上，学术问题上，我还敢说话，在公开发表的文字里提出自己的看法。一讲到政策的具体执行、措施问题，我当然不好随便发表意见，除了党小组会上也很少发表意见的机会，实在也颇有顾虑，怕不起作用，当心①起付作用。这是否可以说，实际上是不敢坚持真理的表现，不起党员作用的表现。

症结所在，我所以感到没有把握，是自己联系实际学习理论不够（我常常对文件不细读，自以为领会了精神，不在乎形式，常常对党内传达不细听，甚至不大听，自以为不关心"内幕新闻"）。我应该向自己提出警告。

另一方面，我主张"少说多做"，是就写文章发表言论而言。我向来笔头慢，但是嘴快（有时候使人家听不清，主要是嘴不让头脑先从容考虑，虽然有时候相反，看不出问题，反应迟钝）。这就表现了我的老毛病——急躁。我去年在西安会议（外国文学讨论会）上没有多少就实际问题发言的机会，积压到今年桂林会议（文学艺术"六五"计划议定会）的外国文学组讨论会上，就一再在具体议题上，往往首先，以至反覆，大放厥词，会后我对让我飞机票的王平凡同志说：我在会上发了多少发炮弹，总算没有白花了公家给我的飞机票和招待费。虽然有鉴于各方面领导的为难处境，只能把话说得四平八稳，有时只能像唯唯诺诺，我作为群众，作为群众当中的一名党员，自认得大胆说话，结果可能得罪了一部份领导，也得罪了一部份群众。所以我在另外场合，跟自己开玩笑说，要是我当什么中、下层领导，第一天会得罪上级，第二天会得罪下级，第三天不是我自己掼纱帽就是我被罢官。我想这样说话，总挨不上组织性、纪律性不强的批评，但是会不会就是自由主义的表现，会不会造成资产阶级自由化的印象，引起不良影响？这又值得我自己警惕。

现在我们刚到五十周岁或刚到六十岁左右的业务骨干同志，作为党员要在为人民服务的业务工作中多作出贡献，也就是起带头作用，都有点着急，完全可以理解。我在这方面，条件可称优越，不负责任何党政基层领导工作（目前还只负责研究生教课、指导工作），可以比较专心争

---

① 此处"当心"是"担心"的意思。

《学习新党章思想小结》手稿之一页

取几年内打折扣完成五十年代就预订的计划工作。但是尽管坚拒大部份报、刊、出版社的约稿，谢绝一切报刊的采访，还有不少的社会义务要尽（包括热心群众的来信来稿的处理，一些正当的外事活动，等等），究竟年逾古稀，来日无多，又自恨手慢，常常熬夜，有时累了则拖拉了事，这样我更需要自觉控制急躁情绪和无可奈何的松懈情绪。既然相信，从长看，一切都是可以乐观的，对共产主义前途是有信心的，是非自有实践和历史作出检验的，马克思主义与当前本国实际的结合还都得不断探索，也难免走些弯路，那么在当前一些具体问题面前，就应该沉住气，多抱全局观念，多注意客观效果，戒躁戒懈，多联系实际而进行学习。作为党员，这是我目前特别要注意的问题。

1983 年 7 月 7 日在支部提出。

7 月 8 日交支部

卞之琳生平简况[①]

卞之琳生于 1910 年 12 月 8 日，父嘉佑，母薛万芝。祖父天旦，避乱从原籍溧水来海门（当时为江苏海门直隶厅，俗称崇明北沙，与江北岸不相连，与崇明外沙今启东近海），学徒出身，后在汤家镇（与现早陷江中的鸿桥镇）开设染坊。卞父被培养读书，考科举不第，曾在家教蒙学。卞祖父晚年家道衰落，卞父继承祖业，不善经营，店铺终于倒闭。

卞八岁开始上汤家镇第七国民小学读书，毕业后又上袁氏国文专修学校一年，继上启秀小学高级部。初中读过海门中学，启秀中学，三益中学，两次都随反对学校当局、发动学潮的同学而转学。高中毕业于上海浦东中学。在家乡上学时，平日和同镇初小同桌同学王承谟（尘摩）等往来甚密。他们都喜欢文学。卞从其父教他《千家诗》入手，自小在家耽读其父旧藏的一部份古典文学书籍。在启秀初中时，在国文教员杨宗时老师（六匡镇人）极力推荐下，读到鲁迅新出版的《呐喊》小说集，大为振奋。同时也开始接触到郭沫若、徐志摩等人最早期诗集。在浦东中学时，在张铁生老师、马特同学影响下，曾热心读进步理论书刊。

1929 年卞考上北京大学英文系，1933 年毕业。从开始上学起，直至大学毕业，学习成绩一向名列前茅。因家中经济十分窘迫，他从上高中起，上学几乎全靠亲友接济和借债来解决。当时他母亲把所有一点祖遗的金银首饰也全部变卖完了。有一部分债务还是在抗日战争和解放战争

---

① 据卞之琳外甥施祖辉回忆，本篇是他以汤家乡修志办吴文龙的名义起草的一份卞之琳小传，"然而百分之八十以上是我舅父亲自修改添加的，因此，也可以说是《中国现代作家传略》（四川人民出版社 1980 年出版）以及《中国现代著名作家自传》（徐州师院版）以外的卞之琳先生的又一篇自传，并且更充实了两书中开头和结尾部分的内容，是研究卞之琳的又一重要资料"（施祖辉：《追忆舅父》，《卞之琳纪念文集》，海门市文史资料第 18 辑，2002 年 12 月印行，第 109—110 页）。卞之琳的修改稿原件仍存世，比对之下，足证其内容主要出自卞之琳的手笔。卞之琳的修改当在 1983 年 10 月至 1984 年 1 月之间——卞之琳在 1984 年 1 月 23 日致施祖辉的信中并建议该文"题目就叫《卞之琳生平简况》或《卞之琳小志》"。本篇从未入集，此据施祖辉提供的修改稿复印件录存，并附卞之琳的修改手稿照片一页以为存证。

的动乱中不了了之。

卞从大学毕业到全国解放，曾在保定育德中学（一学期），济南省立高级中学（一学年），四川大学（两学年），昆明西南联大（六学年），天津南开大学（一学年）任教。其间于1934年在北平为《大公报》、《文学季刊》、《水星》等报刊译稿编稿。1935年至1936年他又在青岛、上海、杭州、雁荡山等地为中华文化基金会特约译书。解放后翻译出版了莎士比亚的四大悲剧之一《哈姆雷特》，发表了关于莎士比亚戏剧的学术论文，为国内用新观点研究莎士比亚作品作出了开端。他的诗作一部份从三十年代起就开始有多种外文翻译，近年来西方学术界常有以他为题作学位论文，有的博士论文已正式出版成书。

卞在解放前曾两次出国，一次是在1935年，在日本京都，为当时国内的中华文化基金会编辑委员会特约译书，第二次是1947年，应英国文化委员会邀请，以"旅居研究员"身份，往英国牛津大学作常客一年，并继续在牛津附近山中埋头写作九个月。1948年底，淮海战役震动了英国，他决定搁笔回国，于1949年一月返抵香港，候船北返。三月中他和诗人戴望舒秘密乘船到塘沽，乘车直达北京。

1949年四月，卞开始担任北京大学西语系当教授①，后又调任该大学文学研究所为研究员，后该所改归中国科学院，1964年9月分出外国文学所，属中国社会科学院，卞仍任原职，继续工作。

中国共产党终于促成和领导的全面抗战开始，原为开明人士的知识份子，大为振奋，卞也不例外。1938年八月他和名作家沙汀夫妇、何其芳四人一同从四川出发到延安。他是计划去延安和八路军抗敌前方去转一圈，然后回西南以无党派人士身份，用笔杆为民族事业、正义事业服务。他在延安访问参观后，随朱总司令过河至太行山区，又随陈赓旅一个主力团在太行山内外生活了几个月，回延安在鲁迅艺术学院临时任教一期。1939年秋回四川后，写了一本《第七七二团在太行山一带》和一本诗集《慰劳信集》。抗日战争中后期，他对国民党更不抱幻想，留在被

---

① 此句中"担任"与"当"重复，当是修改过程中失察。

称为"民主堡垒"的西南联大,生活十分艰苦,继续坚持他的工作。解放前夕,他人在英国,心在祖国,一回国就热心学习与教学,积极参加新中国的建设。1951 年春初他去江苏吴江参观和参加当地土地改革运动。1953 年他又去江、浙参加农业合作化试点工作,将近一年,与当地农民结成真挚的情谊,特别把他工作基地浙江新登(现属富阳县)青何乡当作了第二故乡,与当时的农业社社长、浙江省劳动模范卞笙生亲如一家人。在"文化大革命"后期,他利用短期的探亲假,从河南干校回北京,会合妻女一家人,除到家乡探望他姐姐一家人以外,还去浙江他这位朋友家去住了两天。

在这十年动乱前后,卞平日把全部精力倾注在工作上,直到现在,几十年来,即使有时到上海、杭州、苏州、南京等地参加会议,也时时以工作为重,从来没有趁机随便返乡、探望亲友。1949 年夏,参加第一届全国文代会后,他曾回家乡,探望老父几天;1952 年初,老父病危,他因参加运动,正达高潮,也未赶回送终,默默忍受不可弥补的遗憾。

卞在过去,即使在自己困难条件下,也会慷慨解囊助人。他对家乡贫苦人民也深有感情。如建国初同乡建筑工人茅正亭等十多人在北京一时找不到工作,又无法返回,他们就去找卞,他在力所能及的范围内,一面在经济上接济他们,一面想方设法把他们介绍到清华大学建筑工地工作。卞遇事坚持原则,不徇私情,家乡有些亲属曾经要求他介绍工作,他一律婉言谢绝,并说明一个人有什么能力,该按自己能力去找工作,并且政府也会给予安排工作。有时晚辈想到北京探望他,他总是教育鼓励他们,应在自己的工作岗位上努力学习,积极工作,不要浪费宝贵的时间和来之不易的财力。平日不应无事游逛。如果干出成绩,往京参加会议,趁便到他住处探望,他表示热烈欢迎。

卞平易近人,艰苦朴素。据他小学时的同学反映,他从小就不和人家为一点小事吵闹,在学习上总是共同研究,互相切磋。平日从不讲究吃穿,而只是把节省下来的钱购买书报杂志。他几十年回故乡一次,从不讲排场,相反,即使时间短,只二三天,也总要去看望老邻居和幼时同学。

《卞之琳生平简况》修改稿之一页

卞 1955 年与青林结婚，1957 年生有一女，早在人口政策提出以前，即不要第二个子女。他在 1956 年入党。1955 年冬曾往波兰参加纪念会并访问一个月；1960 年初夏又去民主德国列席德国作家大会并访问一个月。1980 年曾应邀访问美国两个月；1981 年十一月曾应邀去荷兰莱顿大学就以他为题写论文得博士学位的学位授与典礼。1979 年以来出版的著译有：诗集《雕虫纪历 1930—1958》、杂类散文集《沧桑集 1936—1946》、《英国诗选》等。

整党中的主要收获及今后努力方向①

整党中我自信是有收获的，今后努力方向也随之日益明确。多方面的思想收获中，主要提四点自己的认识。

（1）敢于放手与保持清醒头脑。十一届三中全会以来，我们党出现了新的大转机，有了新的大进展。本来，马克思主义没有"过时"的问题，只有如何发展的问题。但是在目前条件下，作为中心任务来推行具有中国特色的社会主义现代化建设，是非常艰巨的，新事物也必然会带来新问题。对此，党员自应首先敢于放手而又保持清醒头脑，不为内外的摇摆所动，我作为普通党员，也不自居例外。

（2）"左"与右。解放后，党走过弯路，主要是失诸偏"左"而不是失诸偏右。个人问题当然不能与之相提并论，我举自己的业务工作为例，却也相应走过类似的弯路。我原先自以为试用了辩证唯物主义和历史唯物主义阐释和评论外国文学现象的"成果"，近年来自感其中简单化、庸俗化处不少，有的自认为废品，不值得回收，有的犹待尽可能修订。我在过去的"学术批判"运动中，一度附和说，"是社会产生文学，不是文学产生文学"，也是"左"了，虽然说对了一半。这方面的研究中，目前时兴重视文学因缘（"流"），忽视社会因素（"源"），也只做对了一半，又容易导致"左"的反响。这样，由小局到大局，"清除污染"的又一度"左"摆，也就来了。这些年社会道德风气败坏，确实严重，说是"精神污染"，也未尝不可。但是归咎思想界、文艺界的开放倾向，却是倒果为因。这种现象正是随过去一种"左"的势头而来的报复性惩罚，不要再"大革文化命"了！现在我们整个前进道路上，我们都应警惕从一

---

① 本篇现存手稿4页、简历2页在网上拍卖，确属卞之琳的手笔，是作为中共党员的卞之琳上交党组织的汇报，简直地表达了他晚年思想的清醒认知和竭力工作的老骥壮心。原件可能是中国社会科学院外国文学研究所清理积存文件时流散出去的。本篇从未发表，从未入集。此据手稿照片录存，后附手稿照片一页以为存证。

个极端走向另一个极端。

（3）派性与团结。派性或门户成见，作为后遗症，源远流长，拨乱反正以来，还时见复发。号召"大团结"，确有迫切性。但是宗派活动或宗派主义，已成习惯势力，积重难返，非一朝一夕所能消除，对此既要严肃对待，又不要操持过急，以免可能反而助长做表面文章、哗众取宠的不良倾向。就国内文学创作与理论说，真正贯彻"双百"方针，应对流派与宗派，有所区分。我自己也得警惕不要把坚持真理变成固持成见，不利于团结。

（4）趋风与顶风。二者的区分，自然明显，但是要真能区别二者及其各有多层次的不同性质与动机，分别正确对待，在党内，对于领导与被领导者，都是洞察力和胸襟以至党性的考验。这也有关真正与党中央保持一致，真正为人民服务的问题，我也当引以自勉。

用例如以上这一类新认识作为今后努力方向的依据，我当在有限的余年，面对周围的五光十色、千头万绪，稳住自己，分清主次，继续边学边干，少说多做，哪怕因陋就简，认真使本职工作告一段落，实事求是，就力所能及，尽可能发挥一个党员在新时期应起的作用。

卞之琳

一九八五年二月四日，二月十二日

附：简历证明表

	简　历	证明人
1917 下—1927 上	在家乡读小学与初中（海门、启秀、三益）	
1927 下—1929 上	在上海浦东中学高中部读书	
1929 下—1933 上	在北平上北京大学英文系（后改称外文系）	罗大冈
1933 下	在保定育德中学任教	曹　禺
1934 上	在北平为天津《大公报》文艺版自由译稿	沈从文
1934 下—1935 三月底	在北平协助靳以编《文学季刊》及《水星》	巴　金
1935 春—夏	在日本京都为北平中华文化教育基金会 编译委员会特约译书及自由译稿	吴廷璆

	简 历	证明人
1935 下—1936 上	在济南省立高中任教	李何林
1936 下	在青岛为中华文化基金会特约译书	吴廷璆
1937 三月—九月	在上海、杭州、雁荡山为中华文化基金会特约译书并自由译稿	师 陀
1937 十月—1938 八月	在成都四川大学任英文讲师	朱光潜 罗念生
1938 九月—1939 夏	访问延安，到太行山区随军生活，回延安在鲁迅艺术学院任教一期	沙汀、卢仁灿、严文井
1939 秋—1940 上	在峨眉山四川大学任英文讲师	谢文炳
1940 下—1946 上	在昆明西南联合大学外文系任讲师、副教授	冯 至
1946 下—1947 上	在天津南开大学外语系任教授	冯钟璞
1947 秋初—1948 十二月	应英国文化委员会邀，以"旅居研究员待遇"，在英国牛津，为牛津大学拜理奥学院常客	杨周翰
1949 一月—三月中	在香港候船北返	周而复
1949 四月—1952 上	在北京任北京大学西语系教授	冯 至
1952 秋后—1953 初冬	先在作家协会参加下乡学习，继下江、浙（主要在新登）参加农业合作化试点工作	严文井 黄 源
1952 下—1964 九月	任北京大学文学研究所、中国科学院文学研究所研究员	王平凡 毛 星
1964 九月—	任中国科学院外国文学研究所、中国社会科学院外国文学研究所研究员	冯 至 叶水夫

与之相提并论，就举自己的业务工作为例，却也想这是走类似的弯路。我过去自以为试用了辩证唯物主义和历史唯物主义阐释和评论外国文学，这些近年来自感史中简单化，庸俗化，处不少，有的自认为废品，不值得回收，有的犹待提了较修订到，在过去的"学术批判"运动中，一度附和说"是社会产生文学，不是文学产生文学"，也是"左"了，其实说对了一半。这方面的研究中，目前时兴专挖文学因缘（"流"），忽视社会因素（"源"），也只做对了一半，又容易导致"左"的反响。这样由小局到大局，"清除污染"的又一度"左"摆，也就来了。这些年社会道德败坏，确实严重，说是"精神污染"，也否认不了。但是归根思总，文艺等的开放倾向，却是倒果为因，这（神经正）是随着这去一种"左"的势头而来的报复性恶果），现在我们整个劳进道路上，我们看这样从一个极端走向另一个极端。

《整党中的主要收获及今后努力方向》原稿之一页

饭店"引进"之后①

　　这几年，一些大城市盖了不少合资经营的豪华饭店，有的敞开大门，欢迎中国人出入。也有的虽没有挂"华人不得入内"的牌子，但中国人入内，是见不到好脸的。

　　我不能淡忘，我曾亲历了一个与此相映成趣的场面。去年12月我应邀参加香港中华文化促进中心和港大、港中大等高等院校联合举办的一个学术会议，12月29日回京，因为主方未能为我预购到中国民航的机票，只好乘香港国泰航空公司的班机。一早到启德机场国泰港京线柜前办登机手续，不料起飞时间临时推迟（因为北京当天清早忽然下起了大雪）。我不愿预定另有别事要办的送行朋友在机场楼外区咖啡室无限期久陪，多亏朋友想得周到，前去跟柜上一位女工作人员打一个招呼，请她在换班进内区的时候照顾一下我这个单身上途的年迈旅客，因为我反应欠灵敏，行动欠利索，又不会说广东话。这位普普通通的姑娘，红制服上有号码（我没有看清楚），显然不是标的什么模范之类的称号，当即一口答应。她带我穿行曲折的径道、纷繁的关口，还帮我填写出境表格。启德机场，也许因为班机多，不像北京机场有专用候机室，只有一个大通用候机廊，在许多免税商店的正对面以及左右排列了一把把座椅。那位姑娘就在人丛里帮我找座位，没有空位，就请年富力强的男旅客给我让座，她不管你是黑头发、黄头发，中国人、日本人、西方人，一视同仁。一会儿登机闸门前，已经排起了长队，我也依次站到队尾。那位姑娘瞥见我在那里，马上走过来用英语对我说不用排在这里，就把我带到队前位置，赫然列于两三位金发乘客前面。谁知起飞时间又推迟了，登机闸门也改了，排队乘客散开了，这位姑娘再带我找座位，她就告诉我登机时间可能还要推迟，内区也有咖啡室，可以先去从容吃点什么，到

---

① 本篇原载《人民日报》1988年3月7日第8版"大地"副刊，署名"卞之琳"。本篇未曾入集，《卞之琳文集》也未收录此篇。此据《人民日报》本录存。

344 ｜ 卞之琳集外诗文辑存

时候她会来找我。登机时间终于到了，她就和另一位男青年工作人员过来找我，把我带到了登机闸门口，当即由她亲手用钥匙为我首先开了门；为避免我身受即将涌入的登机人流可能的冲撞，随手又关了门，她仍然不管后边是中国人还是外国人。这样周到，她图什么呢？难道是图我这个老头子的不值一分钱的一声"谢谢"吗？在这块目前还没有回归祖国的地区这看来是寻常小事，司空见惯，但要是把地点换到我们的一些大饭店之类，不就反成咄咄怪事了吗？

近年来我们从香港引进了不少大有益于国计民生的事物；另一方面，从街头到电视荧光屏上，也涌现了五光十色的所谓"港派"、"港风"、"港气"，实际上是已渐趋过时的"时髦"花招。国门开了，我们的眼睛也得睁大一点，看看这块老牌殖民地的中国领土上普通老百姓绝非都是洋奴；而在世界上，任何民族自尊心都是不会过时的。

当然，我们也得改革一下，清掉自己历史悠久的土产污泥坑，才有利于开放，才不致污染外来的良好事物。引进服务，不仅仅是盖上几栋豪华饭店就算了事。不是吗？最近又见报载一家饭店门内门外、柜前柜后，变成了"倒爷们"倒卖高级洋烟的活动场地，好不热闹！我想，为祖国兴建这家高级宾馆的香港爱国闻人要是听说了，真不知又该作何感想。

应时答询

——我的写作生活近况 [①]

　　为了纪念《在延安文艺座谈会上的讲话》发表五十周年，中国社科院外国文学研究所和《外国文学评论》编辑部，今年二月二十一日邀集本单位内外人士开了会，座谈《讲话》与外国文学工作的问题。我毕竟随年事日增，反应日益迟钝，事先重读《讲话》，关于这方面问题，只有重悟了日后概括为大家共识的"洋为中用"一句原则话的有力证据，一时想不到什么自己的心得可说。再经联系自己所知极少的当前国内文学创作界、理论界的情况，翻翻三、四十年代西方（包括前苏联）有关论争的一些见到的史料和七、八十年代西方马克思主义文学评价 [②] 家的一些新说，才感到有些想法，还没有理出头绪，未及在会上发言。会后再经反复独立思考，写出了二、三千字的书面发言稿，加上题目《重读〈讲话〉看现实主义问题》，补交了《外国文学评论》就正，不管此言合不合时宜，至少可供自己重新检验对于国内如何一贯理解与用外来文学思潮与术语作批评标准的个人想法，能否发表则在所不计。

　　也为了同一项纪念，去年一位曾在延安鲁迅艺术学院住过的老同志就着手和另一些同志编一套当年延安文艺生活纪实丛书。我承不弃，约为其中的一本供稿。我虽然仅在1938—1939年间，从前、后方两度出入过延安，两度小驻过进行写作与所谓"教学"，更没有留住到后来的"文

---

　　① 本篇原载《作家通讯》（中国作家协会《作家通讯》编辑室编）1992年第2期（总第87期）"文化老人近况"专栏，署名"卞之琳"，第31—33页。在专栏的"编辑小记"中，编者交代开辟该专栏的缘起和目的是"大家都很关心文坛老前辈的生活和创作的近况，关心他们日常生活的安排。为此，我们设想开辟一个栏目，约请老前辈的家属或身边工作人员撰文介绍他们的近况"，编者在拜会卞之琳并说明来意后，卞之琳"呐呐地又很干脆地说，不用家里人写，我自己写自己吧"，"过了几天，卞老打电话来，谈了自己想写的内容，问我们觉得是否妥当？又过几天，卞老打电话说，稿子今天上午寄出去了，不知道合适不合适？他在电话里轻声嘟哝说，和冰心、夏公比，我只是个小弟弟呀！老先生的认真、执着的劲儿，让我们回味了好半天"。

　　② 此处"价"疑是原刊误排，或当作"论"。

艺座谈会"，还是写了一篇小文，题为《"客请"——延安文艺整风前生活琐忆》，内容自然无关宏旨，只触及一些鸡毛蒜皮的社会风情，如果所记大致不差，总算录存了当时的一些真实生活气氛。初稿先投《光明日报》，在七月十六日《东风》副刊上登载后，把修订稿交寄了原组稿同志。

应景活动，不论事关轻重，自然总有意义，只是我看以少说或不说应景话为上。今年外国文学所寄来为明年出《冯至先生的寿辰纪念学术论文集》一书约稿信，稿约中一条正合此意：吁求供稿人如作庆贺、叙谊之类的表示，"可作为论文后的附记"尽量简短。只是，大致出于本人谦虚和本工作单位守本份考虑，把学术献礼题目限于"中国德语文学和外国文学研究"领域，未免太窄。我应约命笔，感到双重为难：一则我本不是做学问人，半途出家，滥竽充数，捡起学术研究工作，写过一些外国文学评论文字，实也并不像样，现在已洗手不干了；二则对于德语文学所知尤少，品评这方面研究成就，更远非力所能及。但愿能得通融，稍稍越出稿约的严正限制，就冯先生令我钦慕的文学创作佳品，随兴写几句观感才好。

如今在许多高龄文学大家面前，不敢言老，对比之下，也自愧产品太少，份量太轻，渣滓太多，时日却也无多了，想抓紧亲自整理一番过去杂凑成书问世、现在还显得不无暂时保留价值的著作，大加删汰，略事增补，同时把已在报刊上发表的一些近作，订正难免的少量误植与一时笔误，以至稍稍理顺一点文句与文气，补入旧本或另编新本，不管有没有出版社问津。至于生平译书多种，八十年代已自行修订，交出版社重印了几种，其余顾不来重校加工了。只有译诗照例是永远修改不到尽如人意的，今后如有余力当还不断修改。

当然，我也还有交往过和亲历过的诸多人与事值得回顾，想到的一些小道理值得提出，亲自写成文字，大致总有点意思，不管究竟有几位读者。

人，得自认跟不上时代了，为文，总还不习惯于按订单生产。去年初，我还写了一篇进一步较全面谈新诗形式问题的文章《重探参差均衡律——汉语古今新旧体诗的声律通途》，写了也就搁下了，后来由一位香港来访的文友拿回去投给了《明报月刊》，到今年才发表于该刊一月号。时下如不按人家出题目写东西，给刊物发表文章也不易，更不用说给出版社出书了。

　　去年日本诗人秋吉久纪夫教授用日文编译了我的诗集，认真把选目（包括他自己找到我发表在刊物上的几首近作诗题目）寄来，征求我同意放宽一点入集标准，并约我写序。我写了序文，先找到刊物发表出来看看，再把修订文本寄去供他酌用。原听说日本目前出版这一类书也难，不料这部被定名为《卞之琳诗集》的日文翻译稿今年二月居然就在东京土曜美术社出版成相当厚的一本书，印刷装帧，朴素大方（和秋吉一人编译了早在前两年先后出版的《冯至诗集》、《何其芳诗集》同属一套，统一规格）。但愿我国出书风气，印制格调，不久也能同入佳境。

九二年五月八日

事实也许更有点意思①

前一向不记得从甚么地方读到一句话，大意说文人的回忆录最不可靠，显然是慨乎言之，未免夸张，就不少场合说，讲得不无道理。这自然也就适用于文人的自传。向以坦率著称的纪德自传《倘若麦粒并不死》当然是完全可靠的，说是"一切公开"了，却也未必。一个人生活中的寻常日程（包括饮食男女）自无需絮聒；一些无关大体的不愉快事件也不宜张扬。另一方面，有些感情生活中最美好最值得纪念的机缘，也可能由于当事人彼此默契，都给珍藏诸世间最安全的遗忘，这和相反的自我渲染一样，也出于人之常情。求全责备自然还适用于文人写的时人传记，推而广之，也可以包括都是经过人手的成篇成卷以至汗牛充栋的历史文献。道理明显，执笔者自会受种种主客观因素的操纵、约束：有些地方不必说，有些地方说不得；刻意拔高，有之，存心贬抑，也有之，等等。并非一般人比较老实，只是一个人一动手舞文弄墨，再加上要迎合时尚，花样自然就多了。最令人引以为憾的是：执笔者自己不知道记忆偏离了轨道，与太空（太虚）中浮游的异物体纠结不清，迷惑了自己，真假不分，只好信手编织，弄巧成拙，误人误己，违反了出于好意的写作动机，产生了与预期相反的写作效果，无可奈何。

这番海阔天空的泛论，是由一篇小文章触发的。我是指《香港作家》今年改版号第 18 期上《京华文坛三老》②中写我这一"老"的首篇文字。作者是朋友家的孩子，我认识，和我并不相熟。看来这个小青年是有写作才份的，只是目前显然没有抵挡得了时髦的不正趣味的诱惑，动起笔来，聪明误用，就写我的这篇文字而论，首先错把我这个生活中并无光

---

① 本篇原载《香港作家》改版号第 26 期（总第 49 期），1992 年 11 月 15 日出刊。本篇未曾入集，《卞之琳文集》也未收录此篇。此据《香港作家》本录存。

② 《京华文坛三老》，载《香港作家》改版号第 19 期（总第 42 期），1992 年 4 月 15 日出刊，作者署名"龙冬"。

彩的平凡人物硬充舞台上的显眼角色，无意中诉诸扭曲、颠倒、"创造"、以假乱真的手法，文中写到的是有些真实的，例如我在他索赠书上写的两行字和请他读序的一句话，他借此发挥评论，也有点意思。我理解人家是"做"文章，倒是想抬举我，殊不知我偏不配"做"戏，至少目前还进不了派给我的角色。文章中失实点随处都是，虽然都是鸡毛蒜皮，无关宏旨，但是在作为纪实的文章中绘声绘影了，传开去，传下去，自会有好事的文史研究者坐享现成搜罗去，再七嘴八舌，重复三遍两遍，也就成了铁打的"史实"。

当然，这种渍斑，是要经过些时日才会积久到洗刷不净的，且不去计较也罢，既免得像太珍惜自己的渺小形象，也免得挫伤年轻人文艺习作的积极性。不幸，这些差错，经由白纸黑字一亮出去，社会反应居然立见，就最小处说，文中误供我的住址，就已经令人怀疑我搬了家了。

看来，我虽然不必去全面订正，还是得澄清几点，而这类事实本身大致比求趣虚构还更有意思一点。

《老》文最初见于北京出版的杂志，我早对作者提过口头抗议。现在他还是不忍割舍这篇"妙文"的多少"妙笔"。出言还不知轻重，不自知其为恶俗不堪的污蔑话中有一句算改了，否定了原来文中所横加诸我的笑柄——紧接"大跃进"的"三年困难时期"捡别人扔掉的香烟头过瘾——说是误听了张冠李戴的谣传（实际上我们文化界还没有谁寒伧到这个地步，招惹过这个谣传，恐怕是作者谦让了自己的发明权。）作者在文中还继续讲我口头说戒了烟却还是没有戒掉，还笑我一副穷凶极恶的样子，一见别人拿出好烟来，就破戒大抽！我也不需他替我谦虚说平时只买便宜烟。我还不至于穷酸绝顶，"文化大革命"以前，我还和许多文化人一样，同被划入过并不相称的所谓"三名三高"的行列，也算戴过这顶歪帽子，并不光荣，倒也享受过一点实惠。就在这三年困难来临的时候，我充份利用每月发给的两张优惠券，去供应点买两条当时算最贵的"大中华"，还借用邻居同事一位不吸烟的大学问家的那两张券去加买两条。在以前以后，在海内海外，我一直不买烟则已，买起来还相当挑剔。如今我辈"臭老九"当然更无从攀比"个体户"新贵了，幸而不少人如我，早已根本不理会香烟了。

《老》文中说作者曾陪我到首都剧场看《请君入瓮》，休息期间我不去吸烟，从口袋里拿出一个小空瓶给他看，说我有戒烟药，这又似是而非。小空瓶我早先确曾用作过在必要场合的随身自备烟灰缸，我根本没有去首都剧场看过话剧，英若诚的这个改编戏似乎也只在人艺剧院演出过，东西城相距也就不小。

关于我终于轻易戒掉烟的简单经过，香港读者，如有好奇心，不难就地找《诗双月刊》1991年7月出版的"冯至专号"上我的小文《忆林场茅屋》翻翻看个究竟。

我在《忆》文的最后一段讲1943年暑后，西南联大的同事都已经从各郊区搬回昆明城里常住，冯至也不常去东山那两间"林场茅屋"了，邀我享受清静，集中一段时间写完我后来自行废弃的一部长稿的最后几章；我在中秋节前独留在那里半个月，自理生活，自得其乐，一日三餐后吸上一枝烟卷，接着就在括弧内插入说："从此成习，日后发展到一天至少四十枝，1980年访美，重逢故旧，承殷切劝戒，回来后三四年屡戒不绝，俨然以戒为乐，最后终因听说川黔间官倒香烟的特大丑闻，一怒而不戒自绝。"这是如实简述的一句话。天下一些"老、大、难"问题原来也可如此轻易解决，这个实例不是还有点积极意义吗？

话又说多了，老来确易犯这种唠叨的毛病，记忆也更难保无差错，为免又叫人听得不耐烦，只听进一言半语去附会自己脑子里编小说的遐思，这次着手订正《老》文，已经"虎头"了一番，其他诸如屋漏、栽花等等失实处，现在只好以"蛇尾"了之。我只向感兴趣的读者推荐香港三联书店1990年出版的《中国现代作家选集丛书》张曼仪编我的一卷，翻看其中一篇散文《漏室鸣》。此文原在1985年6月《北京晚报》上一刊出就引起过社会各界的广泛共鸣，也促进过不少房管部门的积极关心。我们单位几处宿舍楼房顶也有问题，都随即迅速解决了。《老》文作者登门要我一本订补新出的旧译本，应是在1986年。他像独没有看过我上年在晚报上发表的这篇游戏文字。而我们本单位房管处一年后忽然心血来潮，招了包工队，为所谓"防震"，把我们这座四层楼房白白敲敲打打了大半年，《老》文作者来访，正适逢其盛，头顶上槌击声应和着窗前的电锯声，上下水泥的吊车声，非常烦人，因此也难怪他事后动起笔来写我，不记得当时就来过那么一次，分不清是梦是实，就只记得老家伙反复抱怨现场的喧闹，特别使他厌烦，也就在文中放过背景，独对我大有烦言，幸而他当时没有就再来我这里进一步亲碰上后来还遭到的比《漏室鸣》中所说的更大的灾殃。

最后我就只点明最微细而鲜明的差错以见一斑。《老》文中说我在阳台上手植丁香花，不错，却不是扫地捡来花枝扦插成活的，是捡来一球花籽，所以过了八、九年才开花（详见《漏》文）。这丛花树就在那次防震大修中被移植楼前花坛里，现在还年年开花，可作实物见证：开的花是紫的，并不是"白"的。

八月十五日（'92）

论白纸黑字①

　　人间事、人间文，白纸黑字，不见得就铁证如山——如"文化大革命"初年"揭发"牛鬼蛇神、反动权威的大字报所常说；日后证明这倒是"讹诈"的铁证。政治运动中，逼供的产物，自然不足信；平常行文，主动避讳，有之，不自觉记漏、记错、记反，有之。这类文例涉及区区的，也屡见不鲜。不责怪别人，就说自己，我天生笨拙，不会出口成章，要求尽可能切合实情，切合本意，写成文字，总要一改再改，即使印了出来，还不甘休。这不是随时赖账，无非是避免看花了眼睛，由一时色盲而闹出文盲的笑话。

一九九五年一月二十二日

---

　　① 本篇原载《大公报》（香港）1995 年 3 月 15 日"文学版"第 141 期，署名"卞之琳"。本篇未曾入集，《卞之琳文集》也未收录此篇。此据《大公报》（香港）本录存。

忆芦焚①

可能算无意中合乎时代潮流，师陀，特别在三、四十年代的"芦焚"时期，写纪事杂文、随笔、小品、通讯之类，率多写得具有一种特殊魅力，诗一般的乡土小说醇味。这当然决不在于吟风弄月，谈山话水，相反，如他自己所说，他的习惯使他喜欢"说人状物"（《上海书札》，'81，江苏人民出版社《芦焚散文选集》页161）。

时代发展到今日，一个人"拈弄笔墨"（语出自《芦焚散文选集》页249）到一定阶段（一定年岁，例如将入中年），可能会感到还是小说模式装得下诗模式再不能装下的繁伙②内容。难免间或擅充创造主，以便金蝉脱壳，给人家从尘俗现实，以成套（系列）小说家言，点化出一个太虚幻境，例如一个"果园城"。

芦焚自称"我的果园城"（《芦焚散文选集》，页249）是"一个假想的中亚细亚式的名字，一切这种中国小城的代表"（'82江西人民出版社《芦焚小说选集》，页400）。他显然熟悉十九世纪俄国小说中"多余人"形象。但是这个城更令我想起西班牙"九八"文艺运动台柱之一阿索林笔下的上世纪末西班牙帝国日趋衰落的一些小城的气氛。芦焚当然也读过徐霞村、戴望舒和我翻译过的阿索林的一些作品。

芦焚和我从1934年相识以后，有过一小段朝夕相处的日子。那是1937年春夏。先是他租住杭州西湖孤山俞楼，我住里西湖尾陶社；后来

---

① 本文连载于《文汇报》1996年7月6日、13日第11版，署名"卞之琳"，文末注明："本文是作者为罗岗编《果园城——芦焚小说选》所作的序言，标题为编者所加。"此据《文汇报》本录存，并与珠海出版社1997年4月出版的《果园城——芦焚小说选》本对校。据《果园城——芦焚小说选》序言之末的附注，此序写于1996年6月20日。另按，卞之琳此前曾在《新文学史料》1989年第2期发表《话旧成独白：追念师陀》，《忆芦焚》应该是根据《话旧成独白：追念师陀》删订而成，但叙说侧重不同，故两存之而不对校。

② 此处"繁伙"之"伙"是原报误排，《果园城》本作"夥"。估计是原报编者把"夥"简单化地简化为"伙"。

我们结伴去浙南雁荡山度暑。当时我们确如芦焚所戏说，是"两个不安于命运的小人物"（《芦焚散文选集》页153）；他还自嘲我们两个中一个是"不大到家的生活趣味主义者"（同上，页156）、"生活趣味派先生"，一个是"喜欢泥土的乡下先生"（同上，页160）。

尽管芦焚当时已早用笔墨开了一个头，不动声色，断续中悄悄着重经营一个艺术小天地，但现在我这里泛泛所谓"创造"什么世界云云，无非是为我们逍遥中暂时驻足闲居，有所涉笔，作一个夸口的遁词而已。我当时并不了然芦焚已自有一个重点创作宏图。

他和我虽然可以说多少是莫逆于心了，生活与创作却①学到了一点古典主义的控制。我们不存心有朝一日要把彼此写入文字，因此不爱相互寻根究底，文学爱好以外，不交谈身世和阅历。我后来才知道他抗战前曾在北平参与过革命地下工作，不由自己，日后养成了一点爱保密积习，而他往往说话带刺，在友好间并不伤人，可是有时故意扮演玩世不恭的角色，我在他面前就特别把自己感情生活的一点玄机，加以秘藏。因此我们认为无关宏旨的私生活方面都有些知其一不知其二的地方。后来我们下山回到上海分手后，我有幸到大后方，甚至远至太行山前方闯浪，他困处"孤岛"，写《上海手札》。说眼前事物，都生动活栩，只是由于在被包围的租界条件限制，笔下有时不得不故弄些玄虚，偶及我们共处的一段日子，也有点小说化了。

例如他后来回忆我们相处的近事中，笔下曾开玩笑说得我好像为了情场失意，刻意"过艰苦生活，犹如修道士"（师陀《两次去北平（续篇）》，《新文学史料》'88第3期）。这是指我们租住雁荡山灵峰寺客寮大悲阁小楼三间一套房，只能天天吃素的事实，那时候我正开始续应特约译本，他照常写他的文章，经常到近傍山涧里濯缨濯足，散步到三里外的灵岩寺邮政代办所取信取报，一时正自得其乐。先前在西湖我倒是在最后一段日子，有一次夜半惊闻陶社东邻夙林寺大举进行一场礼忏的动荡声，无端使我深受震撼，我正是在这种触动下，结束了一个悲欢交错却较轻松

---

① 此处"却"是原报误排，《果园城》本作"都"。

自在的写诗阶段。我没有告诉过芦焚，因此他没有就这点拈动他的妙笔。

芦焚天生是小说家，我们在山中从迟到的上海报纸上得悉"七七"事变，就准备出山，雨大路断，未即成行，而不久平津失陷的消息也就来了，我们终于到得海门港，又遇海船接指令停驶上海，不得不改搭内陆小轮溯灵江去临海（台州）绕道走陆路。我们在不得已的小小滞留中，他不失小说家本色，在码头上、街上略一扫描，各种人物嘴脸、活动，尽收眼底，能一一道出。随后在临江和另一小城歇夜，也把环境细节观察入微，在笔下记得非常详尽。但是有些地方他当时故意轻描淡写。他只讲中途"我们遇到了一件意想不到的麻烦"，说"我很想恭维一下那地方的民团老总们的认真精神，但是我不能够，我相信他们的本领不够捉住一个最小的，即使每天仅仅卖四五角到两块钱的奸细或间谍，他们是仅仅为了一百元的奖额发了疯"。（《芦焚散文选集》页 159）。大事当前，他难免一时有所记错，后来无意中沿袭下来了。例如"上海也打起来"（"八·一三"）① 消息，不可能在 8 月 12 日晚宿台州从旅馆的一份简讯得知，而正是我们意外遇到"麻烦"的那天。略而不详也说得婉转的那点"麻烦"也很有意思。其中也有他自己不知道的情况。

我们改从台州乘长途汽车经绍兴到杭州转往上海，本出于不得已，可是我们的豪兴又来了，倒又可以实现从上海走海路南下而走陆路北返，在绍兴停半天看看的原计划。不料第二天一早出发，车经天台山下，快近中午，到新昌站，意外就来了，中途检查。这一阵因为时局紧张，难怪旅途中似乎多设了关卡。保安人员看到我们两人不像本地的来往商贩，特别要搜查我们的行李。一位麻脸家伙从我随身携带了多年的一个小提箱里，先不翻别处，一手插进箱盖底下的夹缝里掏出一团陈旧的上海吴良材眼镜店的包装纸，不知我哪一年配购眼镜架留下塞在那里的废纸，发现其中竟有一小条红绸签条，一面有价码，一面有几位数的阿拉伯数字，喜滋滋翻看，如获至宝，显然像搜查到什么秘密证物，不由分说，就大声嚷抓到了汉奸，叫副手把我和芦焚一齐扣下，押去县公安

---

① 此处原报漏排了"的"字，《果园城》本有"的"字。

局，当时下车客和新到的上车客，围观热闹，问东问西，议论纷纷，我没有注意是否有人还用纸笔记下了什么，长途汽车随即撇下我们迳自开走了。

在县政府外院的县公安局翻箱倒柜进一步细查中，却巧遇两位文学爱好小青年，看到芦焚一篇写好的手稿署有名字，相互窃窃私语，显然发现了误会，相偕入内院为我们证明开脱，终免于原定下午两点的上大堂受审，而受到因县长去杭州开紧急会议的秘书接见致歉，然后因当天再没有车去绍兴杭州了，就陪我们到城里找了旅馆。这天正是八月十三日！

这样，我提箱里乱塞在那里的一小段绸带连累了芦焚也被将官里去①，而他提箱里新写就的一篇稿子上的亲笔署名连同把我也解救出一场无妄之灾。

第二天午前车到绍兴南门外车站，见从上海逃避出来的人更多了，恐慌紧张，乱哄哄的，纷纷谈说上海昨天军事交锋，轰炸日本出云舰的消息，我们决定不下车了。我和芦焚并坐一排双人座，我靠车窗口，就买了一份《绍兴日报》，报上当时也满是这些特大新闻。我们在激动中就大字刊载的国家大事紧张翻看了一下，我却无意中翻到这份十六开四版的小报型日报的最后一面，赫然发现一条小新闻，我见芦焚用笔名行世占了便宜，自己感到窝囊，趁大家不注意这些微末小事，就把报纸捏成一团从车窗里扔掉了，因为消息说：新昌昨日抓到两名汉奸，一名卞之琳，一名王长简！

我当时存心不告诉芦焚，经过八年抗战以至后来的种种大事，我不记得是否一直忘记告诉他了，我也未见他在后来的什么回忆文字里提说到这点枝叶。

他经常发表文章用笔名，是一贯淡化自己，不突出自己个人的美德，这一下，自报少为人知的真姓名就得了好报。他显然也为此不提在新昌县公安局为熟悉"芦焚"这个笔名的文学青年爱好者解救出一场意外事

---

① 此处"将官里去"前原报漏排了"捉"字，《果园城》本有"捉"字。

端，但偏偏正是这个当时已被人熟悉的笔名及其签署下的作品起了作用，良好的社会作用，也是无可否认的事实。这样，当时自称"不安于命运的小人物"就像受到命运的可喜捉弄。

现在将近六十年以后，新一代青年文士罗岗同志编就了《果园城——芦焚小说选》要我写序，虽力不从心，固辞不获，勉强赶写出这几句（其中不少还是炒冷饭），不知可否充"序"。